A PROPOS DE L'AUTEUR

Michelle Willingham, l'une des auteurs phares de la collection « Les Historiques », a réussi le pari de réunir ses deux passions d'enfance, l'Histoire et l'écriture, et ce, pour notre plus grand plaisir !

Le secret d’un guerrier

MICHELLE WILLINGHAM

Le secret d'un guerrier

Traduction française de
MARIANNE JACKSON

LES HISTORIQUES

HARLEQUIN

Collection : LES HISTORIQUES

Titre original : WARRIOR OF FIRE

HARPERCOLLINS FRANCE
83-85, boulevard Vincent-Auriol, 75646 PARIS CEDEX 13
Service Lectrices — Tél. : 01 45 82 47 47

www.harlequin.fr

ISBN 978-2-2803-4776-1 — ISSN 1159-5981

Chapitre 1

Irlande, 1172

Carice Faoilin n'avait pas peur de mourir.

Elle était malade depuis si longtemps… Elle ne savait plus ce que c'était que d'être une femme comme les autres. Se réveiller le matin sans souffrir, se promener au soleil et profiter de chaque instant étaient des plaisirs dont elle avait oublié jusqu'au souvenir. Trop faible pour se lever, elle passait le plus clair de son temps confinée dans son lit, à contempler les murs.

Du moins jusqu'à présent.

Quelques jours plus tôt, des soldats avaient envahi sa demeure, exigeant d'elle qu'elle honore des fiançailles longtemps retardées. Ordre lui avait été donné de suivre la troupe pour épouser le haut-roi d'Irlande, Rory Ó Connor. Celui-ci avait la réputation d'être un homme brutal, et rares étaient les femmes disposées à le prendre pour époux. Carice elle-même n'en avait pas la moindre intention.

Peut-être aurait-elle dû se montrer docile et se plier aux ordres du roi suprême, comme on pouvait l'attendre d'une femme. Mais Carice n'avait jamais été d'un naturel obéissant. En aucun cas elle n'aurait consenti à ces fiançailles si son père, homme ô combien ambitieux, lui en avait laissé le choix.

Non, elle n'allait pas courber l'échine et se laisser, tel l'agneau, mener au sacrifice. Et ce, même si sa tentative d'évasion devait lui coûter la vie, ce qui risquait fort de se produire.

Elle s'enfonçait au prix d'efforts considérables dans la sombre forêt. Ses jambes lui semblaient de plomb et elle s'aidait pour marcher d'une longue branche qu'elle avait ramassée sur le sol. Au fond d'elle, une petite voix répétait : *Tu n'auras pas la force d'atteindre un abri. Tu vas mourir ce soir.*

Elle chassa de son esprit le sinistre avertissement. Que lui importait, elle qui avait depuis si longtemps la mort pour seule perspective ? Craindre l'issue fatale n'y changerait rien. Elle préférait au contraire se battre pour chaque souffle qui lui restait, vivre chaque jour comme si c'était le dernier.

En attendant, elle devait trouver un refuge. Et vite.

A chacun de ses pas, le froid lui semblait plus mordant. Carice se blottit dans sa cape en s'appuyant lourdement sur son bâton. Ses pieds étaient gelés et elle avait les doigts gourds. Elle ignorait depuis combien de temps elle marchait, mais elle priait pour que surgisse sur sa route un lieu où elle pourrait dormir à l'abri du froid. *Par pitié, faites que je parvienne bientôt à un refuge !*

Elle atteignit la lisière de la forêt et s'aventura dans un champ à ciel ouvert. Soudain, sa prière fut exaucée. Aux confins de l'horizon, la lune éclairait une forteresse entourée d'un haut mur de pierre.

En s'approchant, elle découvrit qu'il s'agissait en réalité d'une abbaye. Jamais elle n'était venue en ce lieu, qui n'était pourtant qu'à quelques jours de voyage de Carrickmeath, où se trouvait sa demeure. Ce soir, cependant, c'était sa meilleure chance de trouver un asile.

Mais elle ignorait si elle pourrait marcher jusque-là. Le moindre de ses muscles la faisait souffrir, elle était affamée et la distance qui la séparait de l'édifice semblait immense.

Si tu t'arrêtes, tu mourras de froid. L'idée de périr de la sorte n'avait rien de plaisant. Carice n'avait d'autre choix que de continuer à avancer. Elle n'avait pas fait tout ce chemin pour rien.

Malgré les tremblements de fatigue qui parcouraient ses jambes, elle poursuivit sa traversée du pré enneigé en comptant chacun de ses pas. Elle espérait que les moines qui habitaient l'abbaye lui offriraient le gîte pour la nuit et un feu pour se réchauffer. Ou du moins un lieu où elle pourrait s'effondrer d'épuisement.

Seule la promesse d'échapper au froid mordant la poussait à mettre un pied devant l'autre.

Des flocons de neige commencèrent à tomber en tourbillons. *Encore un peu de courage*, se dit-elle. *Ne t'arrête pas.*

Arrivée à l'abbaye, elle eut la surprise de trouver les portes ouvertes. Sa présence fut saluée par le croassement d'un corbeau, qui descendit en piqué pour l'examiner. La cour exhalait une odeur de fumée persistante, comme un âpre souvenir. Un incendie avait ravagé les dépendances, et l'ossature de pierre, carbonisée, tombait en ruines. Une autre bâtisse proche était en meilleur état malgré des dégâts visibles, tout comme la tour, dont le toit avait été démoli.

— Il y a quelqu'un ? cria-t-elle.

Aucune réponse ne lui parvint. Elle traversa l'espace désert, la neige humide crissant sous ses pas. En passant près du cimetière, elle aperçut quatre tombes fraîchement creusées. Elle se signa devant les monticules de terre recouverts d'une épaisse couche blanche, et un frisson secoua son dos tandis qu'elle se demandait quelle tragédie était survenue en ces lieux. Tous les moines avaient-ils péri dans les flammes ? L'abbaye était manifestement abandonnée.

Carice monta les marches qui menaient à l'abbatiale. Les portes en bois avaient disparu et, à l'intérieur, la chapelle était sombre et froide. C'était tout de même mieux que de rester dehors. Elle constata que l'incendie n'avait pas atteint l'enceinte de l'église car l'odeur de fumée s'estompa dès qu'elle pénétra dans l'édifice. A une extrémité se trouvaient un autel et, tout près, un large siège. Carice observait les toiles d'araignée qui tapissaient les coins du bâtiment lorsqu'un parfum alléchant attira son attention.

C'était un fumet à peine perceptible, peut-être de la volaille rôtie. Mais qui indiquait que quelqu'un était bel et bien venu ici récemment. Elle aperçut des os sur le sol et sentit son estomac gronder. Elle avait l'impression qu'elle ne pourrait jamais assouvir la faim qui sans cesse la tenaillait. Repoussant cette envie irrésistible, elle appela de nouveau.

— Il y a quelqu'un ?

Toujours aucune réponse.

Alors elle commença à explorer un étroit couloir situé au fond de la salle. Celui-ci s'ouvrait sur un escalier en colimaçon, qui, supposa-t-elle, devait mener aux appartements privés de l'abbé. Elle repensa aux restes de nourriture qu'elle avait découverts. La personne qui les avait laissés pouvait fort bien être en train de dormir à l'étage.

Elle frémit à cette idée. Il n'était pas sage pour une femme seule et sans escorte d'approcher un inconnu.

Mais elle n'avait pas le choix. Elle était brisée de fatigue. Il lui fallait à tout prix se reposer avant de poursuivre sa route, faute de quoi elle ne survivrait pas aux épreuves qui l'attendaient.

Se ressaisissant, elle résolut de s'aventurer dans l'étroit escalier. Après la sixième marche, elle fut prise de vertiges et dut s'asseoir un instant. Elle tendit l'oreille, s'efforçant en vain de distinguer le moindre bruit qui trahirait une présence.

Tout irait bien. Si l'abbé se trouvait là, il lui offrirait certainement un asile pour la nuit. Et, s'il était absent, elle demeurerait dans ses appartements jusqu'à l'aube. Elle rassembla ses ultimes forces et grimpa péniblement les dernières marches à genoux. La pierre était froide sous ses mains et ses pieds, et c'est à grand-peine qu'elle se remit debout.

Elle s'appuya de tout son poids contre le mur, avant d'entrer en titubant dans la première pièce. Dans la chambre, elle découvrit un lit étroit aux couvertures en désordre. Les rideaux étaient tirés et des braises rougeoyaient dans la cheminée, comme si quelqu'un y avait fait un feu peu de temps auparavant.

La peur commençait à la gagner, mais elle était trop épuisée pour se soucier du danger. S'il se trouvait en ces lieux une personne qui lui voulait du mal, elle ne pouvait rien y faire. Elle n'avait plus la force de bouger.

Chancelante, elle se laissa tomber sur le lit et se pelotonna sous les couvertures de laine, infiniment reconnaissante d'avoir enfin trouvé un endroit où dormir. A présent, peu lui importait que quelqu'un l'ait précédée dans ces appartements, ni même que ce quelqu'un soit encore là. Elle était à l'abri du froid, et rien d'autre ne comptait.

Mais, alors qu'elle se laissait gagner par le sommeil,

elle crut percevoir une présence dans la pièce… et eut l'étrange sensation que l'on veillait sur elle.

La femme qui dormait dans ce lit était la plus belle créature qu'il lui ait jamais été donné de voir. Dès le moment où il l'avait entendue pénétrer dans l'abbaye, Raine de Garenne l'avait surveillée du haut de l'escalier en colimaçon. Dissimulé dans l'ombre, il l'avait vue explorer l'abbatiale. Il ignorait ce qu'elle faisait là, mais il avait la certitude qu'elle était seule.

Seule et fragile, comme un flocon de neige dans la paume de sa main. Elle s'était effondrée dès qu'elle avait gagné la chambre, et à présent elle dormait dans le lit qu'il avait lui-même occupé.

Pourquoi s'était-elle introduite dans le bâtiment ? Il demeura caché dans l'ombre, à l'autre bout de la pièce, jusqu'à ce qu'il soit sûr qu'elle dormait à poings fermés. Le feu qu'il avait allumé plus tôt se mourait et le froid commençait à gagner la pièce.

Il ajouta de la tourbe dans le foyer pour raviver les flammes. Dans la faible lumière, il discernait ses traits plus clairement. Sa longue chevelure n'était pas noire comme il l'avait d'abord imaginé, mais d'un brun ardent, avec des reflets roux et dorés, et descendait jusqu'à sa taille. Le couvre-lit sombre faisait ressortir la pâleur de la jeune femme. Comment était-elle parvenue jusqu'à l'abbaye, et pourquoi était-elle seule ? Il était inconcevable que quiconque puisse laisser une telle femme sans escorte, à moins d'être mort en tentant de la protéger.

Songeant à ses propres manquements, il se rembrunit. *Tu aurais dû mourir pour Nicole et Elise*, le tourmentait sa conscience. *Tu aurais dû sacrifier ta vie pour les sauver.* Deux ans avaient passé, mais il était toujours hanté par le sort terrible de ses sœurs. Il avait cru pouvoir se rapprocher d'elles et les libérer en rejoignant les troupes de Henri II, roi d'Angleterre. Au lieu de cela, il avait été envoyé au combat. Désormais, la mer d'Irlande le séparait de ses parentes. Il aurait dû se douter que les hommes du roi ne lui permettraient jamais de rester auprès de sa famille.

Mais revenir en arrière était chose impossible, et ressasser ces amers souvenirs ne servait à rien. Ses sœurs demeureraient captives jusqu'à ce qu'il ait exécuté les ordres du roi. Il retournerait auprès de son commandant au petit matin et, s'il parvenait à accomplir la mission qui lui avait été confiée, peut-être gagnerait-il leur liberté.

Raine s'accrochait farouchement à cette idée, car c'était la seule lueur d'espoir qu'il lui restait.

Mais, à présent, il se demandait ce qu'il devait faire de cette femme. Il tira une chaise près du feu et étudia les possibilités qui s'offraient à lui. La demoiselle n'avait pas plus que lui sa place dans cette abbaye. Il posa ses avant-bras sur ses genoux. La lueur ambrée du feu éclairait la longue cicatrice qui lui barrait le visage, souvenir des batailles qu'il avait livrées. Son armure en cotte de mailles dissimulait bien d'autres traces de coups et de brûlures. Ces plaies étaient la rançon de sa survie.

Il fixa intensément le feu, songeant aux méfaits dont il s'était rendu coupable. Soldat, il avait arraché d'innombrables âmes à cette terre. Il aurait dû éprouver du remords pour tous ses crimes, et pourtant il n'en était rien. Son cœur n'était plus qu'un trou béant. Il était enchaîné à cette vie de soldat, cette vie dont il ne voulait pas, parce que le sort de ses sœurs dépendait de son obéissance. Et il continuerait à se battre jusqu'au bout : il parviendrait à reconquérir leur liberté ou périrait au combat. Il avait renoncé à tous les rêves qu'il avait nourris jadis pour son avenir. Lui qui avait failli à son devoir de sauver sa famille méritait cette prison. Il avait perdu jusqu'au droit de vivre.

Pour certains, Raine n'était rien d'autre qu'un mercenaire. Pour les Irlandais, c'était un meurtrier impitoyable. Son âme était déjà damnée, à en croire les prêtres, et il n'avait aucun regret. Dès lors que ses sœurs étaient saines et sauves, tout cela lui était parfaitement égal.

Il s'approcha du lit et fut saisi par le parfum de la belle endormie. Tout son être respirait l'innocence et son visage avait la douceur d'un matin de printemps. Elle n'avait sans doute jamais touché une arme de sa vie.

Il se pencha au-dessus d'elle et prit entre ses doigts une boucle de ses cheveux, frappé par leur fragilité, qui contrastait avec la crinière épaisse et soyeuse des créatures qu'il avait connues jusqu'à présent. En l'étudiant de plus près, il constata qu'elle était d'une minceur extrême. Elle semblait vulnérable et affamée. Ce n'était pas là une femme qui avait jeûné quelques heures, non. Elle luttait pour sa survie.

Il avait déjà vu des hommes et des femmes mourir de faim, et il n'aurait dû éprouver qu'une parfaite indifférence pour l'avenir de cette inconnue. Cependant, une force irrésistible l'attirait plus près d'elle. Quelqu'un devait veiller sur sa personne et prendre soin d'elle. Lui offrir la protection qu'il souhaitait pour ses sœurs, en somme.

Son humeur s'assombrit tandis qu'il allait lui chercher une autre couverture dans la commode. Lorsqu'il l'étendit sur son corps, elle esquissa un léger mouvement pour se blottir sous l'étoffe de laine.

Mon Dieu, pendant combien de temps avait-elle marché

dans le froid ? Raine songea à la réveiller mais décida finalement de la laisser dormir. Son voyage semblait l'avoir épuisée. Il ajusta la couverture et effleura de nouveau sa chevelure. Ses questions pouvaient attendre jusqu'au lendemain matin.

Il alluma une torche dans le feu de cheminée puis quitta la pièce en refermant la porte derrière lui pour préserver la chaleur des lieux. Après avoir descendu les escaliers, il traversa l'abbatiale. L'incendie n'avait pas atteint cette partie de l'église. Néanmoins, il percevait la présence des saints hommes. Leurs hurlements continuaient à hanter les murs, à le hanter lui-même.

Il se reprochait leur mort, s'en voulait de n'avoir su les sauver. Le feu dévastateur avait pris la vie de chacun d'eux, et on ne lui avait accordé qu'un congé de quelques jours pour enterrer leurs corps.

Pour ôter de son esprit ces sinistres pensées, Raine sortit du bâtiment et se rendit aux cuisines. Il s'était restauré quelques heures plus tôt et, à dire vrai, préparer des repas n'était pas son fort. Lorsqu'il vivait parmi les soldats normands, il se contentait de faire rôtir le gibier qu'il chassait. Mais les moines qui vivaient là avaient fait des réserves de légumes à racines dans les caves avant d'être attaqués. Il supposa qu'il y trouverait de quoi manger pour la jeune femme.

Sur le seuil de la pièce, il se fit tout à coup l'effet d'un voleur et hésita. Mais les morts n'avaient nul besoin de nourriture, se raisonna-t-il en pénétrant dans la salle. Il n'y avait pas de pain, mais il trouva de la viande séchée provenant d'un animal qu'il ne sut identifier, ainsi que des panais et des noix. Ces vivres seraient-elles au goût de la dame ? Il n'en était pas certain, mais elle devrait s'en contenter. Alors qu'il commençait à rassembler le tout dans un baluchon, il s'arrêta net.

Par la sainte Croix, à quoi pensait-il ? Lui apporter des victuailles et des couvertures comme s'il s'agissait d'une invitée, d'une amie chère ? Cette femme était une parfaite inconnue. Pire, une intruse ! Il devait la tirer de son sommeil et exiger qu'elle lui explique ce qu'elle faisait dans l'abbaye. Après tout, il n'avait pas la moindre raison de tolérer sa présence.

Il saisit le baluchon et sortit des cuisines à grands pas en claquant la porte derrière lui. Il ne savait rien de la jeune endormie, sinon qu'elle paraissait dangereusement faible et qu'elle était d'une beauté à couper le souffle.

Bien sûr, il ne pouvait nier cette évidence : elle mourrait s'il la chassait. Et la dernière chose qu'il souhaitait était d'avoir une nouvelle victime sur la conscience.

Il pouvait la sauver.

Il ralentit le pas en se dirigeant vers la tour et pesta. Il savait quels risques courait une belle femme voyageant seule. A cette idée, il ravala un nouveau juron. Comment pouvait-il la forcer à partir ?

Tu n'es pas responsable d'elle. Tu dois retrouver ton commandant et reprendre tes fonctions.

Il savait tout cela. Mais alors qu'il pénétrait dans l'abbatiale et qu'il gravissait l'escalier, les bras chargés du baluchon, il ne put s'empêcher de penser à ses sœurs. Elles étaient seules en Angleterre, otages du roi. Se trouvait-il auprès d'elles quelqu'un pour les protéger ? Ou étaient-elles à la merci d'un inconnu, comme c'était le cas de cette femme ?

Certes, il n'avait aucune raison de lui venir en aide. Mais il ne l'abandonnerait pas pour autant. Il avait achevé d'ensevelir les corps des religieux et, avant de regagner son camp où l'attendaient son commandant et les autres soldats, il pouvait la conduire en lieu sûr. Au moins aurait-il l'assurance que rien ne lui arriverait.

Il ouvrit d'un coup de coude la porte de la chambre. La pièce était chaude et accueillante. Le feu de tourbe qui rougeoyait dans l'âtre projetait des ombres sur les murs. Une simple croix était suspendue à l'un d'eux et la chaise de bois qu'il avait occupée plus tôt se trouvait toujours près du feu. Dans son lit, la femme dormait et sa respiration était profonde et régulière. En silence, il disposa les victuailles sur une table basse avant de se poster de nouveau dans l'ombre.

Cette créature qui lui avait volé son lit n'aurait dû lui inspirer que du ressentiment. Cependant, il s'avouait heureux de lui avoir offert un endroit où dormir. Il avait le loisir de la contempler toute la nuit, et la quiétude qui émanait de son visage le réjouissait.

Soudain elle eut un mouvement, et Raine resta dos au mur opposé, à l'abri de la lumière. Peu après, elle s'assit dans le lit, ses longs cheveux bruns tombant sur ses épaules. Elle ouvrit les yeux. Ils étaient d'un bleu azur, semblable à la couleur d'un ciel d'été. Dès ce moment, Raine sut qu'il devait se méfier.

Elle était de loin la plus belle femme qu'il lui ait été donné de voir, il en avait maintenant la certitude. Tant de grâce signifiait que son absence ne passerait pas inaperçue et que des hommes devaient déjà être lancés à sa poursuite.

— Je sais que vous êtes là, dit-elle doucement. Vous avez ranimé le feu pendant que je dormais.

Elle parlait en gaélique et, pour la première fois, Raine se félicita d'avoir appris la langue des Irlandais. Il la comprenait, bien qu'il ne fût pas capable lui-même d'en prononcer plus de quelques mots. Il parcourait pourtant ce pays depuis plus de deux ans. Il résolut de garder le silence pour ne pas effrayer l'étrange visiteuse, même s'il avait une centaine de questions à lui poser. Qui était-elle, que faisait-elle en ces lieux ?

— Avez-vous l'intention de me faire du mal ? demanda-t-elle au bout d'un moment.

Il y avait de la lassitude et de la résignation dans sa voix, comme si la réponse lui importait peu.

— Non, répondit-il. Vous ne risquez rien.

Il n'en dit pas plus, lui laissant le soin de tirer elle-même ses conclusions. Mais son armure indiquait clairement qu'il n'était pas un moine.

— Vous êtes un soldat normand, devina-t-elle en étudiant son apparence.

— En effet.

Il ne jugea pas utile de le nier ; d'ailleurs le regard de la jeune femme s'attardait sur le heaume conique qu'il avait ôté.

Elle poussa un long soupir puis, à la grande surprise de Raine, s'adressa à lui dans sa propre langue.

— Voulez-vous approcher de la lumière pour que je puisse vous voir ?

Mais il ne voulait pas lui montrer son visage. Il préférait n'être pour elle qu'un soldat anonyme parmi des milliers d'autres, des hommes que l'on oubliait facilement. S'il se dérobait à sa vue, elle l'effacerait plus facilement de sa mémoire. Pour rien au monde il ne voulait que l'on se souvienne de lui, que l'on sache qui il était. Personne ne devait le reconnaître. Surtout s'il parvenait à accomplir la mission que son commandant lui avait confiée.

— Je préfère rester ici. Vous pouvez dormir en paix. Je veillerai sur vous jusqu'au matin.

A ces paroles, elle se raidit.

— Et que voulez-vous de moi en retour ?

Il n'attendait rien d'elle. Il répondit simplement :

— Dites-moi votre nom.

Comprenant visiblement qu'il ne lui voulait aucun mal, elle sembla soulagée par sa requête.

— Je m'appelle Carice Faoilin de Carrickmeath. Et vous, qui êtes-vous ?

— Raine de Garenne.

Son nom ne lui serait pas familier, il en était certain. Elle tira le couvre-lit sur sa poitrine et ajouta :

— Etes-vous seul ici ?

— Oui.

Du moins pour le moment. D'autres religieux viendraient probablement constater les dégâts lorsqu'ils seraient instruits de l'incendie. Il avait bien l'intention de disparaître avant leur arrivée.

— Pourquoi cela ? Où est votre troupe ?

— Je la rejoindrai au matin. Je ne suis ici que pour une courte halte. Il y a à manger et à boire si vous le souhaitez, ajouta-t-il en préférant changer de sujet. Je vous dis *adieu*[1].

Sans quitter le camail qui recouvrait sa tête, il quitta la pièce avant qu'elle ne puisse lui poser d'autres questions.

Le lendemain matin, Carice se réveilla dans un lit qui lui était étranger. Les draps renfermaient l'odeur inconnue d'un corps masculin. Elle avait l'impression d'avoir dormi enlacée à un homme bien qu'elle sût qu'elle avait passé la nuit seule. Des fragments de souvenirs lui revinrent peu à peu et elle se remémora où elle était. Elle continuait toutefois à ressentir une certaine intimité avec celui dont elle avait partagé le lit.

Raine avait tenu sa promesse ; il ne lui avait fait aucun mal. Ainsi avait-elle dormi d'un sommeil profond, avec

1. En français dans le texte.(NdT)

un sentiment de sécurité qu'elle n'avait pas éprouvé depuis des années, ce qui était parfaitement absurde dans ces circonstances. Lentement, elle s'assit dans le lit en serrant le couvre-lit contre sa poitrine. Mais depuis longtemps les couvertures ne suffisaient plus à lui tenir chaud et elle avait renoncé à trouver un véritable confort.

Etrangement, elle avait repris des forces grâce à cette courte nuit de repos. Elle mit doucement pied à terre et son regard s'arrêta sur les victuailles qui l'attendaient près du feu. Il y avait également une cuvette remplie d'eau posée sur le sol, à côté de la cheminée. Intriguée, elle sortit du lit avec précaution et se dirigea lentement vers le siège qui était disposé là. Elle se laissa tomber dessus avant de se saisir de la cuvette. En voyant la vapeur qui se dégageait de la surface de l'eau, elle comprit qu'*il* l'avait fait chauffer pour elle.

A cette pensée, son cœur bondit dans sa poitrine. Elle plongea la main dans le récipient et la chaleur de l'eau la fit aussitôt soupirer de plaisir. Comment avait-il pu savoir qu'elle se réveillerait à cet instant ? Sans plus réfléchir, elle ôta ses bas et trempa ses pieds gelés dans le liquide bienfaisant.

Elle fut aussitôt envahie par une douce béatitude. Un sourire apparut sur ses lèvres tandis que la chaleur gagnait peu à peu tout son corps. Elle ne savait rien de Raine de Garenne, et pourtant il avait deviné ses besoins, il avait pris soin d'elle. Jamais elle n'aurait imaginé cela de sa part.

Ce fut un maigre repas : de menus morceaux de viande séchée, quelques noix, et des panais crus. Mais elle apprécia l'offrande à sa juste valeur, sachant que c'était là tout ce qu'il pouvait lui donner. Elle mangea la viande et les noix et remercia le ciel en constatant que ces aliments ne lui causaient aucune souffrance.

A Carrickmeath, elle était constamment en proie à des nausées et des maux d'estomac. Ce n'est qu'après son départ que ces tourments s'étaient atténués. Quelqu'un aurait-il tenté de l'empoisonner dans la demeure de son père ? Si cela était vrai, elle ne pouvait imaginer pour quel motif. Personne n'avait de raison de lui nuire. Elle n'avait aucun pouvoir au sein du clan. Même si elle était fiancée au haut-roi, sa mort n'aurait pas la moindre conséquence.

Néanmoins, depuis son départ, sa santé avait semblé s'améliorer un peu chaque jour. A présent, lorsqu'elle mangeait, elle n'avait plus la sensation que des couteaux lui tailladaient les entrailles. Peut-être la nourriture lui était-elle devenue plus tolérable depuis qu'elle avait goûté à la liberté ?

Carice s'apprêtait à porter un panais à sa bouche lorsque la porte s'ouvrit. La lumière du jour lui permit de mieux distinguer les traits de son hôte, même si son camail, qu'il portait toujours, dissimulait une partie de son visage. Avec sa haute taille et ses larges épaules, c'était un homme bâti pour le combat. Il était vêtu d'une armure en cotte de mailles sur un gilet de cuir et portait à la taille une longue épée dans son fourreau. Sous le bras, il tenait son heaume conique.

Pourquoi persistait-il à vouloir cacher son visage ? Cet homme l'intriguait, tout comme le mystère qui l'entourait.

— Je vous remercie de m'avoir apporté de l'eau chaude. Et de quoi manger.

Elle s'adressait à lui dans la langue des Normands.

— Je vous prie de m'excuser. J'aurais dû en laisser pour vous, mais je crains qu'il ne reste que ce panais…

Elle lui tendit le légume comme pour se faire pardonner mais il refusa son offre.

— Ces vivres vous étaient destinées, répliqua-t-il. J'ai déjà pris mon repas.

Il croisa les bras sur sa poitrine et la regarda avec insistance.

Mal à l'aise, Carice désigna la chaise de la main.

— Voulez-vous bien vous asseoir ?

Et ôtez donc votre camail afin que je puisse voir votre visage, continua-t-elle pour elle-même. Sans qu'elle puisse se figurer pourquoi, il voulait de toute évidence lui cacher son identité.

— Où est votre escorte ? l'interrogea-t-il sans prêter aucune attention à son invitation. Qui était chargé de votre sécurité ?

Elle retira ses pieds de la cuvette d'eau et les sécha à l'aide du bas de sa robe avant de remettre ses chausses.

— Personne. Je me suis enfuie.

— A qui tentiez-vous d'échapper ?

Carice esquissa un demi-sourire.

— Mon père m'escortait à mon mariage. Je suis fiancée au haut-roi d'Irlande. J'imagine que vous allez vouloir me livrer à mes poursuivants en échange d'une récompense, observa-t-elle. Ils sont prêts à payer une coquette somme pour me retrouver saine et sauve.

Oui, la plupart des hommes n'hésiteraient pas à la reconduire à son père contre la promesse de recevoir or ou argent. Mais elle espérait de tout son cœur que Raine de Garenne n'en ferait rien.

Il resta silencieux un instant puis posa la main sur la garde de son épée.

— Je crois plutôt que votre père me tiendrait pour responsable de votre enlèvement et s'empresserait de me tuer.

La franchise dont l'homme faisait preuve témoignait de son intelligence.

— C'est possible, en effet.

Carice lissa le bas de sa robe et se leva.

— Si vous acceptez de m'aider à disparaître, à gagner un refuge où ils ne me retrouveront jamais, je saurai vous dédommager pour votre peine.

Le guerrier demeura immobile tandis qu'elle esquissait un pas vers lui. Puis un autre.

— Je vous en prie, réfléchissez à ma proposition, souffla-t-elle en tendant la main vers son camail.

D'une main ferme, il lui saisit les poignets pour arrêter son geste, lui faisant presque mal.

— J'ai plus important à faire que de m'occuper de vous, ma chère.

Carice recula, surprise par son refus.

— Je n'en doute pas. Mais je ne faisais que solliciter votre aide.

Elle tenta de se dégager, mais il la tenait toujours d'une poigne de fer, comme s'il avait encore quelque chose à dire. Mais son silence montrait qu'il n'avait pas la moindre intention de l'aider à fuir. La peur s'empara d'elle et elle poursuivit son récit, parlant trop vite.

— Trahern MacEgan devait m'aider à partir la nuit dernière, mais je l'ai attendu en vain. Je n'avais pas d'autre choix que de prendre la fuite pendant que nous étions encore loin de Tara.

Raine ne répondit pas. Doucement, ses pouces glissèrent sur les poignets de Carice. Il devait sentir battre son pouls à présent. Le contact chaud de ses doigts la brûlait. Pourquoi ne lâchait-il pas ses mains ? Elle s'immobilisa et sentit une vague de désir traverser son corps.

Les battements de son cœur s'accéléraient dans

sa poitrine. Raine entrelaça ses doigts avec les siens. Jamais un homme ne l'avait touchée de la sorte, et elle ne put s'empêcher d'imaginer ces mains puissantes parcourir sa peau nue. Sur les avant-bras de Raine, elle remarqua les cicatrices, les traces de blessures récoltées au combat. Peut-être son visage était-il pareillement marqué. Etait-ce pour cela qu'il refusait de se découvrir ?

Elle prit tant bien que mal une profonde inspiration et souffla :

— J'ignore si je suis poursuivie.

— Le nom des MacEgan ne m'est pas inconnu, lâcha enfin Raine. Je vais partir à la recherche de Trahern et je le conduirai à vous s'il est dans les environs. Mais vous devrez partir d'ici au plus vite.

Il lâcha ses mains. Elle sentait encore sur sa peau la chaleur de ses paumes.

— Et si vous ne le trouvez pas ? Devrai-je poursuivre ma route seule ?

— Mon devoir est ailleurs. Je ne peux vous accompagner.

Il avait un autre motif de lui refuser son aide ; elle le devinait.

— Quel devoir ? Je ne vois aucun autre soldat ici. Vous êtes seul.

— Pour l'heure, oui, admit-il, mais je suis sous le commandement du roi Henri II.

Une ombre dans la voix, il ajouta :

— Sa Majesté m'a donné des ordres, et je me dois de les exécuter.

Dans une abbaye en ruines ? Bien qu'il n'eût aucune raison de lui mentir, Carice trouvait ses explications peu vraisemblables. Elle revit en pensée les tombes fraîchement creusées. Avait-il été chargé d'incendier l'abbaye et d'assassiner les moines ? Etait-ce pour accomplir cette terrible mission qu'il avait été envoyé ici ? Elle ravala ses questions avec difficulté. Elle ne voulait pas y croire.

— Ce lieu ne présente pas le moindre intérêt pour un roi, laissa-t-elle pourtant échapper.

Il se raidit et elle recula d'un pas.

— Vous ne savez rien des ordres de Henri II, ma chère. Et vous ne savez rien de moi.

Il cherchait à lui faire peur, c'était certain. Peut-être était-il en effet un soldat impitoyable, un homme de main du roi. Et pourtant… il lui avait apporté de l'eau chaude et de quoi manger. Ce n'étaient pas là les actes d'un être cruel. Carice le soupçonnait de se trouver dans l'abbaye pour une tout autre raison.

— C'est vrai, répondit-elle. Mais vous avez fait preuve de bonté à mon égard, et je vous en suis reconnaissante.

Elle désigna du menton le foyer, où elle avait laissé la cuvette d'eau.

De nouveau, il garda le silence. De son côté, Carice hésitait à poursuivre cette conversation. A la vérité, elle préférait ne pas savoir quelle tragédie avait frappé ces lieux, ni le rôle que Raine avait joué dans les événements. Elle s'approcha de la cheminée mais l'effort lui coûta. Bien qu'elle eût mangé, les effets de sa maladie commençaient à se faire sentir.

Un bourdonnement résonna à ses oreilles et elle fut soudain prise d'un vertige. D'une main, elle s'appuya contre le mur en s'efforçant de respirer calmement. *Non, pas maintenant.* Pas après avoir parcouru tout ce chemin. Mais un voile passa devant ses yeux et elle se sentit défaillir.

— Que vous arrive-t-il ? demanda Raine d'une voix douce.

Elle se tourna vers lui mais les traits de son visage, toujours dissimulé sous son camail, devinrent troubles. La pièce se mit à tourner et la main de Carice glissa le long du mur.

Elle se maudit en comprenant qu'elle ne parviendrait pas à atteindre le lit. Puis ses genoux refusèrent de la porter plus longtemps et, autour d'elle, tout devint noir.

Raine eut tout juste le temps de rattraper la jeune femme avant qu'elle ne s'évanouisse. Elle s'était effondrée si brusquement ! Il la porta jusqu'au lit, inquiet de constater à quel point elle était légère. Il avait exigé son départ, mais elle était dans un tel état de faiblesse qu'elle semblait incapable de voyager. Et, à moins de l'abandonner là, il ne pourrait rejoindre son commandant le lendemain.

En contemplant le visage blanc comme neige de Carice, il se demanda quelle était la nature de sa maladie. Il lui versa du vin dans une coupe et attendit qu'elle reprenne connaissance. Au bout d'un long moment, elle battit des paupières et finit par ouvrir les yeux. A cet instant, il lut la peur dans son regard.

— Je vous demande pardon, murmura-t-elle. Je me suis sentie mal.

— Vous devez retourner dans votre famille, répondit-il. On y prendra soin de vous.

— On me forcera à épouser un homme qui a l'âge d'être mon père.

Elle secoua la tête.

— C'est la dernière chose que je souhaite.

— Les mariages sont ainsi, commenta-t-il. Des alliances, rien de plus.

— Je vais mourir, Raine. Le temps m'est compté et je ne veux pas passer les derniers mois qui me restent mariée à un monstre.

Il brûlait de lui dire que cela n'arriverait pas, qu'elle allait survivre, mais la fragilité de sa constitution ne pouvait lui échapper. Elle souffrait d'un épuisement qui n'avait rien de la fatigue passagère due à quelques heures de marche.

— Voilà des années que je suis malade, poursuivit-elle, et mon état empire de jour en jour.

Elle tourna lentement son visage vers lui.

— Je préfère mourir en femme libre. Je suis sûre que vous pouvez comprendre cela.

Un voile de mélancolie assombrit son regard.

— Bientôt je ne supporterai plus de vivre dans de telles souffrances. Alors ce sera la fin.

— Quel est ce mal ? S'agit-il de consomption ?

Il avait déjà vu des hommes et des femmes mourir ainsi.

Elle afficha un étrange sourire.

— Pour ainsi dire. Je ne peux guère manger sans que cela me cause de terribles nausées.

Toujours allongée sur le lit, elle passa un bras sous sa tête. Ce geste attira l'attention de Raine sur la courbe de sa poitrine. Oui, elle était d'une minceur préoccupante. Mais il tenta d'imaginer quelle serait sa silhouette si son corps retrouvait des rondeurs.

— Etes-vous toujours aussi souffrante ?

De toute évidence, sa maladie était à l'origine de son malaise. Mais, à sa connaissance, la consomption n'était pas due à l'ingestion de nourriture. Lui aurait-on administré quelque poison ?

— D'ordinaire, c'est pire, admit-elle. Mais je n'ai pris qu'un léger repas, et parfois cela rend mon état plus supportable.

Elle ferma les yeux un instant.

— Vous pouvez retirer votre camail, à présent.

J'ai vu votre visage lorsque vous vous êtes penché au-dessus de moi.

Il n'en fit rien. Peut-être était-ce une ruse.

— Il vaut mieux que vous ne connaissiez pas mes traits.

Même s'il était hautement improbable que Carice se souvînt de lui par la suite, il lui semblait plus sage de continuer à se cacher. A plus forte raison lorsqu'il avait pour ordre d'assassiner son promis, le haut-roi d'Irlande.

— Je vous reconnaîtrais entre mille même si je n'avais pas aperçu votre visage.

Cette remarque le surprit et il ne put s'empêcher de la questionner.

— Comment cela ?

— A cause de votre voix, murmura-t-elle. Il suffirait que vous disiez un mot, un seul, pour que je sache que c'est vous.

Elle ouvrit alors les yeux.

— Vous avez un timbre grave et profond. Presque violent.

Ses paroles le troublèrent plus que de raison. C'était comme si elle lui avait jeté un sort en prononçant ces mots, comme si une force l'attirait auprès d'elle. Jamais une femme n'avait produit un tel effet sur lui. Aucune autre n'avait mis ses sens en émoi comme elle le faisait. Il eut envie de poser sa main sur son épaule, d'approcher son visage du sien et de l'embrasser. Il brûlait de connaître la forme de sa bouche.

Au lieu de cela, il lança d'un ton bourru :

— Reposez-vous, à présent. Je reviendrai plus tard.

Il devait partir chasser afin de rapporter à manger pour eux deux. Et il chercherait cet homme, ce MacEgan dont elle avait parlé.

A l'évocation de ce nom, de ténébreuses pensées l'envahirent. Jadis il avait affronté les MacEgan au combat. Plus tard, leur roi, Patrick, avait épousé une Normande. Si leurs peuples étaient à présent en paix, Raine savait que la loyauté des Irlandais était une force redoutable qu'il ne fallait jamais sous-estimer.

— Si quelqu'un vient, verrouillez la porte, ordonna-t-il.

L'idée de la laisser sans défense lui déplaisait, mais il n'avait pas le choix. Il devait rapporter des victuailles pour nourrir lady Carice, quels que soient les risques. Même si son évanouissement était probablement dû à la maladie dont elle souffrait, il était convaincu qu'elle n'avait pas mangé à sa faim.

Après avoir quitté la pièce, il descendit l'escalier et sortit du bâtiment. En jetant un regard sur les ruines, il fut de nouveau frappé par un sentiment de culpabilité. Il se sentait responsable de la mort des frères qui avaient occupé ces lieux. L'abbé et ses compagnons étaient des hommes innocents, qui n'avaient pas mérité ce sort tragique. Des pillards les avaient attaqués dans l'espoir de leur voler des trésors sacrés. Ils n'avaient pas hésité à mettre le feu à l'abbaye pendant leur saccage.

La nuit où il avait aperçu des flammes s'élever dans le ciel, Raine aurait dû se précipiter au secours de ces hommes au lieu de partir alerter son commandant. Ce temps perdu avait suffi pour faire pencher la balance du côté de la mort.

Il s'arrêta devant l'une des tombes. La neige avait recouvert la croix de bois sommaire qu'il avait fabriquée. Il la balaya et laissa sa main là un moment, sentant la colère monter en lui. Il était arrivé trop tard. Il avait bien tenté d'aider les moines à prendre la fuite, mais leurs bâtisses avaient été consumées par les flammes. Lui-même avait failli périr dans l'incendie. Si l'un des frères ne l'avait traîné hors du feu, il n'aurait pas survécu. Et ce moine était mort, lui aussi.

Une vive douleur le transperça. Il avait échoué à sauver ces hommes comme à secourir ses sœurs. Et il sentait sur lui leurs regards désapprobateurs. Il était tourmenté par leurs fantômes.

Imbolc, la fête de sainte Brigitte, approchait, et l'air était glacial. Raine se dirigea vers l'étable pour préparer un cheval. Il se demandait si son commandant, sir Darren de Carleigh, enverrait des hommes à sa recherche. Il avait dû user de toute sa force de persuasion pour que l'officier lui accorde ce congé. Si Darren avait fini par accéder à sa demande, c'était sans doute parce qu'il savait qu'ensevelir les corps était une nécessité. Et que c'était une façon pour lui de faire pénitence.

Les deux jours que Raine avait passés seul dans l'abbaye lui avaient donné une illusoire impression de paix. Même si son âme était déjà damnée, au moins avait-il pu offrir aux moines un enterrement convenable. Il se retourna et lança un regard vers la chapelle. Que faire de lady Carice ? La seule présence de la jeune femme avait bouleversé ses plans, mais pas de la façon qu'elle imaginait. Raine réfléchit. Sa conscience lui dictait de ne pas s'occuper d'elle… mais il savait également qu'elle pouvait lui être utile.

Il s'arma d'un arc et de flèches, se mit en selle et s'enfonça dans les profondeurs de la forêt. Nul bruit, pas même le chant des oiseaux, ne venait troubler le petit matin. Ce silence éveilla la méfiance de Raine. Les arbres déployaient leurs ombres au-dessus de lui et une lumière dorée filtrait à travers les hautes branches. Il arrêta son cheval et mit pied à terre. Après avoir encoché une flèche à son arc, il s'immobilisa, cherchant d'où provenait cette tension. Les feuilles mortes étaient bordées de gel et il avançait sur la pointe des pieds.

Là-bas. Il aperçut un petit groupe d'hommes à l'autre extrémité du bois. Ils étaient peut-être une douzaine, la plupart à dos de cheval. Raine ignorait s'ils étaient à la poursuite de Carice, mais il avait la ferme intention de découvrir les raisons de leur présence. Sans bruit, il donna une légère tape à son cheval pour que celui-ci sorte du bois et reprenne la direction de l'abbaye. Puis il s'approcha des intrus et grimpa à un arbre pour mieux les observer.

L'un d'eux portait la bannière du haut-roi. Raine distingua également un homme plus âgé au visage sévère. Les soldats irlandais se séparèrent en petits groupes et se mirent à battre la forêt. Sans doute étaient-ils bel et bien à la recherche de Carice.

S'il voulait se débarrasser d'elle, il n'avait qu'une chose à faire : conduire cette troupe jusqu'au lieu où elle s'était réfugiée.

Et pourtant, ce n'était pas du tout ce qu'il souhaitait. Carice s'était battue de toutes ses forces pour conquérir sa liberté, pour fuir ces hommes et atteindre le refuge de l'abbaye. De plus, il éprouvait à son égard un désir de possession aussi soudain qu'impérieux qu'il ne s'expliquait pas. Non, il ne pouvait se résoudre à la voir tomber entre les mains de ces soldats. Carice serait punie par son père et ses compagnons pour avoir eu l'impudence de prendre la fuite. Il n'entendait pas les laisser faire.

Cette fois, il réussirait à protéger une vie innocente.

En lui, une voix sournoise souffla : *Tu pourrais aussi te servir d'elle pour approcher le haut-roi.*

Il chassa cette pensée. Ses propres desseins ne comptaient pas. Ce qui importait, c'était d'empêcher la dame d'être capturée. Car, si ces hommes parvenaient jusqu'à l'abbaye, ils ne tarderaient pas à la retrouver.

Il lui fallait intervenir.

Le meilleur moyen pour que Carice conserve sa liberté chèrement gagnée était d'effacer toutes les traces qu'elle avait pu laisser derrière elle. Raine descendit de son poste d'observation et se hâta de regagner la lisière de la forêt. Certes, les soldats retrouveraient sa piste et le suivraient, mais il avait un avantage. Il connaissait bien l'abbaye pour y avoir passé de longues journées, et notamment les passages secrets dissimulés derrière les murs, car l'abbé avait laissé la porte de l'un d'eux ouverte. La plupart des alcôves étaient si étroites que ses épaules en touchaient les deux parois, mais Carice et lui y seraient en sécurité.

Raine retrouva son cheval dans la clairière. Il sauta en selle et partit au galop vers l'abbaye. Son seul but à présent était de protéger la jeune femme.

Et, à cette mission, il ne faillirait pas.

Chapitre 2

La porte de la chambre s'ouvrit à la volée, dans un fracas qui réveilla Carice. Raine de Garenne se tenait là, debout. Il avait enfin ôté son camail. Pourquoi donc ? Il s'était donné tant de mal pour dissimuler ses traits qu'elle avait commencé à s'imaginer qu'il était défiguré, couvert de cicatrices peut-être. Mais elle se trompait. En réalité, elle avait rarement vu un homme d'une telle beauté.

Ses cheveux d'un blond doré étaient coupés court sur sa nuque et il était rasé de près. Ses yeux étaient d'un vert profond et sa bouche fendait son visage d'un trait énergique. Il dégageait un air de détermination tranquille, d'autorité qui inspira immédiatement confiance à Carice. Elle avait menti, plus tôt, en prétendant qu'elle avait distingué ses traits. Et, maintenant qu'elle le voyait réellement, elle se sentait mal à l'aise.

Mais elle n'eut pas le loisir de l'observer plus longtemps. Avant qu'elle ait le temps d'ouvrir la bouche, Raine jeta du sable sur le feu, qui s'éteignit immédiatement. Puis l'homme se dirigea droit vers le lit et tira les couvertures.

— Partons vite, dit-il en la soulevant dans ses bras.

Carice sentit son sang se figer dans ses veines.

— Où allons-nous ? Que se passe-t-il ?

— Les hommes du haut-roi sont à votre poursuite. Ils se trouvent tout près d'ici, et je crois que votre père les accompagne.

Juste ciel! Ils avaient donc suivi sa piste jusqu'à l'abbaye, comme elle le craignait. S'ils la retrouvaient, ils la conduiraient de force jusqu'à Tara, où demeurait le roi. Cette pensée lui était intolérable.

Mais le cran dont Raine faisait preuve la réconfortait. Tandis qu'il la serrait dans ses bras, elle posa la tête sur sa poitrine et sentit les mailles froides de son armure contre sa joue. Le contact des anneaux métalliques lui rappela que cet homme était un soldat, et qu'il était parfaitement capable de la protéger.

Raine la conduisit jusqu'au fond de la pièce et la déposa sur le sol. Dans l'angle, une simple croix était accrochée au mur. Il la saisit et appuya dessus avec force. Un bloc de pierre de la taille d'une fenêtre s'enfonça alors dans la paroi, laissant apparaître une ouverture juste assez grande pour que l'on puisse se glisser à l'intérieur.

Carice aurait voulu demander à Raine comment il avait découvert cet endroit, mais sa hâte suffit à lui faire comprendre qu'elle devait garder le silence. Il la souleva de nouveau pour l'aider à pénétrer dans la cachette et elle se retrouva dans un étroit couloir dissimulé derrière le mur.

Raine se hissa ensuite jusqu'à l'ouverture et passa une jambe, puis l'autre, à l'intérieur, avant de remettre la pierre et la croix en place. Alors l'obscurité les enveloppa. Ses mains posées sur chacune des parois, Carice s'efforçait d'ignorer le froid. Mais elle tressaillait et claquait des dents.

— Votre camail…, commença-t-elle, mais il entoura ses hanches de son bras et posa un doigt sur sa bouche.

— Vous devez me faire confiance, murmura-t-il à son oreille.

C'était donc pour cette raison qu'il lui avait révélé son identité, supposa-t-elle : il voulait qu'elle lui accorde sa confiance. Cela n'expliquait pas pourquoi il avait commencé par lui cacher obstinément son visage. Cependant, elle comprit que ses plans avaient désormais changé.

Elle obéit à son ordre et se tut. D'un pas hésitant, elle se rapprocha de lui pour profiter de la chaleur de son corps. Peu à peu, elle s'enhardit et passa les bras autour de sa taille. A son contact, il se raidit. Mais elle était si lasse, si faible, que c'était le seul moyen qu'elle pût imaginer pour cesser de trembler.

Soudain, il l'attira plus près de lui et l'enlaça. Le corps ferme et musclé de Raine était maintenant tout contre le sien et elle respirait son odeur virile. Ce fut comme une révélation : elle se sentit aussitôt protégée dans ses bras vigoureux et, comme par enchantement, ses peurs s'évanouirent.

Réconfortée, elle se blottit contre lui. La bouche de Raine effleurait ses cheveux et elle eut l'impression qu'il l'étreignait d'une manière légèrement différente. C'était comme s'il était conscient de la façon dont leurs corps se complétaient l'un l'autre. Et soudain elle sentit, entre ses jambes robustes, se dresser la brusque manifestation de son émoi.

Elle aurait dû s'écarter de lui, elle le savait. C'était une réaction naturelle de la part d'un homme de désirer une femme. Leurs corps étaient si proches… Mais, au lieu d'éprouver de la peur, elle découvrit que ce contact ne la laissait pas insensible. Elle posa sa joue sur la poitrine de Raine et enfouit la tête sous son menton. Cet homme avait eu bien des occasions de lui faire du mal. Pourtant, pas une fois il ne l'avait touchée, si ce n'était pour veiller sur elle et la protéger.

Animée par une curiosité nouvelle, elle laissa libre cours à ses sens. C'était agréable d'être dans les bras d'un homme. Et, bien qu'il fût un parfait inconnu, le peu qu'elle avait vu de sa personne lui plaisait. La plupart des jeunes filles se seraient montrées timorées et maladroites dans de telles circonstances. Mais Carice n'était plus l'ingénue qu'elle avait été autrefois.

Désormais, elle ne se souciait plus de ce que l'on attendait d'elle. Au cours des derniers mois, elle s'était beaucoup affaiblie, et la perspective de sa mort imminente lui donnait un courage insoupçonnable. Cet homme avait éveillé en elle un besoin dont elle ne soupçonnait pas l'existence, et elle voulait en savoir plus.

Tout à coup, la porte de la chambre s'ouvrit violemment. Terrifiée, Carice s'agrippa à Raine de toutes ses forces. Des hommes pénétrèrent dans la pièce et elle entendit la voix de son père.

— Retrouvez-la coûte que coûte. Cette abbaye est le refuge le plus proche de notre camp. Ma fille est venue ici, c'est certain.

— C'est possible, remarqua l'un des hommes. Mais, si c'est le cas, elle est déjà repartie.

Dans l'obscurité, Carice percevait la tension qui habitait Raine. Ses mains la serraient fermement et il ne perdait pas un mot de la conversation des soldats. Peut-être ne voulait-il pas se l'avouer, mais sa décision subite de la cacher était l'acte d'un homme résolu à ne pas la livrer à son père. Elle poussa un soupir de soulagement : cet inconnu lui apportait sa protection et elle lui en était profondément reconnaissante.

Tout en continuant à l'étreindre, Raine passa une main dans ses longs cheveux. Et plus il l'enlaçait, plus elle brûlait d'explorer les sensations inconnues qui l'envahissaient. Jamais un homme ne l'avait prise dans ses bras, et pour cause : son père avait menacé des pires représailles quiconque oserait la toucher. De toute façon, personne n'aurait défié Brian Faoilin.

Mais Carice était maîtresse de son destin à présent, et elle était libre de faire ses propres choix. Dans le noir, elle tendit la main vers le visage de Raine et toucha sa joue. Elle en parcourut la surface lisse, fascinée. Mais il saisit ses doigts pour lui intimer en silence l'ordre de rester tranquille et de se taire.

Le risque qu'ils soient découverts était bien trop grand. Carice le savait, et malgré cela elle était tentée de saisir ce moment, de se l'approprier. Après tout, Raine la repousserait dès qu'ils sortiraient de leur cachette. Elle voulait profiter pleinement du peu de temps qu'il lui restait, même si elle devait pour cela s'affranchir des convenances. Mais Raine ne pourrait jamais comprendre son besoin de cueillir tous les instants que la vie avait encore à lui offrir.

Décidément, il l'intriguait. C'était un homme empli de contradictions, une véritable énigme. Il était brutal et bienveillant à la fois, comme un prêtre guerrier. Et, bien qu'il prétendît être un soldat normand fidèle à Henri II, elle savait qu'il cachait de nombreux secrets.

Avec une hardiesse qui la surprit elle-même, elle chercha de nouveau le visage de Raine dans l'obscurité. Sa peau, chaude sous ses doigts, était aussi dure que le cuir en certains endroits. Tandis qu'elle étudiait ses traits, elle sentit de nouveau une étrange chaleur s'emparer de son être. Sa maladie l'avait coupée du monde depuis de longues années. En outre, son père s'était acharné à l'isoler de ses semblables, si bien qu'elle avait fini par croire que le seul baiser qu'elle recevrait jamais serait celui de la mort.

Peut-être était-ce le manque de temps qui lui donnait cette audace, ou encore le sentiment d'injustice qu'elle éprouvait soudain. Elle se trouvait aux côtés d'un bel homme, qui l'attirait d'une façon qu'elle ne comprenait pas. Etre si proche de lui était interdit… et indéniablement excitant. Pourquoi donc laisserait-elle passer l'occasion qui se présentait à elle ?

Son cœur battait fort dans sa poitrine. Carice avait déjà bravé le danger en prenant la fuite, mais la présence de ce guerrier si près d'elle était un tout autre risque.

Raine se pencha vers elle et, tout contre ses lèvres, murmura :

— Ne bougez pas.

La chaleur de son souffle et la peur qu'ils ne soient découverts ne firent qu'ajouter au trouble de Carice. Rien n'était plus réel que les contours de son corps vigoureux, ses mains brûlantes posées sur elle et ses hanches pressées contre les siennes.

Au fond d'elle-même, elle se délectait à imaginer cet homme lui donner un baiser. Leurs lèvres étaient si proches… Il suffirait d'un rien pour qu'elles se rencontrent.

Cédant à la tentation, elle s'éleva sur la pointe des pieds et frôla sa bouche de la sienne. Oui, elle voulait recevoir un vrai baiser, même s'il lui était donné par un inconnu ! Il lui fallait savoir, enfin, l'effet que cela faisait. Mais, dès qu'elle l'embrassa, Raine se figea. Au lieu d'accepter son offrande, il se mua en statue de sel.

Le rouge lui monta aux joues lorsqu'elle se rendit compte de son erreur. Elle aurait voulu lui dire qu'elle avait agi par caprice, pour satisfaire sa curiosité, et rien de plus. Mais les hommes de son père se trouvaient encore dans la pièce et elle ne pouvait prononcer un mot.

En voyant Raine ainsi pétrifié, elle comprit qu'elle avait franchi les limites. Il serra sa taille plus fort, comme pour lui adresser un avertissement muet. Hélas, leur cachette était si exiguë que Carice ne pouvait s'écarter de lui.

Les voix qui provenaient de la chambre semblèrent s'éloigner, et enfin elle entendit la porte se refermer. Les soldats devaient être en train de fouiller les autres bâtiments de l'abbaye.

— Pourquoi diable avez-vous fait cela ? demanda-t-il à voix basse.

Un frisson parcourut sa peau lorsqu'elle sentit sa bouche contre son oreille.

Il avait raison. Elle avait eu tort d'agir de la sorte et rien ne pouvait excuser son geste. Néanmoins, elle répondit avec franchise :

— Je voulais savoir quel effet cela faisait d'embrasser un homme. Vous étiez tout proche, et j'ai cédé à une impulsion. Je n'avais pas l'esprit clair.

— Vous auriez pu nous faire découvrir, reprit-il, sévère. Mais peut-être était-ce votre intention ?

De son index, il lui tapota le menton comme pour la réprimander.

Confuse d'avoir commis une telle imprudence, elle esquissa une moue embarrassée.

— N'avez-vous jamais agi sans réfléchir ? hasarda-t-elle.

— Jamais.

Carice ne songea pas à mettre sa parole en doute. Cet homme avait une volonté de fer. C'était un soldat au caractère bien trempé, capable de dresser des plans de bataille. Et son ton autoritaire indiquait qu'il n'avait pas l'habitude qu'on lui désobéisse.

Elle tenta de se dégager de son étreinte mais il la retint en chuchotant de nouveau :

— Il est trop tôt pour sortir. Peut-être sont-ils encore dans l'abbaye.

Carice se tut et lui tourna le dos, espérant ainsi lui faire comprendre qu'elle n'avait pas eu l'intention de l'importuner.

Entre eux, la gêne s'installa. A présent, elle avait honte de l'inconséquence de sa conduite. Si Raine lui avait volé un baiser, peut-être aurait-elle eu la même réaction que lui. Il n'y avait rien d'étonnant à ce qu'il lui ait refusé ses lèvres.

Menteuse, protesta-t-elle en pensée. *Si c'était lui qui avait fait le premier pas, tu aurais savouré ce moment jusqu'à la dernière seconde.* Elle se prit la tête entre les mains. Que lui arrivait-il ? Seule avec lui dans le noir, elle devenait étrangement téméraire. Mais à quoi bon jouer les effarouchées lorsque l'on sait que l'on ne vivra sans doute pas jusqu'à l'année suivante ? L'idée que le haut-roi puisse être le seul homme qui l'embrasserait jamais lui était insupportable. Cette promesse de fiançailles était comme une corde qui lui serrait le cou jusqu'à l'étouffer, et elle était bien décidée à se battre jusqu'à son dernier souffle pour sa liberté.

Soudain, Raine effleura sa main, puis ses doigts entrelacèrent les siens. Ce geste la troubla. Cherchait-il à lui présenter ses excuses ? Elle aurait voulu pouvoir revenir en arrière et lui demander sa permission avant de prendre sa bouche d'assaut, mais elle se contenta de serrer sa main dans la sienne en guise de réponse.

De son pouce, Raine commença à caresser légèrement sa paume, sans dire un mot. Carice ne savait plus quoi penser. N'était-il pas furieux contre elle un instant plus tôt ? Elle ferma les yeux. Ce doux contact trouvait un écho mystérieux dans plusieurs recoins de son corps. Affolée, elle s'efforça de concentrer son attention sur la surface glaciale des murs de pierre et sur sa propre fatigue.

Pour ne plus penser à l'homme qui était doucement en train de bouleverser ses sens.

C'est alors qu'il lui prit la main et qu'il la porta à sa nuque. Sous ses doigts, elle sentait la chaleur de la peau nue. Elle ne put résister à l'envie de passer son autre main autour du cou de Raine afin de l'enlacer.

En se penchant vers elle, il murmura :

— Nous sommes des étrangers l'un pour l'autre, lady Carice.

C'était la vérité. Et peut-être était-ce justement pour cette raison qu'elle avait envie de l'embrasser. Cela ne signifierait rien mais, lorsque leurs chemins se sépareraient, elle garderait pour toujours le souvenir de ce baiser. Elle connaîtrait enfin cette sensation.

D'une voix étouffée, elle répondit :

— Vous avez raison, nous ne savons rien l'un de l'autre. Ainsi cela n'aura pas la moindre importance, ni pour vous ni pour moi.

Raine la fit se retourner, prit son visage dans le creux de sa main et elle sentit une brûlure, comme une flamme interdite, la traverser. A son tour, elle toucha la peau lisse et douce de sa joue, et effleura sur son cou un restant de barbe qu'il avait oublié de raser.

Puis il se pencha encore et enfin, très délicatement, il l'embrassa. Ce fut un baiser presque imperceptible qui la laissa un peu déçue. Il se retenait, il la traitait comme une créature fragile qu'il craignait de briser. Carice imaginait très bien ce qu'il s'abstenait de demander : *Est-ce là ce que vous vouliez ?*

Non, ce n'était pas cela. A Carrickmeath, elle avait surpris plusieurs fois des hommes et des femmes pendant leurs rendez-vous galants. Certaines nuits, après des banquets, elle avait vu des couples s'embrasser dans les coins. Mais elle-même n'avait jamais eu droit à cela. Personne ne lui avait jamais fait la cour. Et, par la suite, la maladie l'avait tellement affaiblie qu'elle avait été incapable de quitter sa chambre.

Oui, elle désirait recevoir le baiser d'un homme, même si ce souhait était vain. Elle avait tant attendu, tant souffert de la solitude ! Raine de Garenne était bel homme… et Carice ne se faisait aucune illusion : peut-être passerait-elle un ou deux jours en sa compagnie, mais il n'y aurait jamais rien de plus entre eux.

Raine prit de nouveau son visage entre ses mains. Etrangement, ses caresses étaient devenues une question muette. Il attendait quelque chose, mais quoi ? Pour toute réponse, elle l'enlaça. Tous deux savaient parfaitement que cette étreinte était d'une grande imprudence. Si jamais Carice était surprise dans les bras d'un Normand, son père assassinerait Raine sur-le-champ.

Mais cela lui était égal.

Subitement, sans qu'elle eût le temps de réagir, Raine baissa la tête et posa sa bouche sur la sienne. Ce fut cette fois un baiser ardent qui fit perdre à Carice toute notion du monde extérieur. Ses lèvres se mêlaient à celles du soldat et elle sentait dans son souffle le goût de l'hydromel. Il glissa sa langue dans sa bouche et, submergée par les sensations qui l'assaillaient, elle sentit ses genoux fléchir. Mais il la rattrapa avant qu'elle ne tombe et la plaqua contre le mur glacial. Tandis qu'il dévorait ses lèvres, elle ne sentait aucunement le froid.

Seulement le feu d'un baiser qui était en train de se muer en désir effréné.

— Personne ne vous prendra contre votre gré, murmura-t-il contre sa bouche avant de la réclamer de nouveau. Je ne le permettrai pas.

Il se comportait comme un goujat de la pire espèce. Raine le savait, mais il ne pouvait plus s'arrêter d'embrasser cette femme. Dans ce corps frêle brûlait une flamme intense : Carice aspirait à une vie différente, il le voyait. Et c'était elle qui avait fait le premier pas. D'autres l'auraient tenue pour une femme de petite vertu, mais lui n'en croyait rien. Son geste était celui d'une condamnée qui voulait profiter de chaque instant avant d'être conduite à la tombe.

Il était tout à la fois déconcerté et fasciné par sa douceur. La moindre de ses caresses le troublait plus que de raison et, dans son esprit vil, il s'imaginait la toucher sans retenue, marquer sa peau innocente. Mais il ne la forcerait pas à aller plus loin ; elle était bien trop fragile pour cela.

Tout à coup, il brisa leur étreinte et tendit l'oreille. Il ne perçut aucun signe des hommes qui étaient dans la pièce quelques minutes plus tôt et, lorsqu'il regarda au-dehors à travers une petite fissure, il ne vit personne. Sans doute avait-il pris un grand risque en montrant son visage à Carice. Mais il fallait absolument qu'elle lui accorde sa confiance. Ils ne se reverraient probablement jamais et, s'il parvenait à lui sauver la vie, elle ne pourrait le croire coupable de l'assassinat du haut-roi.

— Pouvons-nous sortir ? chuchota la jeune femme, la voix étranglée par l'émotion. Les hommes de mon père sont-ils partis ?

— Restez ici, je vais m'en assurer.

Tout en la repoussant doucement dans l'ombre, il ouvrit la porte de leur cachette et bondit dans la chambre.

A peine arrivé dans la pièce, il dégaina son épée, à l'affût du moindre bruit. Quant à Carice, elle obéit à son ordre et resta cachée dans le passage secret.

Lorsque l'endroit lui sembla sûr, il avança en direction de la porte et attendit. Les hommes avaient sans doute poursuivi leurs recherches ailleurs, mais il ne pouvait en être certain. Il était trop avisé pour croire que Carice et lui étaient hors de danger. L'épée toujours brandie, il posa une main sur la porte. Au bout de quelques secondes, il l'ouvrit d'un grand coup et se trouva face à face avec un soldat qui montait la garde.

Raine repoussa l'homme contre le mur, la pointe de son épée sur sa gorge.

— Que fais-tu ici ?

Il parlait dans sa propre langue, sans se soucier de savoir si l'homme le comprenait.

Le soldat blêmit et parvint à articuler une réponse en normand.

— Le… le chef du clan Faoilin est à la recherche de… de sa fille.

— Est-ce que je te parais être la sorte d'homme qui laisserait une femme s'introduire ici ?

Il appuya son épée contre la gorge du garde, imprimant à cet endroit une marque ensanglantée.

Les mains du soldat tremblaient.

— Jette tes armes et disparais, lui ordonna Raine. Si jamais je vous revois ici, toi ou tes compagnons, tu peux dire adieu à la vie.

Il ne prononça pas un mot en gaélique afin que l'homme fût certain d'avoir affaire à un ennemi.

Après avoir libéré le soldat, qui prit immédiatement la fuite en dévalant les escaliers, Raine le suivit, l'épée toujours à la main. D'un pas leste, il traversa la chapelle vide, l'œil aux aguets. Il n'y avait qu'un cheval attaché dehors. L'homme était donc le seul à être resté dans l'abbaye, sans doute pour s'assurer que Carice ne s'y était pas cachée.

En regardant l'homme s'éloigner, Raine se demanda quelles dispositions prendre à l'égard de la jeune femme. Il avait reçu l'ordre d'assassiner le haut-roi ; c'était le prix qu'exigeait Henri II contre la liberté de ses sœurs. Ce meurtre jetterait l'Irlande dans le chaos puisque les rois des différentes provinces se dresseraient à coup sûr les uns contre les autres. Et Henri II mettrait la main sur ces terres en rétablissant l'ordre.

Carice Faoilin pouvait lui permettre d'approcher le haut-roi en lui offrant une raison inespérée de se rendre à Tara. Pourquoi s'abstiendrait-il de livrer la fiancée disparue à son promis ? Après tout, son but était de tuer Rory Ó Connor et, s'il parvenait à mettre son plan à exécution, elle n'aurait jamais à l'épouser.

Mais elle avait eu le courage de fuir son père pour éviter ce mariage. Qu'il tente de la conduire à Tara, et elle ferait tout pour lui échapper. Et, si Trahern MacEgan paraissait, elle n'hésiterait pas à suivre celui à qui elle avait déjà demandé de l'aide. Raine retournait l'idée dans sa tête. Il ne savait s'il devait se servir d'elle ou la laisser partir.

Elle t'a embrassé, se rappela-t-il. Quel homme trahirait une femme qui avait bien voulu le toucher ?

Un scélérat, un damné, se dit-il en s'efforçant d'endurcir son cœur. Mieux valait qu'elle le haïsse. Il n'était qu'un assassin qui ne méritait nulle rédemption.

A la vérité, il n'avait aucune envie de la quitter. Et pas seulement parce qu'elle était la plus belle femme qu'il eût jamais vue : Carice avait ranimé en lui un instinct protecteur qu'il pensait disparu pour toujours. Il voulait se faire le gardien de son innocence et lire la reconnaissance dans ses yeux azur. Cette dame n'avait pas la force de se défendre, et il aurait massacré sans la moindre hésitation quiconque eût osé la menacer.

Ce désir de possession n'avait rien de rationnel ; il était né du seul contact de sa peau. Carice avait allumé un feu en lui, et il voulait la caresser, la faire se consumer comme il se consumait lui-même. Le goût de ses lèvres avait réveillé des besoins qu'il avait enfouis au plus profond de lui depuis de longs mois. Et la perspective d'emmener la belle avec lui, de passer davantage de temps en sa compagnie, le tentait terriblement.

Quand il eut la certitude que le soldat avait disparu, Raine reprit le chemin de l'abbatiale. Des ombres s'accrochaient aux murs et il contempla le simple autel de pierre en pensant aux moines qui avaient péri dans l'incendie, sentant presque sur lui leur châtiment. Oui, ces hommes le punissaient pour ses mauvaises pensées. Il resta là un moment, nourrissant l'espoir que ces âmes aient trouvé la paix.

Lentement, il remonta l'escalier en colimaçon et poussa la lourde porte de bois pour l'ouvrir. Il s'attendait à trouver Carice assise devant le feu ou allongée sur le lit, mais elle n'était pas là.

Inquiet, il se dirigea vers l'ouverture du passage et jeta un œil à l'intérieur. Elle était recroquevillée sur le sol, les genoux au menton, et elle tremblait de tous ses membres.

— Ils sont partis, vous pouvez sortir, lui dit-il en lui tendant la main.

Mais elle ne la prit pas.

De plus en plus alarmé, il pénétra dans la cachette. Comme Carice ne bougeait pas d'un pouce, il se baissa et la prit dans ses bras. Qu'elle était légère ! Et bien, qu'elle fût vêtue d'une robe et d'une cape, elle était transie.

— Je... j'avais si froid, balbutia-t-elle, grelottante. Je n'ai pas eu la force de sortir d'ici. Je suis désolée.

Raine la porta jusqu'au lit et ramena les couvertures sur elle.

— Je vous ai entendu parler à quelqu'un. Qui était-ce ?

— L'un des hommes de votre père.

Il prit sa main dans les siennes et la frictionna dans l'espoir de réchauffer sa peau glacée.

— Je l'ai chassé, poursuivit-il.

Fermant les yeux, elle dit dans un murmure :

— Je suis navrée d'être venue vous importuner. Je partirai dès que possible.

Non, il ne la laisserait pas partir. Pas encore.

— Vous devez d'abord prendre du repos, répondit-il.

Elle hocha la tête et s'enfouit sous les couvertures tandis qu'il s'asseyait à ses côtés. Pourrait-elle seulement parvenir vivante jusqu'à Tara ? Quoi qu'il arrivât, elle ne pourrait jamais épouser le haut-roi d'Irlande. Pourquoi Rory Ó Connor honorerait-il leurs fiançailles alors qu'elle était si faible ? Soit il n'avait pas connaissance de sa maladie, soit il s'en moquait. Peut-être l'influence du père de Carice auprès des chefs était-elle suffisamment grande pour que l'état de santé de sa fille passe pour un détail.

La dame était pourtant indéniablement belle malgré le mal qui la rongeait. Son visage ravissant était illuminé par des yeux saphir. Ses cheveux, quoique simplement jetés sur ses épaules, reflétaient toutes les mystérieuses nuances de brun et de roux, tel du bois poli.

— J'ai terriblement froid, avoua-t-elle en mordant sa lèvre inférieure. Mes pieds sont gelés.

Raine savait que le meilleur moyen de la réchauffer était de s'allonger à ses côtés et de se recroqueviller contre elle. Mais il ne voulait pas l'effrayer. Il fallait qu'elle se sente en sécurité auprès de lui, qu'elle lui fasse confiance.

Avant que tu ne la conduises à un mariage dont elle ne veut pas. Avant que tu ne la trahisses.

Il fit taire la voix de sa conscience et chercha, sous les couvertures, les pieds de la jeune femme. Doucement, il commença à les masser afin de leur redonner un peu de chaleur.

Levant la tête, il vit alors qu'elle l'observait avec gratitude. Raine savait qu'il n'avait pas le droit de la toucher ainsi, mais il était captivé, aimanté. Le regard de Carice lui disait qu'elle n'avait rien oublié de leur baiser interdit et lui intimait de rester auprès d'elle.

Cette femme était bien plus dangereuse qu'il ne l'avait imaginé. Et plus il resterait à ses côtés, plus il lui serait difficile de s'en détacher.

Brusquement, il glissa les pieds de la belle sous la couverture et se leva.

— Reposez-vous, à présent. Je vais vous chercher d'autres couvertures.

C'était un prétexte pour la quitter. Il n'avait pas encore décidé de ce qu'il allait faire. Un homme d'honneur la conduirait au château de Laochre, pour la confier au clan MacEgan. Il pourrait la laisser là-bas sans le moindre regret.

Seulement voilà, il n'était pas un homme d'honneur. Il était un soldat, et sa tâche était de verser le sang des hommes, quel qu'en soit le coût. En temps normal, il n'aurait pas hésité une seconde à abattre le garde qui avait eu le malheur de se trouver sur son chemin. Mais il voulait que celui-ci mette en garde le père de Carice : il ne devait à aucun prix revenir à l'abbaye.

Carice était une beauté gracile dont le baiser l'avait tenté, certes. Mais Raine ne devait pas se soucier d'elle. Elle n'était qu'un pion dans un jeu auquel il était forcé de prendre part. Henri II tenait ses sœurs captives et leur vie dépendait de son obéissance.

Qu'il tue le haut-roi, et elles seraient libres. Une vie : c'était le prix à payer contre deux autres.

Raine ne savait que trop bien ce que c'était que d'être le jouet d'un homme impitoyable. Mais, une fois sa sinistre mission accomplie, il aurait conquis sa propre liberté.

Et celle de Carice.

Son corps semblait figé dans un bloc de glace. Carice sentait à peine ses membres et les piles de couvertures sous lesquelles elle était blottie semblaient inutiles.

Raine était parti depuis des heures et elle commençait à se demander s'il avait quitté l'abbaye. Cet homme était décidément bien mystérieux : il l'avait embrassée avec fougue avant de disparaître subitement, comme s'il n'avait plus la moindre envie de se trouver auprès d'elle.

Enfin, elle entendit ses pas approcher et la porte s'ouvrit d'un coup. Ses cheveux et sa cape étaient parsemés de neige. Dans ses mains, il portait un baluchon rempli de victuailles.

— Mangez. Ensuite, vous vous reposerez. Nous partirons demain, à la tombée de la nuit.

Croyant percevoir un soupçon de mécontentement dans sa voix, elle hésita.

— *Nous* ? Je croyais que vous étiez parti à la recherche de Trahern MacEgan afin qu'il me conduise à Laochre.

— Je ne l'ai pas trouvé, répondit-il. Et vous n'avez pas la force de voyager seule.

Il disait vrai, Carice le savait. Mais pourquoi avait-il soudainement changé d'avis ? Il lui avait bien signifié plus tôt qu'elle ne devait pas compter sur lui. Son baiser impulsif l'avait-il affecté au point qu'il voulait à présent lui venir en aide ?

Avec curiosité, elle observa le guerrier. Son visage était de marbre, totalement impassible. Non, il ne trahissait pas le moindre désir de la protéger. Raine semblait au contraire impatient, comme s'il avait voulu partir sur-le-champ. Peut-être avait-il simplement hâte de se débarrasser d'elle.

— Pourquoi ce revirement ? demanda-t-elle sans ambages. Vous m'avez bien fait comprendre que vous ne souhaitiez pas m'aider.

Sans prêter attention à sa remarque, il s'assit et entreprit de déballer le paquet qu'il avait apporté.

— Mangez un peu et tâchez de dormir. Vous aurez besoin de toutes vos forces pour le voyage.

— Vous n'avez pas répondu à ma question.

Comme elle tentait de se redresser, il lui prit le bras pour la soutenir.

— Qu'importe pourquoi.

La froideur de son ton lui déplaisait. Il se comportait comme si elle était pour lui un fardeau.

— Si vous êtes trop occupé par votre mission au service du roi, ne vous souciez pas de moi. Je peux partir seule.

Raine troqua aussitôt son air maussade contre un sourire amusé.

— Vous ne feriez pas dix pas, ma chère.

— Je suis pourtant arrivée jusqu'ici, observa-t-elle doucement. Et vous pouvez me croire lorsque je vous dis qu'aucun homme sur terre ne me forcera à épouser le haut-roi. J'ai la ferme intention de partir pour l'ouest et de vivre le restant de mes jours en paix.

— Je m'apprêtais à quitter l'abbaye pour retrouver ma troupe, répliqua-t-il d'un ton bourru. Je vous emmènerai avec moi.

La proposition de Raine n'aurait dû lui inspirer que de la reconnaissance. Pourtant, elle se doutait qu'il avait ses propres raisons de l'accompagner.

— Mangez, dit-il de nouveau en lui tendant le baluchon.

En ouvrant le paquet, Carice vit qu'il avait fait rôtir un lapin. C'était donc pour cela qu'il s'était absenté : il était parti chasser. Sa faim fut subitement aiguisée par la vue de la viande fumante et elle ne put s'empêcher d'en saisir un morceau. Après tant d'années de privations dues à sa maladie, elle avait l'impression qu'elle ne pourrait jamais être rassasiée.

— Vous n'aurez pas besoin d'aller très loin. Il suffit que vous me conduisiez jusqu'à Laochre ; ce n'est guère plus qu'à un jour de route. Ensuite, les MacEgan prendront soin de moi.

C'était une solution raisonnable, qui ne causerait pas au soldat plus de tracas que nécessaire. Mais, au lieu de l'accepter comme elle s'y attendait, Raine fronça les sourcils. Sa proposition ne semblait nullement l'intéresser.

— Je pourrais aussi vous escorter vers l'ouest, si c'est ce que vous souhaitez.

Il parlait avec une apparente indifférence, sans rencontrer son regard.

Carice en resta bouche bée. Elle ne croyait pas le moins du monde à ce beau discours. Raine de Garenne lui avait confié avoir des ordres à exécuter au nom de son roi et il lui fallait retrouver son commandant et ses compagnons. Rien n'avait changé, pour autant qu'elle le sache.

— Où se trouvent vos hommes ?

Il haussa les épaules.

— Ils se sont établis à l'est. Mais je peux remettre mon retour au camp à plus tard.

A ces mots, la méfiance de Carice s'éveilla. Elle n'imaginait pas un instant qu'il pût accepter de lui servir d'escorte par pure bonté d'âme.

— Vous voulez quelque chose de moi en retour, n'est-ce pas ?

Raine se pencha pour déchirer un morceau de viande. Lorsque sa main effleura la sienne, Carice sursauta.

— Peut-être bien.

Dans un éclair, elle revit leur baiser. Mais elle savait qu'il ne s'agissait pas de cela.

— Pour quelle raison accepteriez-vous de vous détourner de votre devoir pour m'accompagner ? demanda-t-elle, les joues empourprées.

Raine saisit un autre morceau de viande et le porta à ses lèvres. Ce seul geste la troubla tant qu'elle fut incapable de réfléchir davantage. Lorsqu'il frôla sa bouche de son pouce, leur étreinte lui revint brutalement en mémoire.

Luttant contre le sentiment de panique qui la gagnait peu à peu, elle s'efforça de manger. Voulait-il la séduire ? Lui avait-elle laissé croire, sans s'en apercevoir, qu'elle voulait davantage qu'un baiser ?

— Non, pas cela, dit-elle en soutenant son regard.

Il demeura impassible.

— Si c'est une récompense que vous voulez, je n'ai que des pièces d'argent à vous donner.

— Vous connaissez les rois d'Irlande, n'est-ce pas ?

Elle comprit aussitôt : Raine obtiendrait de son commandant la permission de l'escorter vers l'ouest si elle lui confiait des renseignements d'ordre politique. Son but était de se servir d'elle pour combattre ses ennemis. Mais elle ne mangeait pas de ce pain-là.

— Je n'ai rien à vous dire, rétorqua-t-elle. Je ne sais que ce que j'ai entendu de la bouche de mon père.

Et, quand bien même elle aurait détenu des informations, jamais elle n'aurait trahi ses compatriotes au profit de l'armée normande.

Ses deux mains appuyées sur le lit, Raine se pencha au-dessus d'elle. Bien qu'elle fût tentée de reculer, elle refusa de se laisser intimider.

— Votre père a tenu à ce que vous appreniez la langue normande, n'est-ce pas ? Il voulait que vous soyiez capable de mener des négociations entre Normands et Irlandais. Un talent précieux pour une reine d'Irlande.

— Et pour m'entretenir avec vous, répliqua-t-elle en se raidissant. Je ne peux rien vous dire. Et, si ce sont des renseignements que vous voulez, alors j'irai à Laochre seule.

— Vous êtes trop faible pour faire ce voyage, objecta-t-il.

C'était vrai, mais elle n'avait pas d'autre solution.

— Je ferai ce que j'ai à faire.

— Les hommes de votre père vous retrouveront et vous conduiront de force auprès du haut-roi pour que le mariage ait lieu.

Oui, ils essaieraient sans doute de la capturer. Mais elle ne se rendrait pas sans lutter.

— Jamais je n'épouserai un homme tel que le haut-roi, affirma-t-elle avant de manger un autre morceau de lapin. Ni aucun autre, d'ailleurs.

— Votre père ne s'avouera pas vaincu. Il vous cherchera sans relâche.

— Qu'il essaie, répondit-elle.

Elle savait pourtant que Raine disait vrai. Son père n'abandonnerait jamais. Brian Faoilin était un homme fier et obstiné qui avait l'habitude de parvenir à ses fins. Il aimait sa fille, certes. Mais, s'il tenait à ce qu'elle devienne reine d'Irlande, c'était avant tout parce que le prestige de sa condition rejaillirait alors sur lui.

Raine s'assit et partagea avec elle la viande qu'il avait apportée. Curieusement, plus elle mangeait et plus elle avait faim. Il y avait si longtemps qu'elle n'avait pu avaler quoi que ce soit sans que des crampes lui nouent l'estomac ! Elle finissait de savourer son repas quand Raine sortit des pommes séchées du baluchon.

— Où les avez-vous trouvées ? demanda-t-elle, stupéfaite.

— Elles étaient entreposées dans les cuisines.

Reconnaissante, elle accepta les fruits qu'il lui tendait. Mais, alors qu'elle les dévorait avec gourmandise, elle se souvint que les moines qui avaient habité ces lieux avaient disparu tragiquement. Tout à coup, elle eut le sentiment que Raine et elle se comportaient comme des vautours.

— Qu'est-il arrivé aux religieux qui vivaient là ? demanda-t-elle.

— Ils ont péri dans un incendie.

Raine n'en dit pas plus, mais son ton lugubre laissait deviner qu'il se sentait responsable de leur mort. Elle cessa de manger pour étudier son expression dans l'espoir d'entrevoir la vérité. Tuer de sang-froid devait être une simple habitude pour un homme qui affirmait être un guerrier normand.

Pourtant, il y avait dans ses yeux verts une profonde

tristesse, comme s'il était habité par de ténébreux souvenirs. Non, ce n'était pas le regard d'un homme qui se plaisait à verser le sang. Carice ne savait décidément que penser de lui.

Pourquoi était-il revenu en ces lieux ? Quel intérêt une abbaye abandonnée pouvait-elle représenter pour un soldat comme lui ? C'était incompréhensible.

— Avez-vous encore faim ?

Elle secoua la tête. Raine ne souhaitait pas parler des moines, soit. Mieux valait sans doute qu'elle ignorât ce qui s'était passé ici.

— J'ai l'intention de partir demain à l'aube, lui dit-elle.

Si son but était de lui soutirer des informations, elle se passerait de son aide.

— Prendre la route à la tombée de la nuit serait plus prudent, objecta-t-il. De jour, votre père et ses hommes retrouveraient facilement votre trace. Ils ne doivent pas être loin, et nous ne parviendrions pas à leur échapper.

Nous ? Il avait donc toujours l'intention de l'accompagner. Son aplomb était invraisemblable. De quel droit se passait-il ainsi de son accord ?

— Ils se rendent à Tara, or je vais dans la direction opposée, répliqua-t-elle.

Carice n'avait pas besoin qu'il l'escorte et elle entendait bien le lui faire savoir. Qu'il aille retrouver ses compagnons d'armes, s'ils avaient tant besoin de lui.

Evitant son regard scrutateur, Raine rétorqua :

— Les hommes du haut-roi se sont dispersés pour vous chercher. Si nous n'attendons pas qu'ils s'éloignent, alors ils nous retrouveront à coup sûr.

Pourquoi insistait-il pour l'aider ? Carice voulut dissiper tout malentendu entre eux.

— Si vous acceptez de me conduire à Laochre, vous

aurez toute ma gratitude. Mais sachez que je ne vous donnerai aucun renseignement sur les rois d'Irlande. Je ne sais rien à leur sujet et, même si c'était le cas, je ne les trahirais pour rien au monde.

Plantant ses yeux dans les siens, elle ajouta :

— Je peux vous donner des pièces d'argent contre votre aide, mais rien d'autre. Et, si vous choisissez de ne pas m'accompagner, j'irai seule.

Raine l'observait en silence, mais elle ne se laissa pas décontenancer. Pendant quelques instants, ils se défièrent du regard.

— Vous ne partirez pas seule, dit-il enfin, une nuance de respect dans la voix.

Il ne dit pas un mot sur la récompense qu'elle lui offrait. Peut-être n'avait-il pas renoncé à obtenir d'elle les informations qu'il souhaitait…

— Je vous remercie.

Mais cet arrangement ne signifiait pas que le bras de fer était terminé, elle le pressentait.

Raine lui adressa un petit signe de la tête avant de lui ordonner :

— Reposez-vous, à présent.

Pendant qu'il finissait son repas, Carice s'étendit sur le lit. Transie de froid, elle se pelotonna sous les couvertures et frotta l'une contre l'autre ses mains engourdies. Mais rien n'y fit ; elle était restée trop longtemps cachée derrière les murs glacés de la chambre.

Jamais elle ne parviendrait à s'endormir dans ces conditions. Décidée à s'approcher de la cheminée, elle parvint à s'asseoir et à poser ses pieds sur le sol. Mais Raine l'arrêta.

— Qu'y a-t-il ?

— Je meurs de froid.

Peut-être pourrait-il lui trouver une autre couverture

pendant qu'elle attendrait auprès du feu. Mais elle n'eut pas le temps de sortir du lit. Déjà, Raine l'avait saisie par les épaules pour la forcer doucement à s'allonger de nouveau.

Sans hésiter, il lui prit les mains pour les frictionner. La chaleur de sa peau rugueuse était si réconfortante qu'elle ferma les yeux, le suppliant intérieurement de ne pas s'arrêter. Alors il se pencha et massa également ses pieds. Malgré ses efforts, elle ne pouvait s'empêcher de trembler.

— Voulez-vous que je m'étende à vos côtés pour vous réchauffer ?

Bien qu'elle ne lui prêtât pas de mauvaises intentions, elle se demanda s'il était sage d'accepter le contact de son corps contre le sien.

— Je ne sais pas.

Leurs regards se croisèrent. Que faire ? Cet homme la troublait, et elle était soucieuse à l'idée de dormir près de lui.

Sans faire aucun cas de sa méfiance, Raine s'allongea à côté d'elle et l'attira à lui. Il étendit sa cape sur eux, puis les couvertures. Carice savait que son seul but était de lui offrir un peu de chaleur. Pourtant, en sentant le souffle de Raine contre sa nuque, elle ressentit des frissons dont la cause n'avait plus rien à voir avec le froid.

Tu ne peux pas lui faire confiance, se rappela-t-elle. Mais cet avertissement ne l'empêcha pas de se blottir contre lui. En sa présence, elle semblait incapable d'agir de façon rationnelle. Jamais elle n'avait ainsi partagé le lit d'un homme. Encore moins d'un inconnu qui lui demandait de trahir son clan.

Il y avait entre eux un contraste qui la fascinait. Raine était un guerrier vigoureux, à la carrure impressionnante, et tout en lui respirait la force. Pour sa part, elle était frêle et douce. Le corps de cet homme était un refuge pour sa fragilité. Malgré la pile de couvertures qui les enveloppait, elle sentait la chaleur de ses bras autour d'elle. C'était donc cela que ressentait une femme qui partageait sa couche avec son époux ?

Son cœur se serra de regret. Autrefois, elle s'était imaginé une vie où elle serait lady de Carrickmeath, où elle aurait un mari et des enfants. Lorsque son père l'avait promise à Rory Ó Connor, la nouvelle l'avait emplie de terreur et de dégoût. En croyant lui offrir un rêve, Brian Faoilin l'avait plongée dans un cauchemar.

Mais de dégoût elle ne ressentait point aux côtés de Raine de Garenne. Bien au contraire, elle lui était reconnaissante de lui offrir le réconfort et la chaleur de ses bras. Elle en avait tant besoin ! Certes, il n'était pas convenable d'être ainsi étendue auprès de lui. Pourtant, elle ne ressentait aucune culpabilité. Après tout, cet homme n'était pour elle qu'un inconnu qui allait l'escorter jusqu'au château de Laochre. Après cela, elle ne le reverrait probablement jamais.

Les yeux fermés, elle tenta de trouver le sommeil. Mais, en sentant contre elle la lourde cotte de mailles de Raine, elle imaginait son inconfort. Comment pouvait-il se reposer avec une telle cuirasse sur le dos ?

— Vous pouvez… ôter votre armure si vous le souhaitez. Ce doit être terriblement difficile de dormir ainsi vêtu.

Raine ne répondit pas mais se releva en repoussant les couvertures, avant de s'approcher du feu.

Elle ne le quitta pas des yeux un instant tandis qu'il se retournait pour lui faire face. Mais, bien qu'il ne dît mot, elle lut la désapprobation dans son regard. Par courtoisie, elle ferma les yeux.

— Je ne regarderai pas, je vous le promets.

— Carice, dit-il doucement. Peut-être préféreriez-vous que je vous laisse dormir seule ?

Il la contemplait avec une intensité qui la laissa tout d'abord perplexe. Mais il cherchait visiblement à savoir si sa présence l'avait mise mal à l'aise. Or c'était loin d'être le cas.

— Non, répondit-elle.

En réalité, elle se sentait en sécurité auprès de lui.

— Restez. A moins que… cela ne vous indispose.

— Soit, je reste.

Tandis qu'il ôtait son gilet de cuir, elle resta captivée par ses yeux verts.

— N'ayez crainte, je ne vous ferai aucun mal. Vous n'avez qu'un mot à dire, et je vous laisserai seule.

Une fois débarrassé de son gilet, Raine retira son haubert de mailles. Carice était incapable de détourner son regard, bien qu'elle sût ce que cela avait d'inconvenant. Les cheveux blonds du Normand brillaient à la lueur du feu. Tout en ôtant son armure, il posa ses yeux sur elle. Il ne portait plus qu'une chemise en toile de lin à présent. Le vêtement ne ressemblait pas à ceux qu'elle avait eu l'occasion de voir. Celui-là était usé, mais fait d'une étoffe d'une grande finesse, de celles que portaient les nobles. Ouvert sur son cou, il laissait voir une chair rougie, meurtrie.

— Etes-vous blessé ?

Elle ne s'en était pas rendu compte jusqu'alors.

— Cette plaie ne semble pas encore guérie, insista-t-elle.

Les traits de Raine se durcirent et il s'interrompit un instant avant d'enlever sa chemise. Son torse ferme évoquait à Carice le corps d'un dieu grec sculpté dans la pierre. Parmi ses nombreuses cicatrices, la plus impressionnante était cette marque rougeâtre qui naissait au bas de son cou pour s'étendre sur toute son épaule. Quand il lui tourna le dos, elle vit que sa peau était marbrée à cet endroit, comme s'il avait souffert de brûlures.

Cette blessure était un spectacle pénible à voir. Carice imaginait les douleurs atroces qu'elle avait dû lui causer.

— Que vous est-il arrivé ?

— Je me suis trouvé cerné par les flammes dans l'incendie. J'ai failli mourir.

Toujours tourné vers l'âtre, il ne la regardait pas.

— Ma troupe avait établi son campement près d'ici et j'ai aperçu les flammes, poursuivit-il. J'ai alerté mon commandant, mais il a refusé d'intervenir. « Ce n'est pas notre combat », m'a-t-il rétorqué.

Raine appuya ses mains contre le mur de pierre, le dos arqué.

— J'y suis allé contre son ordre, mais je suis arrivé trop tard pour arrêter les pillards.

Carice était soulagée d'entendre qu'il n'était pas responsable de la mort des religieux. Et elle le plaignait de tout son cœur. Quelles souffrances il avait dû endurer !

— C'est alors que vous avez été pris au piège dans l'incendie ?

Se retournant, il hocha la tête.

— L'un des moines m'a aidé à échapper aux flammes, avant de trouver la mort, asphyxié par la fumée. Il ne parvenait plus à respirer.

Raine parlait d'une voix impassible, comme si tout cela lui était indifférent. Mais, sous ce calme apparent, Carice percevait une note de regret et de culpabilité.

— Pourquoi êtes-vous revenu ?

— Une fois rétabli, j'ai reçu la permission d'enterrer les victimes. Je ne crois pas que l'évêque ait été averti, car à mon arrivée les corps avaient commencé à pourrir. Mais d'autres moines viendront bientôt reconstruire ces bâtiments.

Carice ne put réprimer un frisson en imaginant le spectacle macabre que Raine avait découvert. C'était donc pour accomplir cet acte estimable qu'il était venu en ces lieux. Elle était d'autant plus intriguée par cet homme. Qui était-il réellement ? Pourquoi cachait-il tant de secrets ?

— Et maintenant ? Après m'avoir conduite au château des MacEgan, où irez-vous ?

Après avoir posé sa cotte de mailles sur une chaise, il passa de nouveau sa chemise en toile de lin.

— Je rejoindrai les hommes du roi ainsi que mon commandant.

Sans ajouter un mot, il s'approcha d'elle et s'assit au pied du lit.

— Et votre famille ? demanda-t-elle.

Une ombre passa sur son visage.

— Dormez, ma chère. Je n'ai pas la moindre envie d'aborder ce sujet.

Carice ne se retourna pas lorsqu'il s'étendit à ses côtés, sur le couvre-lit. Elle continua à contempler le feu, tous ses sens alertés par la présence de Raine à ses côtés.

Comment aurait-elle pu dormir alors qu'il était si proche ?

Chapitre 3

La présence de cette femme à ses côtés le torturait. Ensorcelé par le parfum de Carice, Raine brûlait de la serrer dans ses bras comme il l'avait fait dans le passage secret. Et, bien qu'elle restât silencieuse, il savait qu'elle ne dormait pas.

Le besoin viscéral qu'il avait de la toucher lui ôtait tout bon sens. Il avait beau essayer de se convaincre que sa seule intention était de lui offrir sa chaleur, la vérité était qu'il mourait d'envie de l'enlacer. Il était désarmé devant cette créature innocente, dont l'extrême fragilité lui rappelait une fleur tout juste épanouie.

N'y tenant plus, il repoussa les couvertures et se glissa dessous. Bien sûr, il savait que rien ne l'autorisait à partager le lit de la dame. Même s'ils étaient seuls, sans personne pour condamner leur conduite, il ne pouvait ignorer le danger qu'ils couraient. Mais il avait déjà goûté à ses lèvres, si douces, si ingénument offertes et, plus que tout, il voulait l'embrasser de nouveau. Pourtant, il savait que la tentation n'en serait que plus cruelle.

Toujours dos à lui, elle se colla contre ses hanches et se lova dans ses bras.

— Mon Dieu, vous êtes glacée ! laissa-t-il aussitôt échapper.

Son corps svelte semblait dénué de toute chaleur.

— Je suis navrée, murmura-t-elle, mais j'ai si froid qu'il m'est impossible de dormir.

Raine l'attira tout contre lui et passa sa jambe sur les siennes pour mieux l'envelopper. Avec un soupir d'aise, elle chuchota :

— Merci. Je me sens bien mieux.

Raine ne pouvait pas en dire autant. Cette proximité lui causait un grand trouble, et il ne put réprimer une réaction instinctive. Il tenait entre ses bras une femme d'une beauté renversante, et plusieurs moyens de réchauffer sa peau glacée lui venaient à l'esprit.

Sa chevelure brune, si douce contre sa joue, ses jambes qui cherchaient un réconfort en se mêlant aux siennes… Raine était tiraillé entre sa conscience morale et les appétits de son corps. Le baiser qu'elle lui avait offert plus tôt ne cessait de lui revenir en mémoire. Malgré l'audace dont elle avait fait preuve, il était convaincu qu'elle n'avait rien d'une séductrice.

Peu à peu, la respiration de Carice se fit plus lente et sa peau retrouva un peu de chaleur. Mais Raine ne pouvait fermer l'œil. En contemplant le feu dans l'âtre, il se demanda soudain si c'était cela, avoir une épouse. Après la mort de ses parents et tous les événements qui s'étaient ensuivis, il ne s'était jamais marié.

Or une part de lui aspirait à cette vie : se coucher le soir auprès de sa femme, être réconforté par sa douceur. Mais il avait la guerre dans le sang, et sa mission ici-bas était de tuer. Il ne connaissait ni la paix ni le contentement.

S'en rendait-elle seulement compte ? Carice Faoilin commençait à représenter pour lui une tentation bien plus dangereuse que celle de la chair. Et chaque moment passé en sa compagnie lui faisait paraître plus cruelle encore la solitude qui l'accompagnait.

Lorsqu'il lui avait montré ses brûlures, il s'était attendu à lire le dégoût sur son visage. Mais elle n'avait montré que de la compassion, acceptant même de le voir s'allonger à ses côtés.

A contrecœur, il se leva pour aller se poster près du feu. Pourquoi ne la conduirait-il pas à Laochre, comme elle le voulait ? Sa place était là-bas, en sécurité et entourée d'amis. Pas avec un homme de son espèce. Il s'approcha de la belle endormie et saisit une mèche de ses cheveux, qu'il fit couler entre ses doigts avant de la relâcher.

Assailli par de sombres pensées et incapable de rester sans rien faire, il décida de sortir. Après avoir enfilé ses chausses et jeté sa cape sur ses épaules, il empoigna ses armes et quitta la pièce en refermant la porte derrière lui.

Dans le couloir, l'air était glacial et son souffle formait des volutes de vapeur blanche. Raine résolut d'inspecter l'abbaye pour s'assurer qu'aucun intrus ne s'y trouvait. Lorsqu'il aurait écarté tout danger, peut-être parviendrait-il à trouver le sommeil.

Le parfum de lady Carice le hantait encore. Comme il avait envie de prendre de nouveau sa bouche ! En espérant que la nuit froide apaiserait le feu qui montait en lui, il dévala les escaliers.

Parvenu dans le couloir, il saisit l'une des torches qui étaient accrochées au mur. Lorsqu'il sortit du bâtiment, la neige tombait, légère, poudrant le sol de ses flocons blancs. Tandis qu'il faisait sa ronde dans l'enceinte de l'abbaye en ruines, il songea aux ordres qu'il avait reçus. Le roi d'Angleterre n'entendait pas laisser Rory

Ó Connor régner sur des terres qu'il avait décidé de s'attribuer. Henri II était un homme aussi ambitieux qu'impitoyable, qui ne s'arrêtait devant rien. La mort du haut-roi lui permettrait de mener ses projets à bien.

Raine fit halte devant les tombes des moines, encore tourmenté par le souvenir de leurs vies sacrifiées. Lorsqu'il posa ses mains sur un pan de mur épargné par les flammes, les violentes douleurs que lui avaient causées ses brûlures lui revinrent en mémoire. Après l'incendie, ses hommes l'avaient emmené jusqu'au camp et, au fil des semaines, il s'était peu à peu rétabli. Mais il n'avait pu s'empêcher de revenir à l'abbaye pour faire taire les fantômes qui le hantaient jour et nuit.

Par tous les saints, que faisait-il encore ici ? On lui avait accordé deux jours, pas un de plus. L'heure était venue de rejoindre sa troupe et de se présenter devant son commandant pour exécuter ses ordres. Il devait remplir son devoir, et le temps lui était compté.

Mais comment partir en sachant que la femme qui l'attendait dans ce lit ne survivrait pas sans son aide ? Il n'avait que deux partis possibles : se servir d'elle pour approcher le haut-roi ou la conduire à Laochre et cesser de se soucier d'elle. Car l'abandonner dans l'abbaye était hors de question.

Bon gré mal gré, il retourna aux appartements que Carice et lui occupaient. Avant de monter une fois de plus les escaliers, il tapa des pieds pour faire tomber la neige de ses chausses. Dès qu'il ouvrit la porte de la chambre, son regard s'arrêta sur le visage de la jeune femme, faiblement éclairé par la lueur du feu. Dans le sommeil, ses traits étaient plus doux et son visage était celui d'un ange. Au plus profond de son être, Raine ressentit un désir impérieux de veiller sur cette femme et de la protéger du malheur.

Carice lui rappelait la vie qu'il aurait pu avoir si la tragédie n'avait pas frappé sa famille. L'espace d'un instant, il se laissa aller à s'imaginer dans la peau d'un époux… ou même d'un père. Mais le souvenir de sa culpabilité vint aussitôt briser ce rêve éveillé, lui rappelant le but qu'il poursuivait.

Ses parents étaient morts sous ses yeux et il avait été trop bouleversé pour empêcher ce drame. Jamais il ne pourrait se pardonner cette faiblesse. Ainsi avait-il mérité cette vie de solitude.

Après avoir ôté ses chausses, il se dirigea vers le lit. Le plus sage était de laisser Carice dormir seule avant qu'ils ne prennent la route. Mais il se souvenait trop bien de la douceur de son corps pressé contre le sien, des charmes si féminins qui l'avaient captivé. Et, plus que tout, de son baiser.

Raine se maudit tout en se glissant sous les couvertures. Tendant la main, il sentit la peau glacée de Carice. Elle était loin d'être réchauffée. Dès qu'il s'approcha, elle se retourna pour lui faire face et se blottit tout contre lui.

Au contact de sa peau, c'était comme si une flamme le consumait lentement. Elle le mettait au supplice en lui infligeant une tentation à laquelle il ne pouvait résister.

Il ferma les yeux en s'efforçant de rester complètement immobile. Carice était serrée contre lui, mais il s'abstint de la toucher et de laisser son imagination vagabonder. Une longue heure s'écoula avant qu'il parvînt à apaiser les élans de son corps, et il lui fallut plus de temps encore pour trouver le sommeil.

Et, lorsqu'il s'endormit enfin, les cauchemars revinrent.

Raine fut réveillé en sursaut par des hurlements. Que se passait-il ? Il s'habilla en hâte, sans même prendre la peine de revêtir son armure. Fou d'inquiétude, il saisit son épée. Serait-il arrivé malheur à sa famille ou, pire, à son seigneur ? Henri II était en visite au château de Peventon, accompagné de cinquante soldats et serviteurs. Le cri qu'il avait entendu était celui d'une femme, mais qui était-elle ?

Il dévala les escaliers de pierre quatre à quatre en brandissant son arme. Arrivé en bas, il se figea devant le spectacle qui s'offrait à lui. Il ne pouvait en croire ses yeux. Rouge de fureur, son père, Neil de Garenne, serrait un poignard dans sa main. Face à lui, le roi le considérait avec arrogance, l'épée au poing.

— Tu as l'impudence de dégainer ton arme devant moi ? demanda Henri II sur un ton glacial.

Raine sentit le sol se dérober sous ses pieds. Quelle folie s'était emparée de son père ? Il savait parfaitement que menacer le roi revenait à signer son arrêt de mort.

— Tu as osé toucher ma femme, rétorqua Neil. Peu m'importe que du sang royal coule dans tes veines. Si tu l'as blessée, je jure devant Dieu que j'en verserai jusqu'à la dernière goutte.

Alors seulement, Raine aperçut sa mère qui sanglotait dans un coin de la pièce. Estelle était assise à même le sol, les bras entourant ses genoux. Ses vêtements étaient déchirés et en désordre.

Que Dieu leur vienne en aide.

Raine esquissa un pas vers elle, mais un soldat le retint par le bras.

— Ne t'en mêle pas.

Sans lui prêter attention, Raine se dégagea et s'approcha de sa mère. Le visage baigné de larmes, elle semblait terrorisée.

— Contrairement à toi, ta femme sait qu'on ne se refuse pas à son roi. Rengaine ton épée, de Garenne, et présente tes excuses.

Mais son père se jeta sur le souverain en poussant un cri de guerre terrible. Aussitôt, l'un des soldats surgit derrière lui et le poignarda sauvagement.

Raine était comme cloué au sol. Epouvanté, il regardait le sang de son père se répandre à ses pieds tandis qu'Estelle se précipitait sur son mari.

Il savait qu'il devait intervenir, mais il était incapable de faire quoi que ce soit.

Trop vite. Tout s'était déroulé trop vite pour qu'il puisse réagir.

C'est alors qu'il vit, horrifié, sa mère se saisir du poignard de son époux pour se le planter en plein cœur.

Raine se réveilla en sursaut. Il suffoquait.

Surprise en plein sommeil, Carice se rendit compte qu'il transpirait et que sa respiration était irrégulière.

— Qu'y a-t-il ? chuchota-t-elle.

Sa question resta sans réponse. Raine semblait encore sous l'emprise d'un cauchemar.

— Tout va bien. Je suis là, lui dit-elle en touchant son épaule.

Le lacet de la chemise du guerrier s'était dénoué. Lorsque Carice effleura sa peau nue, Raine sursauta comme si elle l'avait brûlé et ouvrit les yeux. Il semblait ne pas la reconnaître.

— Ce n'était qu'un rêve, souffla-t-elle en lui caressant la joue.

Il saisit fermement son poignet et le plaqua contre le couvre-lit.

— Ne me touchez pas.

Effrayée par cette soudaine transformation, Carice le dévisagea. Il y avait dans ses yeux une lueur sauvage. C'était le regard d'un homme aux prises avec des visions bien trop réelles. Elle s'écarta de lui et rassembla les couvertures autour d'elle. Alors Raine se leva et revêtit sa cotte de mailles ainsi que son gilet de cuir.

— De quoi avez-vous donc rêvé ? demanda-t-elle.

Mais, au lieu de lui parler de son cauchemar, il ordonna :

— Le jour va bientôt se lever. Il est temps de partir.

Carice fut tentée de le contredire, mais le regard fermé de Raine l'en découragea. On y devinait de terribles souvenirs. Après s'être levée et chaussée, elle se rendit compte qu'elle avait de nouveau faim et mangea une partie des restes de la veille. Si ses maux d'estomac s'étaient apaisés, elle se sentait toujours faible.

Une fois repue, elle s'enveloppa de sa houppelande et en serra le cordon. Raine l'observait, impassible.

— Ce vêtement ne vous tiendra pas suffisamment chaud. Il a neigé cette nuit.

Après lui avoir tendu sa propre cape, il tira une des couvertures du lit et la posa sur ses épaules. Carice en noua deux pans sur sa poitrine.

— Reprenez votre cape, insista-t-elle. Vous ne portez qu'un gilet de cuir par-dessus votre cotte de mailles.

Comment pourrait-il supporter le temps glacial vêtu de la sorte ?

— Je ne crains pas le froid.

Bien entendu. Les hommes n'avaient jamais froid. Du moins, ils préféraient mourir plutôt que de l'avouer.

Raine ouvrit la porte et attendit qu'elle le suive. Dans le couloir étroit, il saisit une torche sur le mur. Tandis que Carice descendait les escaliers, elle observa les ombres que le flambeau projetait sur la paroi. Le soldat avait vu juste : elle sentait déjà le souffle glacé de la nuit se glisser sous les couches de laine dont elle était vêtue.

Une fois dehors, elle s'arrêta un instant pour regarder

les gros flocons de neige tournoyer dans le ciel. Il y avait de la beauté dans leur danse indécise, et elle tendit sa paume pour essayer d'en attraper un. Un sourire amusé passa sur son visage et elle se baissa, s'apprêtant à former une boule de neige.

— N'y pensez même pas, l'avertit Raine.

Mais Carice sourit.

— Je pensais à mon frère, Killian. Il me jetait des boules de neige quand nous étions enfants.

— Vous ne m'aviez pas dit que vous aviez un frère.

Il y avait dans sa voix un soupçon de reproche qui la fit hésiter un moment.

— Nous ne sommes pas vraiment frère et sœur. Nous n'avons pas le même sang.

Après un court silence, elle reprit :

— Nous ne sommes pas nés des mêmes parents, mais nous avons été élevés ensemble, à Carrickmeath. Il est mon frère de cœur, pour ainsi dire.

L'évocation de Killian lui était douloureuse, car le jeune homme lui manquait terriblement.

— S'il est comme un frère pour vous, pourquoi ne vous a-t-il pas conduite lui-même en lieu sûr ? demanda Raine en la menant aux écuries.

Carice laissa choir la boule de neige. Il voulait dire par là que Killian avait failli à son devoir ; le sous-entendu ne lui avait pas échappé.

— C'est... compliqué. Killian est le bâtard du haut-roi.

— Cela signifie-t-il qu'il veut vous voir épouser Rory Ó Connor ? Je suppose qu'il rentrerait ainsi dans les bonnes grâces de son père.

Carice secoua la tête.

— C'est la dernière chose qu'il souhaite. Il voulait m'aider à fuir, bien au contraire. Mais j'ai préféré jouer l'entremetteuse quand l'occasion s'en est présentée.

Devant l'air perplexe de Raine, elle réprima un sourire.

— Je n'ai aucun regret. Lady Taryn d'Ossoria était en détresse et avait besoin d'une escorte pour se rendre à Tara. Quant à Killian, il doit faire la paix avec son père. Je lui ai demandé de rester auprès d'elle et de lui venir en aide. Il se trouve que Taryn et Killian sont fous l'un de l'autre ; l'arrangement était donc parfait.

Devant la mine exaspérée de Raine, Carice croisa les bras sur sa poitrine.

— Je devine ce que vous pensez. Si vous étiez mon frère aîné, vous ne m'auriez jamais laissée partir seule.

— Je ne suis pas votre frère, ma chère, répondit-il avec un regard en coin. Et j'en suis bien aise.

Devant cette remarque acerbe, Carice retrouva aussitôt son sérieux, se rappelant soudain que Raine et elle avaient dormi enlacés.

— Sachez que Killian a prévu de me rejoindre à Laochre avant que je ne parte pour l'ouest, dit-elle. Notre séparation n'est donc que temporaire.

— Pourquoi êtes-vous partie sans attendre Trahern ?

Avec un haussement d'épaule, elle répondit :

— Ne le voyant pas venir, j'ai pris peur. Une occasion d'échapper aux hommes du haut-roi s'est présentée, et je l'ai saisie.

Raine la prit par la main pour la guider.

— Vous avez pris un risque inconsidéré.

— Je ne m'en suis pas rendu compte sur le moment, mais c'est vrai.

Elle serra sa main dans la sienne, honteuse de sa faiblesse.

— Je suis heureuse de vous avoir rencontré. Et je vous remercie de m'apporter votre aide.

Raine planta son regard dans le sien l'espace d'un instant avant de décréter :

— Partons sans perdre de temps.

Pourquoi était-il si pressé ? Son cauchemar semblait lui avoir mis les nerfs à vif. Toutefois, il avait raison : il y avait bel et bien un risque que les soldats la retrouvent et la capturent.

Ses cheveux blond foncé parsemés de neige, Raine fit entrer Carice dans les écuries. Malgré sa fatigue, elle savait qu'il leur fallait partir. L'aube ne tarderait pas à se lever, et avec un peu de chance elle parviendrait à Laochre le soir même. Peut-être Killian et lady Taryn se trouveraient-ils déjà là-bas, à l'attendre ?

Raine prépara son cheval et sortit de l'écurie en le tenant par la bride. Après avoir soulevé Carice pour l'asseoir sur l'animal, il sauta lui-même en selle, s'installant derrière elle. Malgré l'obscurité, on distinguait une légère brume matinale à l'horizon. Dans son dos, Carice sentait la présence imposante de Raine. Elle connaissait désormais les lignes fermes de son corps, et devinait que son esprit n'était pas en paix.

Peu lui importait. Avant la tombée de la nuit, elle arriverait à Laochre et leurs chemins se sépareraient. Elle résolut d'être forte : elle savait qu'il ne pouvait en être autrement. Pourtant, elle ne pouvait s'empêcher d'éprouver une pointe de regret. En lui donnant son premier baiser, Raine lui avait laissé entrevoir une vie différente. Avec lui, elle avait presque l'impression d'être une femme comme les autres. Une femme qui avait toute sa vie devant elle, et non une malade dont les jours étaient comptés.

Une voix en elle la rappela à la réalité. *Tu vas mourir. Jamais un homme ne tombera amoureux de toi.*

Non, elle n'avait aucun droit d'espérer passer plus de temps auprès de lui. Elle était condamnée. Mieux valait le laisser partir et renoncer à des rêves vains. Quel homme voudrait d'une femme qui ne pouvait lui offrir ce que l'on pouvait attendre d'une compagne, c'est-à-dire lui donner des enfants ? Et, quand bien même il eût souhaité rester à ses côtés, il devait rejoindre son commandant.

Quand ils franchirent les portes, Raine s'arrêta un instant et se retourna. Les ruines de l'abbaye étaient noircies par l'incendie, mais une partie des murs tenait encore debout. Au loin, Carice aperçut les tombes qu'il avait creusées et, malgré son silence, elle comprit que Raine se sentait responsable de cette désolation. Peut-être était-ce là l'objet des cauchemars qui le hantaient.

Le sol était recouvert d'une neige immaculée qui craquait sous les sabots de leur monture. Elle continuait à tomber tandis qu'ils avançaient. Carice se plaisait à contempler les flocons tourbillonner au gré du vent et, quand ils parvinrent au pré, elle se pencha en arrière pour les regarder encore. Mais, en se tournant vers Raine, elle constata qu'il ne partageait aucunement sa joie.

— N'aimez-vous point la neige ?

— Je n'aime guère y dormir.

Le sourire de Carice s'évanouit. Bien sûr, cet homme était un soldat, et il avait dû passer de nombreuses nuits dehors durant ses batailles.

— J'imagine que vous avez raison, mais j'ai toujours aimé la regarder tomber. C'est si beau… Sauf quand mon frère me lançait des boules de neige en plein visage.

— Cherchiez-vous à vous venger de Killian ?

Elle le regarda par-dessus son épaule.

— Pas avec des boules de neige, non. Mais, une fois, j'ai pleuré jusqu'à ce qu'il me donne un chaton.

Son frère n'avait jamais supporté ses larmes et, enfant, elle usait sans scrupules de ce moyen pour parvenir à ses fins. Mais, même si son chat, Harold, lui avait apporté un grand réconfort pendant toutes ces années, l'animal avait toujours eu une préférence pour Killian.

— Ainsi vous le manipuliez.

Raine la serra plus fort dans ses bras tout en accélérant l'allure.

— Cela ne me surprend guère.

— J'employais les armes dont je disposais. J'appellerais plutôt cela de la stratégie.

L'armure de Raine, qu'elle sentait contre son dos, lui rappelait de façon très concrète qu'il était là pour la protéger. Certes, elle regrettait que les mailles métalliques, qui formaient une séparation entre eux, l'empêchent de sentir sa chaleur. Mais elle se souvenait très bien des sensations qu'elle avait éprouvées lorsqu'elle dormait à ses côtés, et respirer l'odeur mâle de sa peau mêlée à celle du cuir lui réchauffait le cœur.

Ils cheminaient depuis un long moment lorsqu'elle lui dit :

— Je vous remercie de m'escorter jusqu'à Laochre. J'espère que votre mission vous apportera la prospérité et que vous reverrez votre famille.

— Je doute qu'il me soit jamais donné de revoir ma famille, répondit-il après un silence. Surtout si je désobéis aux ordres que j'ai reçus.

Soudain, il arrêta tout à fait sa monture et posa la main sur la garde de son épée.

— Que se passe-t-il ? demanda Carice.

Laochre était encore bien loin. Raine l'interrompit d'un signe de la main et guida son cheval vers l'ouest, en direction d'un petit bois. Bien qu'elle ne pût distinguer le moindre signe de danger, Carice sentit les battements de son cœur s'accélérer dans sa poitrine.

— Quelqu'un nous suit, chuchota-t-il à son oreille.

Comment était-ce possible ? Le jour n'était pas

encore levé et elle n'avait pas entendu le moindre bruit. Mais elle n'avait aucune raison de mettre la parole de Raine en doute.

— Je vais descendre de cheval. Restez en selle et allez vous cacher sous ces arbres. Ne bougez pas jusqu'à ce que je vienne vous chercher.

Bien que Carice n'eût guère envie de rester seule, elle aquiesça. Mais, lorsque Raine mit pied à terre, elle lui prit la main.

— Et si quelqu'un était dissimulé derrière ces arbres ? Pouvez-vous me prêter une arme afin que je puisse me défendre ?

Raine dégaina le petit poignard qu'il portait à la ceinture.

— Prenez cela. Mais n'en faites usage que si c'est absolument nécessaire.

Carice saisit l'arme et la cacha sous sa robe, contre sa gorge. Avant que Raine ne s'éloigne, elle tendit la main pour lui toucher la joue.

— Soyez prudent.

Il posa sa main sur la sienne et la serra, avant de rebrousser chemin. Carice le suivit des yeux un bref instant avant de mener le cheval jusqu'aux arbres. Alors, elle traversa le petit bois pour aller se réfugier de l'autre côté.

Les sabots de sa monture crissaient dans la neige. Carice se retourna une dernière fois pour regarder Raine, en priant pour que rien ne lui arrive.

Les hommes l'encerclèrent si rapidement qu'elle n'eut pas le temps de réagir. Des bras vigoureux l'arrachèrent à son cheval tandis qu'un cri déchirait sa poitrine.

Un peu plus tôt, Raine avait aperçu un cavalier solitaire qui les suivait, un homme d'une taille de géant. Ce ne pouvait être que Trahern MacEgan, celui qui devait accompagner Carice jusqu'à Laochre. Raine avait eu l'occasion de le voir au combat, des années plus tôt, et c'était l'homme le plus grand qu'il eût jamais vu.

En entendant Carice crier, il laissa échapper un juron. Maudit soit-il ! Que n'avait-il inspecté le bois avant de l'y envoyer ! Dégainant son épée, il se précipita vers les arbres. Il savait que, seul contre plusieurs hommes, il n'avait aucune chance, mais il espérait que le colosse se joindrait à lui.

— MacEgan !

Celui-ci apparut et s'élança vers Raine au galop en lui demandant :

— Est-ce lady Carice ?

Raine acquiesça avant d'ajouter, en gaélique :

— Elle a besoin d'aide !

Sans attendre de réponse, il continua à courir en direction du bois. Comme Carice laissait échapper un autre cri, il accéléra le pas. La panique qu'il percevait dans la voix de la jeune femme lui donnait des ailes. Il s'était juré de la protéger, et il tiendrait parole.

L'épée à la main, il pénétra dans le bois et se saisit d'une branche morte en guise de bouclier. C'est alors qu'il la vit. Carice, retenue par deux hommes, tenait le poignard dans une de ses mains. Ses ravisseurs ne semblaient pas avoir l'intention de lui faire de mal. Raine reconnut l'un d'eux ; c'était le garde qu'il avait chassé de l'abbaye. Une demi-douzaine d'hommes armés se tenait à proximité.

— Ne les laissez pas m'emmener, cria Carice d'une voix suppliante tout en se débattant.

Mais elle n'avait pas la force de lutter contre ses gardes. Bientôt, l'un d'eux lui tordit le poignet et son arme tomba dans la neige.

En la voyant suffoquer de douleur, Raine se jeta sur

les soldats. Déstabilisés par cette attaque soudaine, ils ne purent résister quand il arracha Carice à leurs bras.

— Fuyez ! Trahern est là, tout près.

Sans discuter, elle prit ses jambes à son cou. Raine n'eut pas le temps de vérifier si elle était parvenue à rejoindre le cavalier. Il décocha un coup de poing au premier soldat, qui s'étendit de tout son long. Puis, après avoir ramassé le poignard dans la neige, il le plongea dans la gorge du deuxième homme.

Grisé par le sang versé, il faisait face, agile et rapide, son épée tranchant os et chair. En entendant Carice implorer l'aide de Trahern, il fut rassuré. Il ne s'était pas trompé sur l'identité du cavalier.

A son tour, MacEgan dégaina son épée. Sa force herculéenne était une aide précieuse, mais Raine l'arrêta.

— Conduisez-la à Laochre.

— Ils sont trop nombreux, objecta Trahern. Vous ne parviendrez pas à les retenir.

— Emmenez-la. Tout de suite, avant que d'autres n'arrivent.

Il se saisit d'une branche morte pour bloquer l'épée d'un soldat tout en le transperçant de la sienne. MacEgan hésitait, mais Raine insista :

— Vous n'avez pas le choix. Conduisez-la en lieu sûr. Je me charge d'eux.

Trahern assomma un nouvel assaillant d'un coup de poing tandis que Raine immobilisait un soldat qui venait de surgir derrière l'Irlandais.

— Je vous laisse mon cheval, dans ce cas, décida ce dernier. Je prendrai la monture de Carice.

Puis il ajouta, une pointe de méfiance dans le regard :

— Rejoignez-nous à Laochre, si vous le pouvez.

Avant de s'esquiver, Trahern repoussa violemment un autre soldat. Il en restait quatre.

Furtivement, Raine posa un dernier regard sur Carice. Ses longs cheveux bruns mouillés de neige lui tombaient sur les épaules, son visage si pâle était rougi et elle semblait terrorisée.

Ne sachant s'il allait survivre à ce combat, Raine la dévora des yeux. Si le dernier visage qu'il devait voir avant de mourir était celui de Carice, il n'aurait aucun regret.

Lorsqu'ils arrivèrent devant le donjon, Carice s'appuyait lourdement sur Trahern MacEgan. Ils avaient chevauché du mitan du jour jusqu'à la tombée de la nuit pour se rendre à Laochre, et elle avait bien du mal à garder les yeux ouverts.

Trahern était si grand qu'elle devait se pencher en arrière pour le regarder. L'homme était aussi barde, et il l'avait divertie avec ses récits tout au long de leur voyage. Mais, malgré cette distraction bienvenue, Carice n'avait pu s'empêcher de penser à Raine, le cœur lourd d'inquiétude. Etait-il en vie ? Avait-il réussi à vaincre ses assaillants ? La plupart d'entre eux étaient des soldats du roi et, si elle avait reconnu des hommes de son père, elle n'avait vu aucun signe de Brian Faoilin.

— Vous reste-t-il assez de forces ? lui demanda Trahern en ralentissant le pas de leur monture tandis qu'ils franchissaient les portes. Pouvez-vous marcher jusqu'au château ?

Face à son regard soucieux, elle comprit qu'il devinait son état de faiblesse.

— Oui, je peux marcher, répondit-elle après un silence. Mais je ne cesse de penser à ces soldats. Nous n'aurions pas dû laisser Raine seul contre eux. Ce n'est pas juste.

Cet homme avait tout fait pour la protéger, il avait

pris soin d'elle, et voilà comment il était remercié ! Carice avait l'impression que Trahern et elle lui avaient tourné le dos.

— Il est vivant, Carice.

— Ils étaient quatre, insista-t-elle. Quatre contre un.

La peur la saisit en l'imaginant ainsi encerclé. Aucun homme ne pourrait survivre à un tel combat. Et, même si Raine s'était volontairement sacrifié pour la sauver, elle se sentait affreusement coupable.

— C'est un soldat normand aguerri, répliqua Trahern. Vous pouvez me croire lorsque je vous dis qu'il est vivant. Il voulait vous éviter le spectacle d'un carnage, voilà tout. Soyez sûre qu'il les a abattus jusqu'au dernier.

Carice savait qu'elle aurait dû avoir pitié des soldats. Ils n'avaient fait qu'obéir aux ordres de leur roi lorsqu'ils avaient tenté de la ramener auprès de son père, et peut-être étaient-ils morts pour cela. Mais à aucun moment elle n'avait eu son mot à dire. Ces hommes étaient les maillons d'une chaîne qui la liait à un mariage auquel elle n'avait jamais consenti. Une grande tristesse l'envahit peu à peu. Si seulement son père ne s'était pas mis en tête de lui faire épouser le haut-roi, que de malheurs auraient été évités…

— Il faut que je sache ce qui lui est arrivé, murmura-t-elle.

Raine avait-il réchappé de cet affrontement ? Ou n'était-il déjà plus qu'un corps inerte dont le sang se répandait sur la neige ? La réponse l'effrayait tant qu'elle chassa immédiatement cette pensée.

— J'irai m'en enquérir, si vous y tenez, répondit Trahern. Mais, pour l'heure, vous êtes hors de danger, et c'est tout ce qui compte.

C'était plus fort qu'elle : Carice ne pouvait effacer de sa mémoire le souvenir du baiser de Raine. Certes, il n'avait pas voulu d'elle tout d'abord. Mais, ensuite, il avait cueilli ses lèvres et, depuis, tout était différent. Il lui avait ôté le souffle et fait perdre la tête.

Une main sur son épaule, Trahern la conduisit à l'intérieur du château. Carice prit une profonde inspiration avant de s'avancer. Dans la pièce vivement éclairée par des torches, les têtes se tournèrent à leur arrivée. Un profond soulagement la gagna lorsqu'elle découvrit son frère. Lui-même avait une expression soucieuse qui s'évanouit dès qu'il la vit entrer. Le visage de Killian était enflé et une goutte de sang perlait sur sa lèvre inférieure. De toute évidence, il s'était battu.

— Nous avons tous deux besoin de nous restaurer, annonça Trahern en guidant Carice à travers la salle.

Celle-ci s'efforça de sourire, même si elle ne parvenait pas à se réjouir réellement. Rien ne pouvait la distraire de son angoisse. Reverrait-elle jamais Raine de Garenne ? Elle avait l'impression de l'avoir abandonné, et ce sentiment lui était insupportable.

Lorsque Killian courut vers elle pour l'embrasser, elle se jeta à son cou.

— Dieu merci !

Malgré toutes ses peurs, elle se sentait de nouveau en sécurité dans ses bras. Mieux que quiconque dans cette pièce, Killian connaissait la cruauté du haut-roi, et il veillerait à ce qu'elle dispose d'une escorte pour continuer sa route vers l'ouest.

— Les hommes de votre père vous ont-ils poursuivie ? demanda-t-il.

Carice aquiesça.

— Les soldats du haut-roi également. Par chance, j'ai trouvé refuge dans une abbaye.

Pendant un instant, elle envisagea de lui parler de Raine, mais elle y renonça. Killian avait l'instinct protecteur d'un frère aîné. Si elle lui avouait qu'elle s'était trouvée seule avec un soldat normand, cela ne ferait qu'ajouter à son inquiétude.

Pouvait-elle compter sur la discrétion de Trahern ? Lorsqu'elle se tourna vers le colosse, il soutint son regard. Il ne semblait pas désireux d'intervenir ; à elle de décider de ce qu'elle voudrait bien raconter. Le barde savait garder un secret, devinait-elle.

Trahern s'approcha de son frère aîné, le roi Patrick, qui était assis sur son trône au fond de la grande salle. Malgré ses dehors affables, on percevait chez le souverain une force redoutable. Carice imaginait sans peine que les hommes qui osaient le contrarier devaient être bien rares.

Son frère ne la quittait pas des yeux. Il l'observait avec un air soucieux, comme s'il s'attendait à la voir s'effondrer à tout moment. Pour dissiper ses craintes, Carice lui ébouriffa les cheveux en souriant. Puis elle prit le bras qu'il lui offrait et ils se dirigèrent ensemble vers le trône pour présenter leurs respects au roi. Etait-elle supposée souper à la table du souverain de Laochre ? Elle l'ignorait, mais il lui fallait se plier aux politesses d'usage. Comme ils approchaient, elle aperçut lady Taryn. Visiblement heureuse de la voir, celle-ci lui adressa un regard chaleureux. Killian, quant à lui, sembla soudain étrangement nerveux.

Intéressant. Si Carice ne se trompait pas, c'était pourtant au nom de lady Taryn que son frère s'était battu. Plus elle étudiait les ecchymoses et les jointures enflées de ses doigts, plus elle en était convaincue.

Sans quitter le bras de son frère, elle fit signe à la jeune femme de les rejoindre. Taryn portait un surcot couleur crème orné de fils d'argent. Epinglées à ses cheveux, de petites boules dorées pendaient contre ses joues. Mais Carice savait que cette coiffure recherchée était en réalité destinée à cacher les cicatrices de la dame. Bien qu'elle ignorât en quelles circonstances elle avait été ainsi défigurée, Carice comprenait qu'elle souhaitât éviter d'être la cible de tous les regards.

D'aucuns auraient considéré Taryn et Killian comme un couple mal assorti. Carice était au contraire convaincue que ce dernier méritait une femme capable de reconnaître sa bonté. Et les cicatrices de Taryn ne semblaient aucunement le gêner.

En se penchant vers son frère, elle murmura :

— Elle vous plaît, n'est-ce pas ?

— Restez en dehors de cela, Carice, répondit son frère avec un regard d'avertissement on ne peut plus clair.

— Mais c'est vrai. Vous vous êtes battu pour elle, à ce que je vois. Votre visage est tuméfié et les jointures de vos doigts sont enflées.

Killian pressa vigoureusement sa main, lui adressant par là une menace silencieuse. *Je vous interdis de vous en mêler.*

Carice lui répondit d'un sourire. *Essayez toujours.*

Mais ils durent interrompre leur chamaillerie muette : ils arrivaient à la table la plus proche du trône, où ils furent invités à souper. Killian aida sa sœur à s'asseoir tandis que lady Taryn s'installait en face d'elle.

— Comme je suis heureuse de vous voir saine et sauve ! lui dit celle-ci avec un sourire.

— Et moi donc. Echapper à mon père n'a pas été chose facile.

Carice se tourna vers Killian, dont le visage s'était assombri. Comme elle, il savait que Brian Faoilin ne renoncerait jamais à la retrouver. Il tenait à ce que sa fille unique devienne reine de l'Irlande tout entière, quel que soit le prix à payer.

Jamais de la vie, se jura-t-elle. Plutôt mourir que d'appartenir au roi suprême. Rory Ó Connor était une brute, et elle refusait de passer les derniers mois de son existence mariée à ce monstre.

Elle aurait dû se sentir en sécurité à Laochre, pourtant la peur ne la quittait pas. Elle savait que sa liberté si chèrement gagnée serait peut-être de courte durée. Même ici, sous la protection du clan MacEgan, son père et les hommes du roi pouvaient la retrouver et la forcer à repartir avec eux. Il lui fallait partir vite. Comme elle aurait voulu que Raine soit là pour l'accompagner !

Mais elle se berçait d'illusions, elle le savait. Raine de Garenne n'avait aucun intérêt à assurer sa protection : son seul but était de servir son roi. Même s'il se présentait à Laochre, il était peu probable qu'il acceptât de partir vers l'ouest avec elle.

Carice choisit quelques tranches de viande rôtie et de fromage dans le plateau que Taryn lui tendait. Epuisée par le voyage, elle avait à peine la force de manger. Mais il lui fallait conserver le peu de ressources qu'il lui restait.

Avec difficulté, car elle avait l'esprit confus, elle conversa avec lady Taryn et son frère à propos du haut-roi. Même si Killian avait promis de ne rien tenter de dangereux, Carice avait des doutes. A la façon dont il couvait Taryn des yeux, on devinait qu'il était prêt à tout pour protéger la jeune femme, ce qui ne laissait pas de préoccuper celle-ci.

En les voyant ensemble, Carice ne pouvait s'empêcher de penser à Raine. Il l'avait regardée ainsi la nuit où il avait dormi à ses côtés. Et, même s'ils n'étaient guère plus que des étrangers l'un pour l'autre, l'attirance qu'elle avait ressentie était bien réelle. Dans son lit, elle était au chaud et en sécurité et, même si tout lui disait que c'était mal, elle avait aimé dormir contre son corps vigoureux.

Une vague de mélancolie s'empara d'elle. *Je veux le revoir.* Jamais un homme ne lui avait inspiré de tels sentiments. Raine lui donnait envie de vivre pleinement chaque jour qui lui était donné.

Un vertige fit soudain tourner la pièce devant ses yeux. Pour lutter contre l'évanouissement qui la guettait, elle s'agrippa à la table et s'efforça de respirer calmement. Même si ses crampes d'estomac semblaient avoir disparu, elle se sentait toujours aussi faible. La maladie se rappelait cruellement à elle.

Les moments qu'elle avait passés avec Raine avaient fait naître en elle de vains espoirs. Elle n'avait pas le droit d'imaginer un avenir avec un homme, quel qu'il soit, et encore moins avec un soldat normand. Selon toute vraisemblance, elle serait morte avant l'hiver prochain. C'était une réalité qu'elle ne voulait pas regarder en face, mais cette issue était inévitable. Mieux valait qu'ils partent chacun de leur côté. Cela serait moins douloureux.

Il n'y avait pas de lendemain pour elle. Mais il pouvait y en avoir un pour son frère et lady Taryn.

Ne valait-il pas mieux consacrer ses derniers mois à la félicité des autres ? Carice tenait là une occasion de faire le bonheur de son frère. Killian avait besoin d'une femme qui l'aimerait pour ce qu'il était, et Carice était convaincue que cette femme était lady Taryn. Non, elle n'aurait aucun scrupule à les pousser dans les bras l'un de l'autre.

Alors que Taryn s'apprêtait à quitter la pièce, Carice la prit par la main.

— Ne partez pas. J'aimerais vous parler.

En se tournant vers Killian, elle lui demanda :

— Laissez-nous seules un instant, voulez-vous ?

Si tout se déroulait selon son plan, son frère passerait les prochains jours seul avec Taryn. Il n'y avait rien de mal à ourdir quelques manigances, dès lors que c'était pour une bonne cause. Avec un peu de chance, lorsqu'elle aurait quitté ce monde, Taryn et Killian seraient mari et femme.

Chapitre 4

Raine n'avait pas l'intention d'abandonner Carice. Pas de cette façon.

Le visage de la jeune femme le hantait avec une force qu'il n'aurait jamais imaginée. Sans cesse, il revoyait ses yeux emplis de terreur lors de sa fuite à cheval avec Trahern MacEgan. Et, même si elle semblait certaine que le cavalier la conduirait à Laochre, Raine ne connaissait pas cet homme. Pouvait-on vraiment lui faire confiance ?

Son instinct lui ordonnait de la retrouver pour s'assurer qu'elle était en sécurité. Bien entendu, il savait qu'il n'en avait pas le droit : le délai que lui avait accordé son commandant pour rejoindre sa troupe était déjà dépassé. Pourtant, Raine ne pouvait lutter contre le besoin impérieux qu'il avait de revoir Carice. Jamais une femme n'avait partagé son lit toute une nuit en cherchant le réconfort auprès de lui. Lady Carice avait apaisé son esprit tourmenté et chassé sa solitude.

Depuis son départ, celle-ci lui pesait cent fois plus.

Raine avait fini d'enterrer les corps des gardes qu'il avait tués. L'affrontement avait pris fin peu après le départ de Carice et Trahern. N'importe quel homme aurait été découragé devant un combat aussi inégal, mais lui n'éprouvait pas ce genre de crainte. Vivre ou mourir, cela lui était presque égal. Cette indifférence lui avait donné un avantage dans la bataille, car il frappait sans crainte. Et il était sorti vainqueur de la rencontre.

Le visage balayé par des flocons de neige épars, il se mit à réfléchir. Un coup d'épée lui avait causé une coupure peu profonde au bras. Ce n'était qu'une contrariété, rien de plus, mais il lui fallait confectionner un bandage pour que le sang cesse de couler.

Ses pieds s'enfonçant dans la neige, il se mit en quête du cheval de Trahern, qu'il trouva attaché à un arbre. Puis il reprit le chemin de l'abbaye tout en s'efforçant de se ressaisir. *Tu ne peux pas partir à sa recherche*, se raisonnait-il. *Elle s'en est allée, et c'est mieux ainsi.*

Oui, c'était mieux ainsi, il le savait. Pourtant, il ne pouvait s'empêcher de penser à sa beauté, à sa douce chevelure et au goût qu'avait sa bouche lorsqu'il l'avait embrassée. Mais Carice ne serait jamais autre chose qu'un rêve pour lui. Il était plus sage de l'oublier.

Dès qu'il pénétra dans l'enceinte de l'abbaye, il remarqua les chevaux et les hommes en armes qui l'attendaient. La vue des soldats suffit à lui rappeler les devoirs qu'il avait négligés.

Son commandant, sir Darren de Carleigh, se tenait debout près des tombes. Il regarda Raine s'avancer avec un air entendu, les bras croisés sur la poitrine. Sir Darren n'était pas un homme de grande taille, mais des années d'entraînement lui avaient dessiné une musculature imposante.

— Vous êtes en retard, de Garenne. Vous deviez revenir au camp il y a deux jours.

— J'en ai été empêché.

Raine ôta son camail et montra son bras blessé en guise de preuve. Surpris, le chevalier demanda :

— Que vous est-il arrivé ?

— Une petite bagarre, rien de plus.

Raine songea rapidement à ce qu'il allait dire ensuite, sachant qu'il ne pouvait prétendre avoir été attaqué pendant qu'il chassait.

— Contre qui vous êtes-vous battu ? interrogea le commandant d'une voix douce qui dissimulait mal son hostilité. Quelqu'un vous a-t-il suivi jusqu'ici ?

Raine réfléchit un moment avant de lui répondre. Parler de Carice ne l'enchantait guère, mais il ne savait comment éviter d'évoquer cette rencontre. Tôt ou tard, les soldats normands apprendraient la vérité. Il lui fallait choisir ses réponses prudemment. Avec un haussement d'épaule, il déclara :

— J'ai croisé la route d'une petite troupe de soldats du haut-roi dans les bois, et je les ai questionnés.

Ce n'était pas la stricte vérité, mais cela lui permettrait de détourner la curiosité de sir Darren.

— Et qu'avez-vous appris ?

Encore une fois, Raine hésita. Que pouvait-il lui révéler sans risque ? Quelques-uns des soldats irlandais avaient battu en retraite et rejoint le père de Carice. Si les Normands continuaient à avancer vers l'est, ils risquaient de croiser leur route. Alors, sir Darren les interrogerait.

Raine devait se rendre à l'évidence : dire la vérité était le seul moyen de protéger Carice. C'était également la promesse de la revoir, même s'il devait pour cela se servir d'elle.

— Ils étaient à la recherche de la promise du haut-roi, dit-il enfin. Lady Carice, du clan Faoilin, a disparu il y a quelques jours. Elle s'est enfuie pour échapper à son mariage.

Raine avait vu juste : l'information sembla réjouir le chevalier.

— Cet événement fâcheux pourrait nous être très utile.

Utile, peut-être. Mais il était hors de question que les soldats normands approchent Carice. Ils risqueraient de l'effrayer, voire de la menacer. Et cela, Raine ne le tolérerait pas.

Rapidement, il forgea un plan dans sa tête.

— Je sais qu'elle cherchait à se rendre au château de Laochre. Permettez-moi de partir à sa recherche. Je lui offrirai de la protéger et de la conduire en lieu sûr.

— Et pourquoi vous croirait-elle ?

Après un silence, Raine avoua :

— Parce qu'elle est venue ici. Je lui ai donné asile pour une nuit, avant que Trahern MacEgan ne l'escorte vers Laochre. Elle me fait confiance car j'ai tenu parole.

Un sourire narquois se forma sur les lèvres de son commandant.

— Ainsi, vous lui ferez croire que vous l'aidez à fuir son mariage… mais, au lieu de cela, vous la conduirez auprès du haut-roi. Parfait. Cela vous donnera un moyen de vous introduire à Tara, conclut-il.

Raine sentit le piège se refermer sur lui. Il essayait de se convaincre qu'il veillerait sur Carice, mais il n'était pas certain de pouvoir tenir cette promesse une fois qu'ils seraient arrivés à Tara. On lui avait donné l'ordre d'assassiner le haut-roi et il n'avait d'autre choix que d'obéir. C'était la mission la plus dangereuse qu'il eût jamais tenté d'accomplir. Il n'était qu'un pion sur l'échiquier de deux rois ennemis. S'il mourait, personne ne s'en soucierait.

Quant à Carice Faoilin… Son sort aurait dû lui être indifférent, et pourtant il répugnait à la trahir ainsi. Après tout, elle ne demandait qu'à mourir en paix, en femme libre.

C'était un souhait qu'il comprenait. Mais la liberté était un luxe dont il ne jouissait pas lui-même. Il avait renoncé à tout en endossant l'armure des soldats du roi parce que rien ne comptait plus pour lui que de sauver la vie de ses sœurs. Et le seul moyen de reconquérir leur liberté était de sacrifier celle de Carice.

Sir Darren se dirigea vers les cuisines en faisant signe à Raine de le suivre.

— Nous souperons avec vous, et vous me direz tout ce que vous savez.

Raine marcha derrière lui, la troupe à sa suite. Après avoir distribué aux soldats les restes de viande, il les laissa festoyer pendant qu'il nettoyait sa blessure au bras et l'entourait d'une bande de lin. Constatant que l'air glacial avait ralenti l'écoulement du sang, il serra fermement le bandage.

— Prenez vos hommes et continuez votre route jusqu'à Tara sans moi, suggéra-t-il à son commandant. Je retrouverai lady Carice et je vous la ramènerai. Seul, il me sera plus facile de la convaincre que je peux la protéger. Elle refuserait de nous suivre si vous êtes tous avec moi.

— Peut-être refusera-t-elle de toute façon.

C'était peu probable, puisque Carice lui avait déjà demandé de l'accompagner vers l'ouest. Raine n'aurait qu'à lui dire qu'il acceptait de lui servir d'escorte.

— Faites-moi confiance, je n'échouerai pas.

Sir Darren acquiesça d'un signe de tête en s'essuyant les mains, puis il se servit une coupe de bière et lança :

— N'oubliez pas que votre tâche première est

d'éliminer le haut-roi. Il serait regrettable que vous déceviez Henri II, ajouta-t-il avec un regard éloquent.

Raine avait parfaitement compris les insinuations de sir Darren, mais il parvint à contenir la colère qui grondait en lui pour afficher un masque impassible. Oui, le roi avait sur lui un pouvoir considérable, il le savait. Cet homme avait pris possession des terres de sa famille et, pire encore, il avait causé le malheur de ses deux sœurs.

— Lorsque j'aurai tué le haut-roi, j'exige que Nicole et Elise soient libérées, dit-il avec le plus grand calme.

Ce n'était pas négociable. Désormais, le seul moyen de pression dont disposait le roi à son égard était le sort de ses sœurs. Son propre avenir lui importait peu puisqu'il avait déjà tout perdu. S'il avait accepté cette mission, c'était uniquement pour gagner la liberté des deux jeunes femmes.

— Si vous réussissez, vous serez récompensé, répliqua son commandant.

— C'est leur liberté que je veux, pas une récompense.

Sir Darren soutint son regard mais concéda :

— Si cela est en mon pouvoir, j'interviendrai en leur faveur.

Le chevalier faisait preuve d'une compassion inattendue. Pendant un instant, la barrière qui séparait les deux hommes sembla s'effacer et ils se parlèrent d'égal à égal.

— J'ai des sœurs, moi aussi. Je comprends votre inquiétude, avoua sir Darren.

— Elles sont innocentes dans cette affaire.

Dieu seul savait ce qu'il était advenu de Nicole et d'Elise au cours des dernières années. La mort dans l'âme, Raine avait dû s'exiler en les laissant derrière lui. C'était le prix à payer pour qu'elles restent en vie, et il s'en était acquitté. Les ordres qu'il avait reçus étaient clairs : il devait entrer dans l'armée normande et obéir au roi en toutes choses.

Bien sûr, même s'il réussissait à assassiner le haut-roi, rien ne garantissait que Henri II consente à libérer ses sœurs. Raine jouait un jeu dangereux et ses chances de gagner étaient bien minces.

Après un long soupir, il demanda :

— Et mes terres ? Me seront-elles jamais rendues ?

Darren secoua la tête.

— Je l'ignore. Mais, après la trahison de votre père, je serais surpris que Henri II soit disposé à vous les restituer.

— Je ne lui ai jamais donné de raisons de mettre ma loyauté en doute.

— A vous de lui en donner une de vous récompenser, rétorqua sir Darren. La mort de Rory Ó Connor vous attirera ses bonnes grâces. Quand ce sera fait, vous disparaîtrez pour ne plus jamais mettre les pieds en Irlande. Et vos sœurs seront très probablement relâchées.

Mais, si Raine ne parvenait pas à éliminer le haut-roi, Henri II le tiendrait pour seul responsable et ordonnerait sa mort, c'était certain.

— Qu'arrivera-t-il à mes sœurs si j'échoue ?

Le commandant ne dit mot, mais son silence était sans équivoque. Raine s'y attendait : il n'avait d'autre choix que d'obéir.

— Soit, conclut-il.

Tandis que les soldats achevaient leur repas, il resta appuyé contre le mur. L'inexorabilité de son destin lui apparaissait dans toute sa cruauté. Prisonnier de chaînes invisibles, il ne pouvait rien faire pour échapper à son terrible sort.

— Retrouvez la fiancée du haut-roi et ramenez-la-moi, lui répéta sir Darren.

Raine inclina la tête avant d'ajouter :

— Ne me suivez pas. Je la livrerai au roi suprême, mais seulement si vous gardez vos distances.

Comme son commandant ne répondait pas, Raine comprit que celui-ci ne lui faisait pas confiance.

— La vie de Nicole et d'Elise dépend de mon obéissance, insista-t-il. Jamais je ne les mettrais en danger. Je conduirai lady Carice auprès du haut-roi, soyez-en assuré.

Il ne lui restait qu'à espérer que Carice lui pardonnerait son geste.

Carice était installée dans la chambre des dames aux côtés de la reine Isabel et de lady Genevieve, l'épouse de Bevan MacEgan. Malgré la compagnie des deux femmes, elle était en proie à une vive inquiétude. Son frère, Killian, était parti la veille avec lady Taryn, qu'il avait accepté d'escorter jusqu'à Tara. La jeune femme voulait implorer la clémence du haut-roi pour son père, qui était retenu prisonnier au château.

Carice avait l'impression que son frère s'était jeté dans la gueule du loup. Pourtant, elle savait quelle récompense l'attendait s'il parvenait à sauver le père de lady Taryn. Une nouvelle vie commencerait pour lui, où il ne serait plus traité comme un serf ni comme un bâtard. C'est ce qu'elle souhaitait de tout son cœur, et elle priait pour qu'il ne lui arrive rien.

Quant à elle, même si les MacEgan lui avaient offert de prolonger son séjour à Laochre, elle savait que sa sécurité ne tenait qu'à un fil. Tôt ou tard, son père finirait par la retrouver. Plus vite elle partirait et plus elle aurait de chances de lui échapper.

Certes, le clan des MacEgan était prêt à l'aider. Pourtant, elle ne pouvait s'empêcher de penser à Raine. Trahern lui avait promis de chercher à savoir ce qui lui était arrivé, mais cela prendrait du temps. Le mieux serait de faire halte à l'abbaye lorsqu'elle partirait pour l'ouest. Elle pourrait alors voir par elle-même s'il s'y trouvait encore. Cette pensée la rassura.

— Liam, reviens ici, ordonna la reine.

Son fils cadet esquissait quelques pas maladroits, accompagnant ses efforts d'un petit rire enfantin. Isabel posa son ouvrage et prit le bambin dans ses bras pour l'éloigner de la cheminée.

— Dieu m'est témoin, cet enfant me rendra folle ! Dès que je tourne la tête, il se jette au-devant d'un nouveau danger. Hier, je l'ai surpris la main sur l'épée de Patrick.

Tandis qu'elle le serrait dans ses bras, Carice sourit.

— Heureusement pour moi, Duncan ne marche pas encore, répondit Genevieve.

Assis par terre, son fils mordillait un morceau de fourrure pendant qu'elle pinçait sa harpe. La jeune femme avait joué pour les convives le soir précédent, emplissant la pièce de sons apaisants.

La musique aidait Carice à oublier ses crampes d'estomac. Sa maladie était revenue la tourmenter au lever du jour et la bouchée de pain qu'elle avait essayé d'avaler en espérant calmer ses douleurs n'avait fait qu'aggraver le mal.

Avec un long soupir, elle replongea les yeux dans son ouvrage sans rien laisser paraître. Si elle s'abstenait de manger au dîner, tout rentrerait peut-être dans l'ordre.

Cherchant une distraction, elle demanda à Genevieve :

— Puis-je prendre votre fils dans mes bras ?

La jeune femme hocha gracieusement la tête tout en pinçant les cordes de sa harpe.

— Bien sûr.

Une fois sur les genoux de Carice, Duncan saisit ses longs cheveux à pleines mains avec une mine enjouée. En babillant avec lui, elle éprouvait une joie teintée d'amertume. Le bébé lui faisait penser aux enfants qu'elle n'aurait jamais, et cette triste réalité lui serrait le cœur.

Elle adressa un vaillant sourire au bambin en tentant d'imaginer une vie sans souffrances, une vie où elle pourrait elle aussi avoir un enfant.

Mais cela n'arriverait pas, et en y songeant elle fut gagnée par un sentiment de révolte. L'injustice de son sort lui apparaissait de plus en plus criante. Qu'avait-elle fait pour mériter le mal qui la rongeait ? Pourquoi devrait-elle mourir alors que d'autres femmes avaient le droit de vivre et de laisser une part d'elle-même dans leur progéniture ? Dans sa colère, elle aurait voulu que sa maladie soit un ennemi réel, un être de chair et de sang qu'elle aurait pu abattre d'un coup d'épée. Elle voulait une autre vie que la sienne, et elle aurait tout donné pour l'obtenir.

Soudain, on frappa à la porte. Quand la reine eut donné l'ordre d'entrer, un adolescent ouvrit et scruta la pièce du regard. Tout en adressant à Carice un sourire éclatant, il annonça à la reine :

— Votre Majesté, il y a un homme aux portes du château.

Avec un sourire un rien moqueur, Isabel répondit :

— Ewan, cette information ne m'est pas d'une grande utilité. Qui est-ce ?

Le sourire du garçon s'élargit et il pénétra dans

la chambre des dames. En exécutant une révérence théâtrale devant Carice, il ajouta :

— C'est un soldat normand. Et il a demandé à voir madame.

Puis il mit un genou à terre et proposa :

— Je me ferai un plaisir de l'occire, si vous le souhaitez.

Carice se redressa, stupéfiée par la déclaration du jeune homme. Un seul soldat normand savait qu'elle se trouvait à Laochre, et cet homme était Raine de Garenne. Submergée par l'émotion, elle s'efforça de se dominer. Raine était vivant, et il était venu la chercher. A l'idée de le revoir, elle brûlait d'impatience. Mais elle sentit que son sang-froid lui échappait. Elle n'était plus une jeune fille écervelée et il lui fallait retrouver son calme.

La reine Isabel protesta :

— Epargne-nous tes élans chevaleresques, Ewan. Il s'agit d'un chevalier normand, et non d'un dragon. Ewan est le frère cadet de mon époux, ajouta-t-elle à l'adresse de Carice. Il est convaincu qu'il deviendra le plus grand guerrier du clan MacEgan.

— Le plus grand de tous, parfaitement.

En exhibant ses maigres muscles, il sourit à Carice de toutes ses dents avant de préciser :

— Quand je serai plus costaud.

Il était impossible de rester insensible à la jovialité du garçon. Carice lui rendit son sourire.

— Je crois savoir qui est ce soldat.

Avant qu'elle n'ait eu le temps d'en dire plus, la reine intervint.

— Qui est-il ? Et pourquoi est-il ici ?

— Il est venu me voir, répondit Carice. Il nous a

sauvé la vie, à Trahern et à moi, lorsque nous étions pourchassés par les hommes de Rory Ó Connor.

— Où se trouvent les autres hommes de sa troupe ? demanda Isabel. Les soldats normands ne se déplacent pas seuls.

Ewan haussa les épaules :

— Celui-ci fait exception à la règle.

Les soupçons de la reine ternissaient la joie de Carice, qui commençait à craindre qu'Isabel n'autorise pas Raine à pénétrer dans le château.

Tant bien que mal, elle chercha à fournir une explication :

— Il s'apprêtait à rejoindre sa troupe. Celle-ci était en route pour Tara, je crois.

Isabel lança un regard inquiet à lady Genevieve en s'interrogeant tout haut :

— Pourquoi des soldats normands se rendraient-ils à Tara ? Cela n'a pas de sens. Nos pays sont en paix à présent. Les Normands n'ont aucune raison d'envoyer des soldats là-bas.

Puis elle ajouta, à l'intention d'Ewan :

— Laisse-le entrer, mais renseigne-toi sur lui. Tâche d'en savoir le plus possible sur cet homme. Fais-le attendre dans la grande salle. S'il est vraiment seul, peut-être n'est-il pas dangereux, mais Connor et Bevan doivent être présents.

Le jeune homme acquiesça et quitta rapidement la pièce.

— Croyez-vous que nous devions nous attendre à une nouvelle visite du roi d'Angleterre ? suggéra Genevieve.

Comme le petit Duncan commençait à s'agiter, Carice le tendit à sa mère. La jeune femme ajusta son bliaud pour allaiter l'enfant.

— C'est possible, répondit Isabel sans conviction.

Quoi qu'il en soit, Patrick doit être informé de la venue de cet homme. Peut-être souhaitera-t-il prévenir le haut-roi.

— Raine de Garenne n'est pas venu chercher querelle, affirma Carice. J'en suis certaine. Trahern vous le confirmera.

Le guerrier était probablement venu s'assurer qu'elle était parvenue à Laochre saine et sauve. Carice décida de rejoindre la grande salle pour le voir, mais, lorsqu'elle tenta de se lever, ses jambes vacillèrent et elle fut contrainte de se rasseoir.

La reine se tourna vers elle avec un regard compatissant.

— Vous ne vous sentez pas bien, n'est-ce pas ?

— Ce n'est rien.

Carice parvint à se relever, mais elle avait l'impression que des lames lui transperçaient le ventre. Son désir de revoir Raine était tel qu'elle luttait de toutes ses forces contre la douleur. Se retirer dans sa chambre n'était pas du tout dans ses intentions. Les yeux fermés, elle serra les dents en s'efforçant de rester debout.

— Vous devez consulter notre guérisseuse, décida Isabel. Peut-être découvrira-t-elle la cause de votre mal.

— Je dois d'abord voir Raine, insista Carice, fermement décidée à supporter ses souffrances, si vives soient-elles.

Genevieve et Isabel échangèrent un regard qui en disait long. Elles ne croyaient pas un instant que Carice fût capable de traverser la pièce, et encore moins de marcher jusqu'à la grande salle pour retrouver Raine.

Après avoir inspiré profondément plusieurs fois, Carice se leva de nouveau en grimaçant de douleur. Isabel prit Liam dans ses bras et, l'enfant sur la hanche, s'approcha d'elle.

— Vous pouvez aller voir ce soldat si vous le souhaitez, dit-elle doucement. Mais marchez lentement. Et promettez-moi qu'ensuite vous laisserez notre guérisseuse vous examiner.

— Merci, répondit Carice en s'efforçant de sourire.

La reine semblait comprendre ses raisons.

— J'imagine que, si j'étais à votre place, rien ne pourrait m'empêcher de voir Patrick.

Isabel marchait à ses côtés, d'un pas lent. Liam se tortillait dans ses bras, mais elle le calma en l'embrassant sur les deux joues.

— Vous n'aviez jamais évoqué l'existence de cet homme. Et vous n'avez pas non plus parlé de lui à Killian, n'est-ce pas ?

Non, en effet. Trop soucieux de la protéger, son frère lui aurait reproché d'avoir pris le risque de suivre un soldat normand. Mieux valait qu'il ne sache rien.

— Non, je ne lui ai pas parlé de Raine.

Bien qu'elle sût qu'elle avait piqué la curiosité d'Isabel, elle ne vit pas de raison de lui en dire davantage et se contenta de préciser :

— Si cet homme ne m'avait donné asile, je n'aurais pas survécu à ma tentative de fuir mon père.

Carice avançait dans le couloir en s'appuyant contre le mur, précédée d'Isabel. Genevieve, restée dans la chambre des dames, finissait de nourrir Duncan. Un vertige s'empara de Carice lorsqu'elle parvint aux escaliers, mais elle se força à continuer et descendit les marches pas à pas.

En bas, elle s'arrêta un moment pour reprendre son souffle. Isabel la conduisit dans la grande salle, mais Raine ne semblait pas s'y trouver. Le brouhaha des conversations n'était qu'un vague bourdonnement à ses oreilles. Carice s'assit sur l'une des chaises basses placées le long du mur, soucieuse de se faire discrète le temps de rassembler ses dernières forces. La plupart des tables à tréteaux avaient été poussées à l'écart et de nombreuses personnes étaient réunies dans l'espace laissé libre. Bientôt parurent plusieurs gardes du clan MacEgan. Derrière eux, Carice découvrit Raine.

Le soldat ôta son heaume de fer, dévoilant ses cheveux blond foncé, humides de neige. Carice reconnut la cotte de mailles et la chemise qu'il portait lorsqu'elle avait partagé sa chambre à l'abbaye. Raine se tenait droit et ferme en pénétrant dans la pièce, une épée à deux tranchants suspendue à son flanc. Au bandage de lin qui entourait son avant-bras, Carice comprit qu'il avait été blessé légèrement. Toutefois, c'était la seule trace de coup visible sur son corps et, pour l'heure, le seul fait de le voir vivant était un immense soulagement.

Comme elle aurait voulu courir à sa rencontre, l'étreindre et le remercier pour ce qu'il avait fait ! Mais, si elle avait osé se lever, elle se serait aussitôt effondrée sur le sol. Une ébauche de sourire fendit ses lèvres tandis qu'elle s'imaginait évanouie à ses pieds. C'était loin d'être l'accueil qu'elle voulait lui réserver.

Deux des gardes suivirent Raine tandis qu'il se dirigeait vers le trône. Isabel avait rejoint son époux et, bien qu'elle fût normande elle-même, elle affichait un air de défiance. Carice ne comprenait pas les craintes de la reine. Pourquoi était-elle préoccupée par la présence de Raine ? Il n'était pas venu avec une armée à sa suite, dans le but d'attaquer les MacEgan. Il était venu la chercher, *elle*.

Carice se leva, et ce seul mouvement lui fit tourner la tête. *Surtout, ne t'évanouis pas*. Lentement, elle se fraya un chemin dans la foule qui s'était rassemblée devant le couple royal. Trahern avait rejoint son frère et se tenait près du trône. En le voyant, elle se sentit rassurée. Il pourrait attester que Raine leur avait sauvé la vie.

— Qui es-tu et que fais-tu à Laochre ? interrogea le roi en gaélique.

Comme Raine ne répondait pas, la reine traduisit en normand les propos de son époux.

— Je suis Raine de Garenne, répondit le soldat en regardant Trahern droit dans les yeux. Votre frère connaît les raisons de ma présence ici.

Le guerrier irlandais fit un pas en avant, mais il s'exprima avec circonspection.

— Je l'ai trouvé avec lady Carice. Nous avons été attaqués par les hommes du haut-roi, et il est resté pour les combattre en me laissant partir avec elle, afin que je la conduise à Laochre. Je l'ai invité à nous rejoindre ici. Je présume qu'il veut savoir si dame Carice est bien en sécurité. A moins qu'il ne soit venu pour une autre raison ? ajouta-t-il avec un haussement de sourcils.

Au prix d'un effort surhumain, Carice parvint à se dominer et s'approcha de Raine. Dès qu'il la vit, ses yeux verts se posèrent sur elle avec autorité. Raine de Garenne la regardait comme si elle n'appartenait qu'à lui.

— Je suis venu à la requête de lady Carice.

Elle lut dans son regard une chaleur qui lui rappela les longs moments qu'ils avaient passés ensemble.

Elle avait terriblement envie de lui parler, de lui dire sa joie de le revoir. Mais la voix de Raine semblait lui parvenir de très loin, et l'écho de ses paroles bourdonnait à ses oreilles. Ses jambes chancelèrent, peinant à la porter. Et, tout à coup, sa vue se troubla et la pièce sembla basculer. Malgré ses efforts pour rester consciente, tout devint noir autour d'elle.

Ensuite, il n'y eut plus que le vide.

Raine se précipita vers Carice, mais il fut retenu par deux hommes. Dieu, qu'elle était pâle ! S'il ignorait la raison précise de son évanouissement, force était de constater que son état ne s'était pas amélioré. La maladie semblait au contraire s'être aggravée.

— Lâchez-moi, tonna-t-il.

Le besoin primaire de la protéger lui faisait oublier tout le reste. Après avoir écarté le premier garde d'un coup de coude, il écrasa son poing sur le visage du second dans un craquement d'os avant de lever le bras pour parer un coup. Deux des frères MacEgan l'empoignèrent, mais il réussit à se dégager et courut vers Carice. Trahern le rattrapa juste avant qu'il ne parvienne jusqu'à elle.

— Laisse-la, lui dit le colosse en normand tout en le retenant de sa poigne de fer. Notre guérisseuse va s'occuper d'elle.

Trahern avait raison, mais Raine ne pouvait contrôler la fureur qui grondait en lui : Carice était sienne et il devait veiller sur elle. Ce besoin n'avait rien de rationnel, il le savait, mais il ne supportait pas de la voir dans un tel état.

C'est le moment que choisit le roi pour intervenir. En avançant vers Raine, il lui dit en normand :

— Notre guérisseuse saura prendre soin de lady Carice. Quant à toi, j'ai des questions à te poser concernant tes liens avec Rory Ó Connor.

Patrick MacEgan parlait d'un ton brusque, presque menaçant. Raine se tut, toute son attention tournée vers Carice tandis que la guérisseuse l'emmenait. La méfiance des MacEgan à son égard ne le surprenait guère : après tout, ils avaient de bonnes raisons de douter de lui.

Le roi abandonna vite le normand pour s'adresser à

ses frères en gaélique. Le groupe parlait à voix basse devant Raine, qui parvenait à suivre l'essentiel de leur conversation mais décida de ne pas le montrer. Il comprenait leur langue bien mieux qu'il ne la parlait.

Se tournant vers Trahern, Patrick lui demanda :

— Pourquoi les Normands se réunissent-ils à Tara, à ton avis ? Henri II n'est pas en visite au château, et il n'a nul besoin d'envoyer une armée là-bas.

Raine se gardait bien de laisser paraître une quelconque émotion sur son visage. Les MacEgan devaient être convaincus qu'il ne saisissait pas un mot de leur aparté. Mais sa seule présence suffisait à éveiller leurs soupçons.

— Il sait quelque chose, remarqua Trahern.

Raine sentait sur lui le regard scrutateur de l'Irlandais, qui ajouta :

— Mais il ne parlera jamais.

Puis, se tournant vers le plus jeune des guerriers, Trahern lui demanda :

— Que conseilles-tu, Connor ?

L'air grave, le jeune homme blond répondit :

— Interrogeons-le plus longuement.

Le roi sembla approuver cette décision.

— Nous ne pouvons pas laisser les Normands attaquer Tara, nous qui nous sommes battus si durement pour obtenir la paix, conclut-il.

Après avoir échangé un regard avec Patrick, son épouse s'avança et lui prit la main.

Raine continuait à se comporter comme si la conversation lui échappait totalement. Mais il savait qu'un interrogatoire plus poussé l'exposerait à l'emprisonnement ou, pire, à la torture. Les MacEgan comptaient des alliés dans le camp des Irlandais comme dans celui des Normands, et ils étaient prêts à tout mettre en œuvre pour protéger le haut-roi.

Cela faisait de Raine leur ennemi, puisque son but était précisément de supprimer Rory Ó Connor. S'il voulait gagner la liberté de ses sœurs, il ne pouvait laisser la vie sauve au roi suprême.

— Viens, ordonna Trahern en normand tout en menant Raine vers le fond de la grande salle. Mes frères et moi souhaitons te parler en privé.

— Je suis venu voir lady Carice, répliqua Raine.

— Tu la verras, mais seulement lorsqu'elle se sentira mieux.

Raine hésita. Où voulaient-ils l'emmener ? S'il protestait, les MacEgan seraient alertés par sa méfiance et se rendraient compte qu'il comprenait leur langue. Fuir était tout aussi impossible, car alors ces hommes ne le laisseraient jamais approcher Carice. Mais, s'il acceptait de les voir seul à seuls, cet interrogatoire risquait de prendre un tour très sombre.

Depuis qu'il avait vu Carice quitter la grande salle, Raine était au supplice. Il aurait tout donné pour pouvoir la suivre, et pas seulement parce qu'il devait conduire la jeune femme à Tara. A la vérité, il était alarmé par son état de santé et se jura qu'après avoir répondu aux questions des MacEgan il la retrouverait coûte que coûte.

Les hommes du clan le menèrent dans une petite pièce située à l'arrière du donjon. Le roi Patrick lui faisait face, entouré de ses frères, Trahern et Connor.

— Mon épouse était normande avant notre mariage. Si j'ai maintenu la paix entre nos peuples, c'est uniquement pour elle. Ma loyauté va à mon clan et aux rois qui combattent pour le bien de l'Irlande.

— Pourquoi suis-je ici ? coupa hardiment Raine en se redressant.

Patrick fit un pas en avant et le regarda droit dans les yeux :

— Parce que tu as assassiné des hommes du haut-roi au lieu de remettre lady Carice entre leurs mains.

— Elle ne veut pas épouser le haut-roi. Je l'ai défendue alors qu'ils voulaient la capturer.

— Une femme que tu ne connais que depuis deux jours ? demanda le roi avec un rictus. Je suis convaincu que ton but était tout autre.

Avant que Raine ait le temps de démentir les suppositions de Patrick, celui-ci poursuivit :

— A en croire lady Carice, tu avais l'intention de rejoindre ton armée à Tara. Je veux savoir pour quelle raison. Pourquoi les Normands se réunissent-ils près du château du haut-roi ?

— Je suis un simple soldat et je ne fais qu'obéir aux ordres, répondit Raine. J'ignore pourquoi les troupes se dirigent de ce côté-là.

Il parlait d'une voix mesurée, comme si les faits et gestes de l'armée normande lui étaient totalement indifférents.

— Mensonge, répliqua Trahern. Un homme obéissant ne se serait pas trouvé là seul. Tu aurais dû être auprès de ton commandant.

— On m'a accordé une courte permission pour enterrer des moines qui ont péri dans un incendie, répondit Raine.

Le colosse se tourna vers ses frères. Connor, qui semblait deviner les soupçons de Trahern, vint se poster derrière Raine, lui rappelant, si cela était nécessaire, qu'il était encerclé par des hommes prêts à le tuer sans sommation.

— Mais, au lieu de retourner auprès des Normands, tu es venu ici voir la dame, dit Trahern. Ce n'est pas ainsi que se comporte un soldat loyal.

Raine se tut, sachant que le silence était sa meilleure défense.

— Tu avais l'intention de te servir d'elle, n'est-ce pas ? C'était un moyen rêvé d'approcher le haut-roi.

Trahern se tenait tout près de Raine à présent, cherchant à l'intimider par sa haute taille.

— Dans quel but ? ajouta-t-il.

Raine resta muet. Les MacEgan continuèrent à l'interroger inlassablement, mais il ne prononça plus un mot. Pendant que les hommes le questionnaient, il se représentait le beau visage de Carice et ses longs cheveux bruns qui caressaient ses épaules et descendaient jusqu'à sa poitrine. Il revoyait son sourire et ses yeux d'un bleu si clair emplis d'inquiétude pour lui.

Quand il comprit que Raine ne répondrait plus à aucune de leurs questions, Patrick s'adressa à ses frères en gaélique :

— Le croyez-vous dangereux ?

Trahern hocha légèrement la tête.

— Pour Rory Ó Connor, certainement. Mais pas pour nous, ni pour lady Carice.

Le roi réfléchit un moment.

— Nous ne pouvons pas le laisser séjourner au château. Il pourrait tenter d'enlever la dame pendant la nuit.

C'était exactement ce que Raine avait prévu de faire, et il eut bien du mal à rester de marbre en découvrant que l'homme avait vu clair dans ses intentions.

— Que décides-tu ? demanda Connor.

Pour toute réponse, le roi montra la porte du doigt :

— Emmenez-le.

Ses frères semblèrent comprendre ce que cela signifiait. Encadrant Raine, ils reprirent le chemin de la grande salle et la traversèrent pour sortir de l'édifice. Connor n'avait toujours par rengainé son arme. De toute évidence, ils traitaient Raine comme un prisonnier et non comme leur invité.

Tandis qu'ils se dirigeaient vers une petite tour, Raine compta le nombre de soldats qui gardaient la cour. Il y avait là au moins deux douzaines d'hommes. La moitié d'entre eux arpentaient l'enceinte de la cour, tandis que les autres, postés à intervalles réguliers au sommet des remparts, faisaient le guet.

Bien sûr, Raine pouvait tenter de s'enfuir. Peut-être même y parviendrait-il s'il était assez rapide. Mais son évasion ne ferait que convaincre le clan de sa culpabilité. Pour l'heure, sa seule faute était d'avoir refusé de répondre aux questions des MacEgan. Ils pouvaient l'emprisonner, mais ils n'avaient pas de motif suffisant pour le châtier.

Du moins, pas encore.

Certes, ils avaient deviné son intention de conduire Carice à Tara, mais ils ne savaient rien de l'assassinat du haut-roi ni du rôle que devait jouer Raine dans ce projet. S'ils l'apprenaient, ils lui trancheraient la gorge sans la moindre hésitation.

— Où m'emmenez-vous ? demanda-t-il tandis qu'ils traversaient la cour.

Les deux frères ne se donnèrent pas la peine de lui répondre, ce qui n'avait rien de surprenant. Raine avait refusé de parler, et ils ne faisaient que lui rendre la pareille.

Lorsqu'ils arrivèrent devant la tour de guet, Raine ne manqua pas de remarquer la solide porte de bois du bâtiment de pierre. Alors il s'arrêta et observa les deux hommes avec insistance :

— Est-ce ainsi que vous traitez tous vos visiteurs, à Laochre ?

— C'est ainsi que nous traitons les visiteurs normands, répliqua Trahern. Du moins ceux qui nous cachent la vérité.

Puis il ajouta, le regard pénétrant :

— Mais peut-être as-tu des réponses à nous donner, à présent ?

— Vous n'avez aucune raison de me considérer comme une menace, leur rappela Raine.

— En effet. Mais ton armée est une menace pour le haut-roi.

— Nous n'avons qu'un petit groupe de soldats. J'ignore pourquoi ces hommes se dirigent vers Tara, mais je peux vous assurer qu'ils ne constituent en rien un danger.

En disant cela, Raine s'efforçait de garder un visage impassible, de masquer toute émotion qui aurait pu trahir son mensonge.

— Si tu réponds à nos questions avec franchise, tu n'auras pas à rester ici longtemps.

Trahern fit un signe de tête à son frère.

— Connor, fais-le entrer.

L'homme poussa la porte. A l'intérieur, il faisait si sombre que Raine fut incapable de distinguer quoi que ce soit. Il n'y avait ni fenêtres ni torches pour éclairer la pièce. Avant que ses yeux ne s'habituent à l'obscurité, les deux frères le conduisirent jusqu'au mur du fond et passèrent des fers à ses poignets. Raine tenta vainement de se débattre tandis qu'ils mettaient les rivets en place au marteau. La peste soit de ces hommes ! Jamais il n'avait pensé qu'ils en arriveraient là.

— Vous n'avez pas le droit de m'emprisonner, protesta-t-il. Je n'ai rien fait de mal.

Peu après, une torche s'embrasa et Patrick fit son entrée, fermant la porte derrière lui. Bien qu'il ne vît aucun instrument de torture dans la pièce, Raine n'eut pas la naïveté de croire qu'il était en sécurité.

— Dis-nous pourquoi l'armée normande se rassemble à Tara et nous te libérerons sur-le-champ, proposa Trahern.

— Je vous l'ai dit : je n'en sais rien.

C'était un mensonge, tous en étaient conscients. Raine songea qu'il n'aurait jamais dû franchir les portes du château en qualité d'invité. Il aurait été plus avisé de se glisser à l'intérieur de l'enceinte et d'enlever Carice avant que quiconque ne s'aperçoive de sa présence. Les MacEgan étaient les guerriers les mieux entraînés d'Irlande, et ils étaient bien trop rusés pour se laisser berner.

— Qu'allons-nous faire de lui ? demanda Patrick en gaélique.

— Laissons-le ici pour la nuit. Peut-être sera-t-il plus bavard après avoir passé quelques heures dans cette geôle, répondit Trahern.

— Et s'il dit la vérité ? reprit le roi. S'il n'a pas de mauvaises intentions ?

Connor se tourna vers son frère.

— Si les Normands projettent d'attaquer Tara, les hommes qui escortent lady Taryn au château sont en danger. Il nous faut absolument découvrir leurs intentions.

Les hommes s'écartèrent de quelques pas pour continuer à discuter du sort de Raine, puis Patrick s'adressa à lui en normand :

— As-tu quelque chose à ajouter ? Que dois-tu faire à Tara ? Quels sont tes ordres ?

Raine n'ouvrit pas la bouche. Quoi qu'il dise, ses paroles le condamneraient. Résigné, il s'appuya contre le mur et se prépara à passer une nuit difficile. Même si le lieu était abrité, il n'y faisait pas chaud.

— Laissez-le là, ordonna Patrick. Il aura toute la nuit pour réfléchir, et peut-être aura-t-il des réponses à nous donner demain.

Raine garda le silence tandis qu'ils sortaient, le laissant plongé dans le noir. Comment allait-il recouvrer sa liberté alors qu'il ne pouvait rien leur dire ?

Se trouver ainsi dans l'obscurité totale était déconcertant. Au moins ses chaînes étaient-elles suffisamment longues pour qu'il puisse s'asseoir sur le sol de terre battue.

Le froid glacial pénétrait sans peine à travers les murs de pierre. Raine survivrait à cette nuit, certes. Qu'il parvînt à trouver le sommeil dans cette geôle, en revanche, était hautement improbable.

Durant cette longue attente, il supporta sans broncher le manque de confort. C'était un juste châtiment pour tous les crimes qu'il avait commis, supposait-il. Mais il ne cessait de penser à Carice. La guérisseuse était-elle parvenue à apaiser ses douleurs, ou son mal continuait-il à la tourmenter ?

Tandis que les heures s'égrenaient, songer à elle était sa seule consolation.

Carice se réveilla au milieu de la nuit sans rien savoir de ce qui s'était passé. Comme sa bouche était pâteuse, elle comprit que la guérisseuse lui avait donné une tisane pour l'aider à dormir. Lentement, elle s'assit dans son lit et tenta de rassembler ses idées.

Raine. Cela lui revenait tout à coup, Raine était arrivé la veille. Où était-il à présent ?

Lorsqu'elle chercha à se remémorer les événements de la soirée précédente, elle fut incapable de remettre de l'ordre dans ses souvenirs. Des images incohérentes se bousculaient dans son esprit encore ensommeillé.

Pour lutter contre la tentation de se rendormir, elle mit pied à terre et chercha sa cape. Dans son ventre, la douleur s'était calmée. Après avoir enfilé ses chausses, elle décida de retourner dans la grande salle, espérant y trouver Raine. Sans doute les MacEgan lui avaient-ils offert de dormir avec leurs gardes, et elle voulait lui parler.

Carice descendit l'escalier en spirale en s'appuyant d'une main contre le mur de pierre. La grande salle était silencieuse. Hommes et chiens dormaient, étendus sur le sol. Mais elle ne vit aucun signe de Raine. Les MacEgan s'étaient retirés dans leurs appartements et elle ne savait où chercher le guerrier.

C'est alors qu'elle aperçut le frère cadet du roi qui dormait, le dos appuyé contre le mur. Ewan, c'était ainsi qu'il se nommait. Carice se pencha au-dessus du jeune homme et lui secoua l'épaule pour le réveiller. Le garçon la repoussa mais elle ne se découragea pas. Quand enfin il ouvrit des yeux encore lourds de sommeil, elle chuchota :

— Où ont-ils emmené Raine ? Je sais que vous avez tout vu.

Avec un bâillement, Ewan répondit :

— Ils l'ont conduit à la tour de guet.

Puis il referma les yeux et se retourna sur le flanc. Rapidement, il se mit à ronfler.

La tour de guet ? Que pouvait-il bien faire là-bas ? Cette idée déplaisait fort à Carice. Quand elle arriva devant la grande porte du château, un serviteur l'ouvrit en faisant glisser son lourd verrou. Pelotonnée dans sa cape, elle sortit et descendit les escaliers. Le ciel était noir mais, alignées sur les murs à intervalles réguliers, des torches éclairaient la nuit.

Les gardes remarquèrent immédiatement sa présence et l'un d'eux s'avança vers elle.

— Quelque chose ne va pas, madame ?

— Je veux parler à Raine de Garenne, expliqua-t-elle. Pouvez-vous me conduire à lui ?

L'homme était visiblement ennuyé par sa requête.

— Il est retenu prisonnier là-bas, dans la tour.

— Prisonnier ?

Carice ne pouvait croire ce qu'elle entendait.

— Mais pourquoi ? Qu'a-t-il donc fait ?

— Il a refusé de répondre aux questions de notre roi.

Le garde s'apprêtait à la reconduire à l'intérieur, mais Carice l'arrêta net.

— Je dois lui parler, dit-elle en se dirigeant vers la tour, l'homme sur ses talons.

Lorsqu'elle arriva devant la porte, elle la trouva fermée à clé.

— Ouvrez-la immédiatement, ordonna-t-elle.

— Vous ne seriez pas en sécurité avec lui, répondit le garde en secouant la tête.

— Sachez qu'il m'a protégée plusieurs jours durant. Ne soyez pas ridicule, ouvrez cette porte. Vous n'aurez qu'à rester ici pour veiller à ce qu'il ne m'arrive rien.

De nouveau, l'homme refusa.

— Non, madame. Pardonnez-moi.

Carice l'examina, puis s'assit devant la porte en s'emmitouflant dans sa cape.

— Dans ce cas, j'attendrai.

Le garde s'éloigna d'elle à grands pas, visiblement convaincu qu'elle ne supporterait pas le froid bien longtemps. Sans prêter attention à la neige qui tombait en rafales, Carice appuya sa joue contre la porte.

— Etes-vous là, Raine ?

— Oui, je suis là.

En entendant sa voix lasse, elle se demanda avec angoisse ce qui lui était arrivé.

— Que vous ont-ils fait ? demanda-t-elle en s'agenouillant pour lui parler à travers la porte. Et pourquoi êtes-vous emprisonné ?

— Ils m'ont enchaîné dans le noir parce que je ne pouvais pas leur révéler les ordres de mon commandant.

Pourquoi les MacEgan auraient-ils fait une chose pareille ? C'était parfaitement absurde. Raine n'avait commis aucune faute.

— Pour quelle raison êtes-vous venu à Laochre, au juste ? demanda-t-elle. Que s'est-il passé ?

Un bruit de pas, suivi d'un cliquetis de chaînes, fit comprendre à Carice qu'il s'approchait de la porte.

— Ne devinez-vous pas pourquoi je suis venu, ma chère ?

Sa voix était grave, mais non dénuée de chaleur. Lorsqu'elle posa sa main sur la porte, Carice eut presque l'impression de sentir celle de Raine de l'autre côté. Cet homme était devenu un ami, et le voir enfermé de la sorte lui était intolérable.

Qu'il soit venu pour l'escorter vers l'ouest, comme elle se plaisait à l'imaginer, était peu probable. Raine ne pouvait se soustraire aux ordres qu'il avait reçus. Il y avait une part de vérité dans les soupçons de la reine Isabel : un soldat normand ne pouvait pas agir à sa guise. Sa vie était vouée au service du roi.

— Je crois que vous êtes revenu pour vous assurer que j'étais arrivée ici saine et sauve.

Raine ne répondit pas, mais elle devinait que, même

si c'était la vérité, il ne l'avouerait jamais. Un soldat normand n'était pas censé éprouver de sentiments à son égard. Malgré cela, elle espérait ne pas se tromper. Après tout, il s'était battu pour la protéger.

— Si seulement vous pouviez m'aider à quitter cet endroit ! souffla-t-elle, la voix empreinte de mélancolie, en laissant glisser sa main contre la porte. Ma proposition tient toujours, si vous êtes d'accord.

— Que je sois d'accord ou non n'est pas la question, répondit-il.

Dans sa réponse, elle comprit que ses devoirs l'emprisonnaient tout aussi sûrement que les chaînes qu'il portait.

Une bourrasque soudaine la fit tressaillir. Levant la tête, elle vit que le garde était revenu pour la surveiller. Comme elle ne bougeait pas, il traversa la cour pour se poster devant elle.

— Vous devriez retourner dans vos appartements, madame. Vous ne pouvez pas rester ici, il fait bien trop froid.

— Je vous obéirai volontiers si vous me laissez entrer quelques instants pour m'entretenir avec Raine.

Le but de Carice était de découvrir comment elle pouvait l'arracher à cette geôle. Même si elle soupçonnait que l'armée normande projetait d'envahir Tara, elle s'en moquait. Quand bien même cela devait se produire, elle se trouverait alors aussi loin que possible du haut-roi. Et Raine aussi, à condition qu'elle parvienne à le convaincre de l'accompagner.

Son comportement n'était pas celui d'un soldat, songea-t-elle. Raine avait plutôt l'étoffe d'un commandant, ou même d'un seigneur normand. Il y avait en lui quelque chose d'inflexible, d'indestructible.

Le garde considéra Carice attentivement.

— Si je vous accorde un peu de temps, vous devez me jurer qu'ensuite vous retournerez à vos appartements.

— Je vous le jure. Et je vous remercie de m'accorder un moment, aussi court soit-il, répondit Carice en le gratifiant d'un sourire éblouissant.

— Si vous rompez votre promesse, je vous porterai moi-même jusqu'au château, que vous le vouliez ou non.

Sur ces mots, l'homme tira le verrou.

Carice poussa la porte et se rendit compte que la pièce était plongée dans le noir complet.

— Raine, me voici, annonça-t-elle.

Il ne pouvait sans doute pas la voir, et elle ne voulait pas le surprendre.

Au garde, elle demanda :

— Puis-je avoir une torche ?

Tandis qu'il s'éloignait pour en chercher une, Carice ôta sa cape et se dirigea vers Raine. Dans la pénombre, elle s'agenouilla et étendit le vêtement sur lui. La peau du guerrier était glacée et ses muscles raidis par le froid.

— Je suis désolée de ce qui vous est arrivé, commença-t-elle. Pourquoi vous ont-ils enfermé ici ? Je ne comprends toujours pas.

Avant que Raine ait eu le temps de répondre, le garde revint, un flambeau à la main. Carice le plaça dans un porte-torche accroché au mur tandis que l'homme lui adressait un dernier avertissement :

— Vous ne pouvez rester que quelques instants, madame.

Dès que ses yeux se furent habitués à la faible lumière, l'effroi la saisit. Les poignets serrés dans des fers, Raine n'avait pas même une couverture pour se protéger de l'air glacial de la nuit. Carice vint s'asseoir à ses côtés et prit sa main dans les siennes.

— Que puis-je faire pour les convaincre de vous

libérer ? lui demanda-t-elle en essayant de réchauffer ses doigts gelés.

— Je me sortirai de là tout seul, répondit-il.

En entendant le timbre sombre de sa voix, Carice s'interrogea sur les moyens qu'il avait l'intention d'employer pour y parvenir. Elle ne voulait pas voir d'autres hommes mourir.

— Je parlerai au roi Patrick. Nous trouverons certainement une solution, dit-elle en lui frictionnant les mains. Je regrette qu'ils vous aient traité ainsi, après tout ce que vous avez fait pour moi.

Raine saisit brusquement son poignet.

— Voulez-vous toujours que je vous emmène loin d'ici ?

Sa question laissa Carice interloquée. Etait-ce seulement possible ? Sa position au sein des forces normandes ne semblait pas le permettre.

— Votre commandant vous y autoriserait-il ? Je croyais que vous deviez retrouver votre troupe.

Raine la fixait avec une telle intensité qu'elle dut détourner les yeux.

— Non. Il ne m'y autoriserait pas. Mais s'il me croit prisonnier, dans l'impossibilité de le rejoindre…

Carice comprit ce qu'il suggérait. S'il prétendait que les MacEgan le détenaient en captivité, les Normands auraient toutes les raisons de le croire.

— Cela ne prendra pas longtemps, répondit-elle. En nous hâtant, nous pouvons arriver à destination en quelques jours.

La perspective de voyager avec Raine la transportait de joie. Pourtant, elle conservait quelques craintes quant à ses intentions. Pourquoi agissait-il ainsi ? N'avait-elle pas déjà refusé son aide en apprenant les conditions qu'il entendait lui imposer ?

— Pourquoi voulez-vous m'accompagner ? lui demanda-t-elle sans détour. Si vous souhaitez des informations en échange, je vous répète que je ne puis rien vous dire.

— Non, ce n'est pas pour cela.

Raine fit glisser son pouce sur le poignet de Carice, jusqu'à l'endroit où battait son pouls. Ce geste suffit à la bouleverser, et elle dut lutter pour repousser l'envie qu'il la touche encore.

— Dans ce cas, est-ce de l'or ou de l'argent que vous voulez ?

Son oncle, qui demeurait dans la péninsule de Dingle, serait prêt à accorder une récompense à qui la protégerait, elle en était certaine. Raine ne gagnerait pas une fortune, certes, mais une somme suffisante pour compenser sa peine.

— Non.

Carice entendit le léger bruit des chaînes qui s'entrechoquaient tandis que les mains du guerrier remontaient jusqu'à sa taille.

— Ce n'est pas ce que je veux, poursuivit-il.

Le cœur battant, elle ne savait plus quoi penser. Etait-ce de la ferveur qu'elle percevait dans sa voix ?

— Alors, qu'est-ce donc ?

Après un instant d'hésitation, Raine relâcha son étreinte.

— Autrefois, j'ai voulu... protéger certaines personnes. J'ai échoué. Mais je peux vous protéger, vous.

— Mais c'est dangereux, protesta Carice. Et je ne crois pas...

— Faut-il vraiment qu'il y ait une raison ? coupa-t-il.

Puis, comme Carice ne répondait pas, il ajouta :

— Nous savons tous deux que les MacEgan ne voudront pas causer de troubles entre votre clan et leur tribu. Cela facilitera les choses si vous acceptez que je vous escorte.

Raine avait raison, Carice le savait. Pourtant, elle n'était toujours pas convaincue par les réponses qu'il lui avait données. Des zones d'ombre subsistaient ; il lui cachait quelque chose. Mais elle dut interrompre là ses réflexions. Alors qu'elle se levait, elle eut la stupeur de voir la pièce chavirer. Raine la rattrapa avant qu'elle ne s'effondre sur le sol.

— Vous êtes pâle. Etes-vous toujours souffrante ?

Il fallut à Carice un moment pour se ressaisir. Comment répondre à cette question ? Souffrante, elle l'était constamment.

— Il y a de bons et de mauvais moments, souffla-t-elle. Je me suis résignée à vivre au jour le jour le temps qu'il me reste.

Cette réponse ne sembla guère du goût de Raine.

— Vous devriez retourner dans vos appartements pour vous reposer.

— Vous avez raison. Donnez-moi quelques heures, et je tenterai de vous faire libérer.

En supposant que cela soit possible… Elle ignorait à quelles conditions le roi Patrick accepterait de relâcher son prisonnier.

— Que dois-je dire au roi ? Il attend des réponses de votre part.

— Dites-lui que je vais sortir de mon silence.

Carice s'approcha du soldat et posa sa cape sur ses épaules.

— J'espère qu'elle vous tiendra suffisamment chaud jusque-là, dit-elle en l'entourant du vêtement.

Soudain, dans la pénombre glaciale, Raine saisit dans ses mains enchaînées les poignets de Carice, qui sentit une vive chaleur parcourir sa peau et sa poitrine se tendre sous sa robe.

C'était une réaction bien sotte, mais qu'elle ne pouvait réprimer. Raine saisit les deux pans de la cape et les referma sur elle pour les envelopper tous deux dans l'étoffe de laine.

Tremblante d'émotion, Carice brûlait de se rapprocher encore de lui. Puis, sans plus réfléchir, elle se blottit dans ses bras en cachant ses joues brûlantes contre son torse.

Que Dieu lui pardonne. Les sentiments qu'elle éprouvait pour Raine allaient bien au-delà de l'amitié. Et son cœur capricieux aussi bien que son esprit étaient en danger.

Ne fais pas cela, se dit-elle. *Tôt ou tard, il partira.*

Oui, il partirait. Elle le savait, mais elle savait aussi qu'elle devait chérir les fragiles moments de plaisir que la vie lui donnait. Dans quelques heures, peut-être serait-elle de nouveau recroquevillée, le ventre transpercé par la douleur. Les instants comme celui-ci étaient rares, et elle voulait les savourer.

Une infinie tristesse s'empara d'elle tandis que ses émotions cédaient le pas au désir. Elle savait qu'elle n'avait pas d'avenir avec cet homme, ni avec aucun autre. Si elle se laissait aller à en rêver, elle aurait le cœur brisé quand il la quitterait. Car il la quitterait, c'était inévitable. Il devait rejoindre son armée tandis qu'elle fuyait un mariage avec l'homme le plus puissant d'Irlande.

Mais il y avait pire encore. Elle était mourante.

Raine fit courir ses paumes le long du dos de Carice. Pour toute réponse, elle referma ses doigts autour de sa taille. Elle n'avait aucun droit de toucher cet homme.

Mais, lorsqu'il prit sa bouche, elle sentit s'abattre

toutes ses résistances. La chaleur qu'elle sentait sous sa peau se mua en un feu violent. Son corps semblait fondre contre celui de Raine, comme la cire devant une flamme. Elle voulait être plus proche de lui encore et, quand il glissa sa langue dans sa bouche, l'écho de ce baiser résonna jusque dans son ventre.

Ses lèvres contre les siennes, il murmura :

— Le garde nous observe.

— Vous croyez ?

Elle l'embrassa à son tour, heureuse d'accueillir de nouveau sa langue. Raine passa la main dans ses cheveux, réclamant sa bouche avec une force brute qui la consuma. Jamais elle n'aurait imaginé être embrassée de la sorte.

Et elle en voulait encore.

Chapitre 5

Raine garda la cape sur lui toute la nuit. Le garde avait fini par forcer Carice à partir, mais il sentait encore sur le vêtement l'odeur de la jeune femme et la chaleur de son corps. S'il ne comprenait pas véritablement ce qui l'avait envoûté chez elle, il était en revanche sûr d'une chose : son envie de l'embrasser était irrésistible. Et il ne savait que trop bien ce qui risquait de se produire s'ils voyageaient seuls tous les deux.

Soudainement inquiet pour le sort de Carice, il se rassura en se rappelant qu'aucun mal ne lui serait fait lorsqu'il la conduirait jusqu'à Rory Ó Connor. Elle était la fiancée du haut-roi et, en tant que telle, elle serait protégée. Enfin et surtout, il veillerait à ce que Rory n'ait jamais l'occasion de poser une main sur elle.

Un rai de lumière sous la porte de bois annonça le lever du jour. Raine entendit des pas approcher et la porte s'ouvrit à la volée, emplissant aussitôt la pièce de rayons aveuglants. Deux gardes qu'il n'avait encore jamais vus pénétrèrent dans la tour.

— Le roi Patrick veut vous parler de nouveau, dit le plus grand des deux hommes. Suivez-nous.

Ils lui lièrent les poignets à l'aide d'une corde avant

de le libérer de ses fers et de ses chaînes. Raine se baissa pour ramasser la cape qui était tombée et, sans leur laisser le temps de protester, expliqua :

— Ce vêtement appartient à lady Carice. Elle en aura besoin.

L'un des gardes prit la cape et tous deux le reconduisirent au donjon. Le sol et le sommet des remparts étaient recouverts d'une épaisse couche de neige. Raine monta les marches de pierre du bâtiment sans laisser paraître son mécontentement d'être ainsi attaché.

Une fois dans la grande salle, il faillit tomber à genoux en humant l'odeur de la nourriture. Que n'aurait-il donné pour un morceau de viande rôtie ou de pain chaud ! Il avait l'eau à la bouche, mais parvint à oublier sa faim lorsqu'il arriva devant le roi. Patrick était assis sur son trône de pierre sculptée, son épouse Isabel auprès de lui. Cette fois, lady Carice était assise à côté de la reine.

En le voyant, la jeune femme lui adressa un sourire radieux. La pâleur de son visage trahissait son manque de sommeil, mais ses yeux bleus brillaient d'un éclat intense. Malgré toutes les souffrances qu'elle avait endurées, elle était d'une beauté à couper le souffle. Raine en eut le cœur serré, lui qui s'apprêtait à proposer à Carice un jeu dangereux, perverti par le mensonge et la trahison. Si elle l'acceptait, elle n'aurait que mépris pour lui une fois que tout serait fini.

Un chien sans cœur tel que lui ne méritait pas de fouler le même sol que cette femme. S'il lui avait pris ce baiser, c'était uniquement parce qu'il était incapable de réprimer ses désirs. Carice était une créature innocente et confiante ; et, lui, un homme dont la vie était d'ores et déjà condamnée par un noir passé.

Tout lui ordonnait de s'éloigner d'elle. Et pourtant,

un seul sourire de la jeune femme suffisait à anéantir sa volonté de la quitter.

— J'ai cru comprendre que lady Carice était venue te parler cette nuit, commença le roi Patrick en normand. Pourquoi cela ?

— Elle m'a demandé de l'escorter vers l'ouest pour échapper aux soldats du haut-roi.

Ne sachant ce que Carice avait révélé à Patrick, Raine jugea plus sage de s'en tenir à la vérité.

— L'un de nos hommes pourrait fort bien s'en charger, répondit le roi. Elle serait plus en sécurité avec Trahern ou Connor.

— C'est à elle de choisir qui l'accompagnera, répondit Raine.

Patrick avait parfaitement le droit de douter de lui. Oui, les MacEgan offriraient à lady Carice une bien meilleure protection. Mais Raine tint tête au roi et lui laissa tirer ses propres conclusions.

— Tu as refusé de répondre à mes questions hier soir. Es-tu prêt à parler, à présent ?

Le roi posa ses avant-bras sur la table et se pencha en avant. Raine réfléchit un moment, ne sachant par où commencer. Puis il se tourna vers la reine Isabel et s'adressa à elle.

— Je crois savoir que vous venez d'une famille normande, Votre Majesté.

Isabel lança un bref regard à son mari avant d'acquiescer.

— En effet. Mais c'est à mon mari que j'ai juré fidélité.

Sa réponse sonnait comme un avertissement, et Raine comprit qu'il avançait sur un terrain glissant. En hochant la tête, il poursuivit :

— Alors, vous savez quels sont les devoirs d'un soldat normand. Et quel est son sort s'il désobéit.

Il se tenait parfaitement droit et parlait sans la quitter des yeux.

— Vous savez aussi quel sort est réservé à sa famille dans un tel cas.

En comprenant à quoi il faisait allusion, le roi et la reine prirent soudain l'air grave. Le sourire de Carice s'évanouit tandis qu'elle lui demandait :

— Qu'est-il arrivé à votre famille, Raine ?

Il lui rendit son regard mais se contenta de secouer la tête. Ce n'était pas le lieu approprié pour aborder de tels sujets. En se tournant vers la reine, il expliqua :

— Je n'ai d'autre choix que d'obéir aux ordres de mon commandant. Et, si je le trahis en révélant quels sont ses ordres, ce n'est pas seulement ma vie que je mets en danger.

Sa voix était dénuée d'émotion et son visage, impénétrable.

— Comme je vous l'ai déjà dit, on m'a accordé un congé de quelques jours pour enterrer les religieux qui m'ont sauvé des flammes.

Visiblement indifférent à ce récit, le roi insista, questionnant Raine sur un ton tranchant :

— Les Normands sont en train de se rassembler à Tara. Je veux savoir pourquoi.

Raine hésita, pesant chacun de ses mots :

— Henri II veut étendre sa domination à toute l'Irlande, ce n'est pas un secret. Mais il ne souhaite pas employer la force pour parvenir à ses fins. Attaquer les hommes de Rory Ó Connor n'est pas dans ses intentions.

C'étaient là les seules informations qu'il était en mesure de dévoiler.

— Killian MacDubh et lady Taryn d'Ossoria sont partis pour Tara afin de s'entretenir avec le haut-roi.

J'ai donné ordre à plusieurs de mes hommes de les accompagner. Sont-ils en danger ?

— Ils n'ont rien à craindre des Normands, affirma Raine.

C'était vrai : sir Darren voulait la mort du haut-roi et rien d'autre. Il ne s'intéressait aucunement à ses sujets.

— Pourquoi avoir refusé de nous parler hier soir ? demanda le roi. Tu aurais pu t'épargner une bien mauvaise nuit.

— J'avais besoin de temps pour prendre certaines décisions. J'ai reçu ordre de regagner ma troupe. Si je désobéis, je serai exécuté. Et ma famille sera harcelée.

Raine observa Carice avant de continuer :

— Mais je suis prêt à prendre un risque plus grand encore.

— De quoi veux-tu parler ?

Cette fois, c'est en regardant Carice droit dans les yeux que Raine répondit :

— J'ai décidé d'accéder à la demande de lady Carice. Je l'escorterai vers l'ouest avant de reprendre mes fonctions.

— Ce ne sera pas nécessaire, commença le roi.

Mais Carice leva la main pour demander la parole.

— Pardonnez-moi, Votre Majesté, mais il me paraît préférable de partir avec Raine. Ainsi, aucun de vos hommes ne sera tenu pour responsable de ma disparition.

La reine se taisait, mais son regard clairvoyant et sa bouche crispée d'inquiétude en disaient long.

— Si je l'emmène seul, il nous sera plus facile de rester cachés, ajouta Raine. Mais j'ai une faveur à vous demander en retour : laissez les Normands croire que vous me retenez toujours prisonnier.

— Afin que votre commandant ne vous fasse pas

payer votre absence, poursuivit Patrick en regardant Isabel.

Mais l'attention de la reine était tournée vers Carice.

— Est-ce bien là ce que vous voulez, lady Carice ?

A son visage grave, on devinait qu'elle espérait que la réponse fût négative.

— J'ai confiance en Raine, affirma Carice en s'efforçant de sourire. Il ne me fera aucun mal.

A ces mots, Raine sentit le poids de ses mensonges peser plus lourd encore sur sa conscience. Car il avait bien l'intention de se servir de Carice et de la livrer aux mains de son pire ennemi. Et cela, jamais elle ne le lui pardonnerait.

Mais qui sait ? Peut-être qu'une fois le haut-roi mort il pourrait se racheter en la menant en lieu sûr, comme elle le désirait.

Jamais tu ne pourras regagner sa confiance, avertit une voix en lui. *Elle préférera mourir que de supporter la compagnie d'un meurtrier.*

Tout à ses réflexions, il n'entendait que vaguement les voix du roi et de la reine, mêlées à celle de Carice, qui évoquaient leur voyage. Et, lorsqu'il leva les yeux vers le beau visage de la jeune femme, ce furent ceux de ses sœurs, frappés d'effroi, qui lui revinrent en mémoire.

— Raine, je t'en prie, ne les laisse pas nous emmener ! l'avait supplié Elise, les yeux brillants de larmes, tandis que les soldats s'emparaient de Nicole et d'elle.

Raine avait baissé son arme tout en fixant le commandant normand du regard. Ce n'était autre que sir Darren de Carleigh, et il n'y avait pas la moindre compassion dans son regard.

La mort dans l'âme, Raine avait dû marcher sur le corps de ses parents.

— Mes sœurs n'ont rien à voir dans tout cela, dit-il à sir Darren. Relâchez-les.

— Votre père était un traître, et tous ses enfants doivent être capturés et interrogés, sur ordre du roi.

Henri II avait déjà quitté les lieux. Le sort de Raine et de ses sœurs ne faisait aucun doute : innocents ou non, ils seraient exécutés. Le sang de Raine se glaça dans ses veines à la pensée que ses sœurs seraient violées et assassinées.

— Ce sont des femmes, plaida-t-il lentement. Elise n'a que quatre ans, et Nicole dix. Comment pourraient-elles causer du tort à qui que ce soit ?

— Mes ordres sont...

— Maudits soient vos ordres.

Raine s'avança, dominant le commandant de sa haute taille.

— Prenez-moi à leur place, offrit-il.

— Rassurez-vous : vous serez tous faits prisonniers, répéta Darren.

Toutefois, il sembla fléchir un instant et, levant une main, il prononça ces mots :

— Mais il y a une chose que vous pouvez faire pour les protéger.

Dans ces paroles, Raine vit un salut auquel il ne s'attendait plus.

— Parlez.

— Vous êtes un homme fort, le meilleur guerrier que j'aie jamais vu. Rejoignez les rangs de nos soldats, sous mon commandement. Tant que vous vous battrez à nos côtés et que vous nous serez fidèle, vos sœurs vivront. Et personne ne touchera un seul de leurs cheveux.

Raine s'était étonné, alors, que sir Darren ait voulu enrôler le fils d'un traître parmi les troupes de Henri II. Mais, à présent, il comprenait l'intérêt pour les Normands d'avoir à leurs ordres un homme qu'ils pouvaient manipuler à leur guise. Un homme qui exécuterait les tâches dont eux-mêmes ne voulaient pas se charger. En un mot, un assassin.

Depuis l'instant où il avait posé le pied sur les terres irlandaises, près de Wexford, plus de deux ans auparavant, il avait obéi aveuglément aux instructions de sir Darren. Il s'était battu aux côtés des forces normandes, attaquant les Irlandais d'un bout à l'autre de la province du Leinster et prouvant qu'il était prêt à suivre leurs ordres sans poser de questions.

Ce souvenir assombrit son humeur, car c'était à cette époque qu'il avait rencontré les MacEgan pour la première fois. Le roi Patrick n'avait gardé aucun souvenir de lui, car il n'était qu'un soldat parmi les milliers que son clan avait combattus ce jour-là. Mais Raine, lui, avait vu Patrick et son frère Bevan tuer ses compagnons de bataille. Il avait vu leurs épées terrasser l'ennemi, et il savait la force et le courage dont les MacEgan pouvaient faire preuve.

Raine avait aussi été témoin de leur fureur et de leur chagrin lorsque leur frère aîné, Liam, était mort le même jour.

Les Irlandais avaient bonne mémoire ; ils n'oubliaient jamais un affront. La paix obtenue était fragile et la mort du haut-roi viendrait à bout de cet équilibre instable. Et Raine serait responsable de la rupture.

L'entretien fut interrompu par l'arrivée de deux gardes. L'un d'eux s'inclina devant le roi en signe de respect et lui dit :

— Pardonnez-moi, votre Majesté, mais Brian Faoilin est ici. Il souhaite savoir si vous avez retrouvé sa fille.

Le roi leva une main.

— Ne lui ouvrez pas encore. Laissez les portes fermées pour le moment.

Puis, se tournant vers Carice, il observa :

— Je ne puis refuser de l'accueillir à Laochre. Que voulez-vous faire ?

Raine eut la surprise de la voir se lever pour venir se placer à ses côtés.

— Nous partons immédiatement. Nous prendrons la route pendant que mon père et ses hommes pénétreront dans le château. Vous pouvez lui dire la vérité : vous m'avez offert le gîte avant mon départ.

Puis, tirant d'un fourreau qu'elle portait à la taille un petit poignard, elle ajouta :

— Raine vous a tout dit. A présent, je vous prie de nous laisser partir.

L'air solennel, le roi se tourna vers Raine.

— Nous ne t'aurions pas fait passer la nuit dans cette geôle si tu avais dit la vérité hier.

Raine voulait bien le croire, mais, la veille, il n'avait su quelles réponses lui donner. Et, après tout, il n'avait pas mérité de passer la nuit dans le confort, après tous les méfaits dont il s'était rendu coupable. Sans compter ceux qu'il s'apprêtait à commettre.

— Vous pourrez dire sans mentir que vous m'avez détenu prisonnier, conclut-il en tendant ses poignets tandis que Carice tranchait ses liens. Et, lorsque je regagnerai l'armée normande, je veillerai à ce qu'aucun tort ne soit causé aux hommes du clan MacEgan. Je vous en donne ma parole.

Cette promesse sembla apaiser les craintes du roi.

— Lady Carice, que décidez-vous ? Souhaitez-vous quitter Laochre maintenant ou attendre votre père ?

— Je veux partir avec Raine, insista Carice. Il me conduira à l'ouest, dans la famille de ma mère.

De nouveau, elle vint se placer à ses côtés. Et quand elle posa la main sur le bras de Raine, il se força à penser à ses sœurs plutôt qu'à elle. Personne n'avait fait preuve de compassion à l'égard d'Elise et de Nicole. Sir Darren lui avait certes assuré qu'elles seraient en sécurité. Mais avait-il tenu parole ? Raine n'avait aucun moyen de savoir si elles avaient été maltraitées.

Son seul espoir était de les voir libérées s'il tuait le haut-roi. Et, bien que l'idée d'assassiner un homme lui déplût, il était prêt à tout tenter pour les sauver.

Il s'efforça d'ignorer la chaleur de la paume de Carice et le doux parfum de sa peau. Quelle serait sa douleur lorsqu'elle apprendrait que l'homme en qui elle avait placé sa confiance l'avait trahie ! Cette idée lui était insupportable. Il préféra chasser toute pensée de son esprit, toute émotion de son cœur.

La reine Isabel prit la main de son époux et considéra Carice et Raine.

— Nous vous accorderons le temps nécessaire pour que vous preniez la fuite. Mais vous devez partir sur-le-champ.

Patrick les congédia d'un signe de la main.

— Vous avez mon accord.

L'un des soldats rendit sa cape à Carice et elle s'appuya sur Raine pour en nouer le cordon. Bien qu'elle eût réussi jusque-là à cacher les tourments que lui faisait subir sa maladie, il se rendit compte qu'elle était encore faible.

— Pouvons-nous prendre l'un de vos chevaux ? demanda-t-elle au roi.

Celui-ci accepta et ordonna à l'un de ses serviteurs de les conduire aux écuries. Mais Raine répugnait à voyager en plein jour.

— Si nous prenons la route maintenant, les soldats

vous verront. Et, même si nous attendons qu'ils aient franchi les portes de Laochre, ils pourront nous repérer du haut des remparts.

— Vous avez raison, répondit Carice, le visage soudainement tendu.

Après quelques instants de réflexion, elle posa son regard sur l'un des soldats.

— Avec mon bliaud, ils me reconnaîtront immédiatement. Peut-être pourrais-je revêtir l'armure de l'un de vos gardes et dissimuler mes cheveux dans le capuchon. Ainsi nous pourrions passer devant eux sans être remarqués.

— Nous risquons d'éveiller leurs soupçons si nous ne sommes que deux, répondit Raine.

Toutefois, l'idée de Carice était judicieuse. Il était peu probable que les hommes de Brian Faoilin la reconnaissent sous une armure.

— Votre Majesté, quelques-uns de vos gardes pourraient-ils nous accompagner ? demanda Carice. Seulement pour une heure ou deux ?

— Elle a raison, renchérit Isabel. Cela serait plus sûr. Nos gardes vous escorteront suffisamment loin pour qu'à leur retour personne ne puisse constater l'absence de deux d'entre eux.

Tout en acquiesçant de la tête, Raine se demandait si Carice aurait la force de porter une armure en cotte de mailles. Mais, avant qu'il ait eu le temps d'exprimer ses doutes, elle se tourna vers lui en esquissant un sourire.

— M'aiderez-vous à trouver le plus petit soldat dans cette salle ?

Jamais elle n'aurait soupçonné qu'une cotte de mailles fût aussi pesante ! Carice avait l'impression que des sacs de pierres lui comprimaient les épaules et la poitrine et elle arrivait à peine à se tenir droite sur son cheval. Pourtant, elle s'efforçait de supporter ce poids écrasant.

Une douzaine de soldats l'entourait, dont Raine, qui se tenait à ses côtés. Lorsqu'ils croisèrent la route des hommes de son père, aux portes du château, elle prit soin de détourner le regard.

Pour le moment, elle savait qu'elle n'avait aucune inquiétude à avoir. Mais que d'incertitudes pour les heures à venir ! Le soleil se coucherait dans quelques heures à peine, et elle ignorait où ils trouveraient refuge pour la nuit. Le roi et la reine leur avaient fourni le ravitaillement nécessaire : une tente, des couvertures et de quoi manger. Pourtant, cela ne suffisait pas à dissiper ses craintes.

Jusqu'à présent, personne ne semblait s'intéresser à leur petite troupe. Ils continuèrent à avancer vers le nord, comme Raine l'avait suggéré. C'était de toute façon la direction qu'ils devaient prendre, puisque la famille de Carice demeurait dans les environs de la péninsule de Dingle.

Longtemps, ils cheminèrent en silence. Carice sentait ses épaules s'affaisser et elle avait toute la peine du monde à se maintenir sur sa selle. C'était comme si elle avait dû porter un pilier de pierres sur son dos. Les jointures de ses doigts étaient blanches tant elle serrait les rênes dans ses mains.

— Supportez-vous l'armure ? demanda Raine.

Carice parvint à hocher la tête avant de le questionner à son tour :

— Quand pourrons-nous faire halte ?

— Lorsque nous arriverons à la lisière de cette forêt, répondit Raine en tendant le doigt vers l'horizon.

Carice eut envie de fondre en larmes. Percevant son désarroi, Raine approcha son cheval du sien.

— Dès que nous pénétrerons dans le bois, vous pourrez ôter la cotte de mailles et je renverrai les soldats.

— Où allons-nous passer la nuit ?

Sans doute devraient-ils établir leur campement dans la forêt. Cette idée inquiétait Carice : dans son état, elle souffrait tant du froid qu'elle redoutait de dormir sous une tente.

— Cela dépendra de notre rapidité. Peut-être parviendrons-nous jusqu'au village de Casheldrum. Si nous nous hâtons, nous y serons à la nuit tombée.

La seule pensée qu'elle devrait chevaucher sa monture jusqu'au soir lui était douloureuse. Pourrait-elle seulement arriver jusqu'au bois dans cette armure ? Elle essaya de se convaincre que ces quelques heures étaient peu de chose. Mais elle connaissait les limites de sa faible constitution et elle ne voulait pas que Raine l'entende se plaindre.

Pourtant, elle savait qu'il avait raison : Brian Faoilin était tout près, et il risquait de les rattraper s'ils s'arrêtaient en chemin. Ils n'avaient d'autre choix que de continuer.

— Vous êtes fatiguée, n'est-ce pas ?

Même si la question était posée sur un ton froid, Carice sentit que Raine s'inquiétait de sa fragilité.

— Oui. Mais je ferai ce que j'ai à faire.

Luttant contre la douleur que lui causait l'armure, elle redressa les épaules.

— Cependant, je préfère vous prévenir, poursuivit-elle. Je vais bientôt tomber de ce cheval.

— Alors, tombez de mon côté, répondit-il en prenant sa main gantée. Je vous rattraperai, ma chère.

Oui, il la rattraperait, elle n'en doutait aucunement.

Elle en était venue à se reposer sur cet homme et, même si elle craignait de devoir payer le service qu'il lui rendait, sa présence la rassurait.

Elle serra sa main dans la sienne tout en le regardant dans les yeux.

— Merci, Raine. Je suis si heureuse que vous ayez finalement consenti à m'accompagner !

Le guerrier accepta ses remerciements d'un petit signe de la tête, mais elle vit passer sur son visage une expression qu'elle ne sut déchiffrer.

Après cet échange, ils continuèrent leur route en silence, accompagnés des soldats du clan MacEgan, jusqu'à ce que Laochre ne soit plus qu'un point à l'horizon.

Ils cheminaient dans des tourbières noirâtres marbrées de neige blanche. Pour distraire son esprit de ce morne tableau, Carice songeait à la côte ouest du pays. Elle ne s'y était rendue qu'une fois pour rendre visite à sa famille, mais elle n'avait jamais oublié la beauté sauvage de ses paysages. Là-bas, les vagues bleu saphir de l'océan venaient s'écraser contre des falaises vertigineuses bordées de champs d'un vert profond. Dans le ciel immense, les nuages semblaient effleurer la surface de l'eau en longues nuées cotonneuses.

C'était le refuge idéal pour quiconque cherchait un lieu où finir ses jours. Soudainement envahie par un sentiment de lassitude, elle s'appuya contre l'encolure de son cheval et enfouit la tête dans sa crinière. Elle parcourut le dernier mile en rêvant d'une vie où elle pourrait se contenter d'observer le monde en spectatrice.

— Carice.

En entendant la voix de Raine, elle ouvrit les yeux et constata qu'ils arrivaient à la lisière de la forêt.

— Nous y sommes.

Tandis qu'elle hochait la tête, soulagée, il s'entretint tout bas avec les soldats avant de les laisser repartir pour Laochre. Lorsqu'ils furent seuls, il l'aida à descendre de cheval et la conduisit à l'ombre des arbres.

Sur le sol, les feuilles mortes recouvertes de givre évoquaient des éclats d'argent. Carice marchait en s'appuyant contre Raine tandis qu'ils s'enfonçaient dans le bois. Lorsqu'ils furent suffisamment cachés par les arbres, le guerrier lui tourna le dos.

— Vous pouvez ôter la cotte de mailles et remettre votre bliaud. Je monterai la garde.

Carice ne dit rien, mais elle n'était pas sûre d'en être capable. Si elle parvint sans trop de mal à retirer son heaume et son camail, laissant ses cheveux retomber sur ses épaules, l'armure elle-même était si lourde qu'il lui était impossible de lever les bras. Une femme en bonne santé aurait sans doute réussi, au prix de gros efforts, à s'extirper de cette cuirasse, mais Carice connaissait ses limites.

— Pourriez-vous m'aider ? demanda-t-elle doucement.

Raine se raidit face à sa requête. Pourtant, il devait savoir à quel point la chose était difficile pour elle. Gravement affaiblie par la maladie, elle ne pouvait se défaire de l'armure sans son concours. Lentement, il se retourna en la dévisageant. Carice essaya de tendre les mains vers lui afin qu'il soulève le haubert.

— Levez les bras, ordonna-t-il.

Cette remarque arracha un sourire à Carice.

— Si je pouvais faire cela, je n'aurais pas besoin de votre aide.

L'étrange lueur qu'elle vit alors passer dans ses yeux la troubla. Elle savait parfaitement ce qu'il pouvait penser d'elle en cet instant. Ils étaient seuls et elle lui demandait de la déshabiller. Mais elle n'avait pas le choix. Sans son aide, elle était incapable de se débarrasser de cette cotte de mailles. Peu lui importait ce qu'il s'imaginait.

Raine saisit les lourdes manches pendant qu'elle en extrayait ses bras, l'un après l'autre. Puis il posa ses mains sur sa taille.

Mais, au lieu de soulever son haubert, il plongea ses yeux verts dans les siens, son regard lui lançant comme une invitation. Carice sentit parfaitement ses mains vigoureuses dessiner sa silhouette et effleurer doucement ses formes tandis qu'elles s'aventuraient plus haut.

Levant la tête, elle fixa intensément la bouche de Raine. Comme elle voulait qu'il l'embrasse encore, ainsi qu'il l'avait fait hier ! Une vague de désir la traversa, un désir qui la poussait irrésistiblement vers cet homme. S'approchant de lui, elle toucha ses bras. Sa peau était chaude et ses muscles tendus quand il la dégagea enfin de son armure.

Malgré son soulagement d'être délestée de la lourde cuirasse, elle fut aussitôt saisie par le froid, sa chemise étant trop fine pour lui offrir une quelconque protection. Grelottante, elle croisa les bras sur sa poitrine. Son corps était aussi glacé que son esprit était enfiévré. Jamais un homme ne lui avait inspiré un tel émoi. Et, même si cela était immoral, terrifiant même, elle aurait tout donné pour sentir ses mains sur sa peau. Au contact de Raine, la créature discrète et maladive qu'elle était d'ordinaire se muait en une femme avide d'une autre vie. Chaque jour qu'elle passait à ses côtés semblait la rendre plus robuste, plus résistante.

Pourtant, cela ne devait pas lui faire oublier une chose : il allait la quitter.

Raine se dirigea vers son cheval et tira d'une des

sacoches de cuir le bliaud et le surcot de Carice. Tout en le regardant, elle se demanda s'il avait les mêmes pensées qu'elle.

Après lui avoir lancé les vêtements, il lui tourna de nouveau le dos et dit :

— Habillez-vous, lady Carice.

De toute évidence, elle s'était trompée. Rouge de honte, elle ôta à grand-peine ses braies puis passa rapidement ses vêtements.

— Vous pouvez vous retourner à présent, lui dit-elle quand elle eut fini.

Raine ramassa l'armure et la plia avant de la ranger dans une autre sacoche. Ensuite, il saisit une flasque d'eau et but un long moment avant de la tendre à Carice. Tandis qu'elle s'abreuvait à petites gorgées, elle se demanda si le désir qu'elle avait senti entre eux était le fruit de son imagination. Il l'avait pourtant bien embrassée la nuit où il était prisonnier, et il avait accepté de l'accompagner dans sa fuite. Or, à présent, il semblait vouloir la tenir à distance. N'éprouvait-il donc aucune attirance pour elle ?

— Il faut que vous mangiez, lui dit-il en fouillant de nouveau dans une des sacoches.

Les joues en feu, elle soupira. Elle n'était que trop consciente de sa silhouette chétive. Sa maladie était aussi capricieuse que le temps : elle ne savait jamais si elle devait s'attendre à une bonne journée ou à une mauvaise.

Raine apporta des victuailles enveloppées dans un torchon. Le baluchon contenait une demi-meule de fromage, des tranches de bœuf et des cerises séchées. De ses mains, l'homme découpa un morceau de viande qu'il tendit à Carice. C'était un mets délicieux et elle en savoura chaque bouchée. Le sol étant trop froid et humide pour qu'ils puissent s'asseoir, ils mangèrent ainsi, debout, Raine tenant le torchon déployé entre eux.

— Vous semblez vous sentir mieux, dit-il. Mieux que tout à l'heure, en tout cas.

— Je suis toujours fatiguée, avoua-t-elle, mais je n'ai plus tellement mal au ventre.

Après avoir mangé un peu de fromage, Raine lui tendit la demi-meule et demanda :

— Souffrez-vous de cette maladie depuis toujours ? Est-ce la douleur qui vous empêche de manger ?

Carice haussa les épaules et reprit un morceau de bœuf.

— Quand j'étais plus jeune, mon état était plus supportable. Ce n'est que depuis l'année dernière que la douleur revient tous les jours, chaque fois que je mange.

Les repas étaient devenus pour elle un moment redouté car ils ne lui apportaient que des tourments, et elle faisait tout pour éviter les banquets que donnait son père. Invariablement, manger la rendait malade.

— Serait-il possible que quelqu'un vous ait empoisonnée ? poursuivit-il. Quelqu'un qui voudrait votre mort ?

Carice secoua la tête.

— D'autres avalaient les plats auxquels je ne pouvais toucher. Et notre guérisseur a tout essayé. Des saignées, des tisanes. Rien n'y a fait.

Le seul souvenir de cette époque lui donnait la nausée. Mais, malgré sa certitude de ne pas avoir été empoisonnée, elle ne pouvait s'empêcher de se demander pourquoi ces symptômes s'étaient estompés depuis qu'elle avait quitté Carrickmeath. Etait-ce seulement parce qu'elle s'y sentait prisonnière, entourée de guérisseurs et de son père qui l'étouffait à force de la protéger ? Etait-ce le goût nouveau de la liberté qui lui donnait envie de jouir de chaque moment qu'il lui restait ? Carice l'ignorait. Mais plus elle passait de temps avec Raine et plus elle se sentait légère. Non, elle n'aurait pas à endurer un mariage ni une nuit de noces avec le haut-roi. Ici, avec Raine, elle était libre.

Quand ils eurent fini les vivres du baluchon, Raine la prit par la main.

— Venez. Nous allons prendre la direction du village. Nous y trouverons un endroit où dormir quelques heures.

Il l'aida à monter à cheval et ils cheminèrent à travers la forêt pendant quelque temps. Restaurée, reposée et délivrée du poids de la cotte de mailles, Carice se sentait mieux.

— Comment, vous autres, soldats, supportez-vous d'avoir cette armure sur le dos jour après jour ? demanda-t-elle. C'est atrocement lourd.

— Nous y sommes habitués. Parfois, je ne sens même plus son poids.

Carice baissa les yeux en pensant au corps musclé de Raine. Certes, ce dernier était si vigoureux qu'une armure ne devait pas peser plus lourd qu'un manteau pour lui. Sa peau tannée et ses cicatrices rougeâtres lui revinrent en mémoire. Malgré toutes ces blessures, elle avait été fascinée en découvrant son torse nu.

Ces rêveries frivoles la firent sourire. Tout de même, elle n'était pas assez sotte pour s'imaginer que Raine puisse être attiré par une femme mourante. Il la trouvait trop maigre et sa maladie le mettait mal à l'aise. C'était ainsi. Mais cela ne l'empêcherait pas, elle, de savourer toutes les joies que la vie avait encore à lui offrir.

Ils poursuivirent leur route en direction du nord et, lorsqu'ils parvinrent à la lisière du bois, elle aperçut l'étroite bande blanche d'une rivière gelée. Ce spectacle lui rappela combien, enfant, elle avait aimé jouer sur la glace. Son frère Killian lui avait appris à glisser sur des patins faits de bois de cerf et tous deux avaient passé bien des heures à se poursuivre sur l'étang. Et, même s'il avait gagné chacune de leurs courses, elle avait adoré la sensation de glisser sur la croûte gelée.

— Sommes-nous encore loin du village ? demanda-t-elle.

Peut-être avaient-ils le temps de faire une halte ?

— Nous avons encore quelques miles à parcourir. Nous y serons à la tombée de la nuit.

Raine menait son cheval à vive allure, visiblement déterminé à trouver un abri au plus vite. L'idée de s'arrêter, surtout pour une raison aussi futile qu'une partie de plaisir, lui semblerait parfaitement insensée.

Mais Carice savait que le temps lui était compté, et elle se moquait bien désormais de faire ce que l'on attendait d'elle. Le repas qu'elle avait pris lui avait redonné des forces, et elle voulait en profiter, ne serait-ce qu'un court moment, même si cela était parfaitement déraisonnable. Raine de Garenne croirait certainement qu'elle avait perdu la tête, mais cela lui était égal.

— Je veux faire une halte, déclara-t-elle en tirant sur les rênes de son cheval.

Et, sans plus attendre, elle sauta à terre et s'approcha de la rivière.

Raine s'arrêta immédiatement, pensant que Carice se trouvait mal.

— Qu'y a-t-il ?

Se tournant vers lui, elle lui adressa un sourire mystérieux.

— Une envie soudaine.

Que voulait-elle dire par là ? Elle ne semblait pas souffrante. Raine l'observa quelques instants avant de descendre de sa monture.

Carice continua à marcher tant bien que mal en direction de la rivière, ses pieds s'enfonçant dans la neige qui en recouvrait le bord. L'étendue, qui était davantage un ruisseau qu'une rivière, n'était pas plus large que deux bras d'homme. L'eau ne devait pas dépasser les genoux de Raine lorsqu'elle n'était pas gelée.

Arrivée devant la rivière, la jeune femme posa un pied sur la glace avec précaution. Raine n'avait pas la moindre idée de ce qu'elle était en train de faire. Avait-elle soif ?

— Qu'y a-t-il ? demanda-t-il encore.

Cette fois, elle marcha franchement sur la glace et se tourna vers lui.

— Killian et moi avions l'habitude de nous poursuivre sur un étang gelé lorsque nous étions enfants.

Raine continua à la dévisager. Vraiment, il n'y comprenait rien. Elle ne suggérait tout de même pas qu'ils interrompent leur voyage pour… courir sur la glace ?

— Venez, Raine, appela Carice en lui faisant signe de la rejoindre.

— Vous risquez de tomber et de vous faire mal, répondit-il en secouant la tête.

Quelle idée saugrenue ! Non seulement cette course était une perte de temps, mais c'était dangereux.

— Ce n'est que de la glace. Cela ne fait pas si mal que ça. Je risque plutôt de tomber dans ce talus de neige.

De l'index, elle lui fit de nouveau signe d'approcher.

— Je parie que je cours plus vite que vous.

Pourquoi diable voulait-elle faire la course, elle qui avait à peine la force de marcher ? Il rejeta immédiatement cette idée.

— Nous n'avons pas de temps pour ces sottises. Votre père…

— Il lui faudrait chevaucher des heures durant pour

nous rattraper. Et cela ne nous prendra qu'un petit moment. Mais peut-être craignez-vous que je gagne ? Ou est-ce la glace qui vous fait peur ?

Déconcerté par le sourire facétieux que lui lançait la jeune femme, Raine dut reconnaître que son défi ne manquait pas d'audace. Il découvrait chez Carice une espièglerie qu'il ne soupçonnait pas. Lorsqu'il arriva devant la rivière, il posa prudemment un pied, puis l'autre, sur la glace, étonné qu'elle ne se brise pas sous leur poids.

— Que parions-nous ? demanda-t-il.

— Le premier qui arrive au bout choisira sa récompense.

Raine lui jeta un regard oblique. Où voulait-elle en venir ? Il n'avait rien à lui donner, tout cela était absurde !

— Je ne veux rien de vous, protesta-t-il.

Alors qu'il s'apprêtait à faire marche arrière, elle lui prit la main et l'attira vers le milieu de la rivière.

— Qui vous dit que vous allez gagner ?

Bien sûr qu'il allait gagner !

— Vous êtes malade, lui rappela-t-il. Nous avons passé des heures à cheval, et il vous faut préserver vos forces.

Quand elle se tourna vers lui, il vit dans ses yeux le regard d'une femme qui savait sa fin proche.

— Je veux profiter du temps qu'il me reste, Raine. Avant que ce soit fini pour toujours.

La mort de Carice était une éventualité qu'il avait préféré oublier. Même s'il ne la connaissait que très peu, il savait combien elle s'était battue pour sa vie. Raine l'avait vue souffrir, mais aussi sourire. Il connaissait le goût de ses lèvres et la douceur de son corps lorsqu'elle dormait.

— Entendu, mais faisons vite, finit-il par décider. Et sachez que vous allez perdre.

Sans prêter attention à cet avertissement, elle lui expliqua :

— Quand nous jouions avec Killian, celui qui gagnait avait le pouvoir.

— Que voulez-vous dire ? demanda Raine en fronçant les sourcils.

— Si je gagnais, j'avais le droit de lui donner des ordres pendant une heure. Et, si c'était lui qui sortait vainqueur de la course, il me disait ce que je devais faire, et je lui obéissais.

Raine savait qu'il ne s'agissait que d'un jeu inoffensif entre deux enfants, mais la suggestion de Carice eut pour effet de raviver les mauvaises pensées qu'il s'efforçait de réprimer. C'était une proposition dangereuse, et la raison lui dictait de refuser.

— Etes-vous prêt ? murmura-t-elle.

— Nous allons nous rompre les os.

Mais, lorsqu'elle donna le signal du départ, il s'élança sur la glace, s'efforçant de courir. Aussitôt, ses pieds se dérobèrent sous lui et il tomba violemment sur le sol, tandis que Carice continuait à glisser sur la rivière à un rythme régulier, un pied après l'autre.

— Vous n'avez rien ? demanda-t-elle avec un large sourire.

Echappés de sa tresse, ses cheveux bruns tombaient librement sur ses épaules et se collaient à son visage. Ses yeux bleu clair brillaient d'un éclat singulier tandis qu'elle continuait à avancer.

Raine se remit debout et allongea le pas afin de la rattraper. Lorsqu'il arriva à ses côtés, elle essaya de le pousser mais il parvint à garder l'équilibre.

— Pas de tricherie, gronda-t-il.

Mais, tout en disant ces mots, il se pressa contre elle en accélérant l'allure. Il y était presque…

Au dernier moment, Carice fit un bond de côté et se jeta sur le talus de neige. Dépassant Raine, elle continua à courir dans la neige jusqu'à l'extrémité de la piste glacée.

— J'ai gagné !

Stupéfié par cette déclaration, il répondit :

— Pas du tout. Vous avez quitté la glace.

— Je n'ai jamais dit qu'il fallait rester sur la glace, rétorqua-t-elle. C'est vous qui l'avez présumé.

Devant ce mensonge éhonté, il résolut de clamer sa victoire.

— On ne gagne pas en enfreignant les règles.

— Est-ce à dire que vous ne comptez pas obéir à mes ordres ?

Carice lui prit la main pour le conduire sur la rive. Le ton de sa voix accentuait les soupçons de Raine. Il serra sa main plus fort et la souleva pour la déposer sur son cheval. Les joues empourprées par l'effort, elle avait, à ce moment précis, le visage d'une femme qui se réveille après une nuit de sommeil.

— Quels ordres ? demanda-t-il en se mettant en selle à son tour.

Avec un sourire malicieux, elle répondit :

— Je vous le dirai plus tard.

Chapitre 6

Comme prévu, ils arrivèrent à Casheldrum à la tombée de la nuit. Carice n'avait jamais pénétré dans ce hameau, qui était très éloigné des terres de son père. Le village était établi sur un crannog, un de ces îlots habités que l'on ne trouve qu'en Irlande et en Ecosse. Un pont de bois enjambant un lac à moitié gelé permettait d'y accéder. Ce lieu isolé serait un refuge idéal pour la nuit.

Carice était de fort bonne humeur après avoir gagné la course. Quel plaisir elle avait éprouvé en glissant ainsi sur la glace, les joues fouettées par le vent ! Et le visage incrédule de Raine avait rendu sa victoire encore plus plaisante. Sous son apparente froideur de guerrier, elle commençait à déceler une certaine sensibilité. Enfin, elle se sentait plus robuste qu'à l'accoutumée, et elle avait bon espoir que sa santé continue à s'améliorer.

Avant de mettre pied à terre, Raine retira son heaume et le dissimula parmi leur ravitaillement afin de se présenter comme un visiteur ordinaire et non comme un soldat. Les gardes les laissèrent entrer. Derrière les portes, Carice découvrit un fort circulaire abritant un groupe de petites huttes aux murs de torchis, disposées en demi-cercle.

Raine n'ayant qu'une connaissance rudimentaire du gaélique, ce fut elle qui s'adressa au chef.

— Avez-vous fait une longue route ? lui demanda ce dernier.

L'homme devait avoir à peu près le même âge que son père. Etait-il possible qu'il connaisse Brian Faoilin ? Carice espéra que non : elle ne voulait pas qu'il le prévienne de sa présence ici.

— Nous avons rendu visite aux MacEgan hier, répondit-elle. A présent, nous rentrons chez nous.

Plongeant la main dans une des sacoches accrochées au flanc de son cheval, elle en sortit une poignée de pièces d'argent, qu'elle lui tendit.

— J'espère que nous pourrons vous dédommager pour votre hospitalité.

Le chef signifia son refus en secouant la tête.

— Non. Nous n'acceptons pas d'argent de la part de nos invités. Vous pouvez rester ici quelque temps. Mon fils et son épouse sont absents ; vous pourrez passer la nuit dans leur hutte. Et, si un jour nous nous rendons sur vos terres, vous pourrez nous rendre pareille hospitalité.

Le chef, qui se montrait cordial, demanda à l'un de ses hommes d'aider Raine à apporter des pierres chaudes dans la petite maison pour la réchauffer. Carice était ravie que Raine et elle disposent d'une hutte pour eux seuls. Par conséquent, elle se garda bien de détromper leurs hôtes, qui les avaient manifestement supposés mari et femme.

Tous deux rejoignirent le clan pour un souper à la belle étoile. Assise sur une bûche près du feu, Carice accepta un bol de ragoût de chevreuil. La viande et le bouillon chauds étaient une bénédiction après cette journée de cheval, et elle dégusta le plat avec plaisir. La présence de Raine était pour elle un réconfort.

Installé à ses côtés, il avait passé un bras dans son dos, l'enlaçant presque. Même si elle savait qu'il n'agissait ainsi que pour donner l'apparence d'un couple marié, elle aimait sentir sur sa taille la chaleur de sa main.

Lorsqu'elle eut fini son repas, elle posa sa tête sur l'épaule de Raine, luttant contre la fatigue qui s'emparait d'elle. En regardant les autres femmes avec leurs maris, elle ne pouvait s'empêcher de les envier. Elle rêvait de vivre comme elles, normalement, et de profiter de chaque jour sans être tourmentée par la douleur.

Etait-ce possible ? Carice voulait le croire, même si son corps, épuisé après le long voyage de la journée, semblait la contredire. Chaque jour, elle se sentait plus forte. Se pouvait-il qu'elle soit sur la voie de la guérison ? Elle s'accrochait à cet espoir, tout en sachant qu'elle était peut-être simplement en train de profiter de ses dernières joies.

Raine était resté silencieux pendant la plus grande partie du souper et avait répondu aussi brièvement que possible aux questions du chef.

— Vous semblez fatiguée, glissa-t-il à l'oreille de Carice. Voulez-vous aller dormir ?

— Oui, je veux bien.

Après avoir remercié le chef une fois de plus pour son hospitalité, ils regagnèrent la hutte. Raine entra derrière Carice en baissant la tête et referma la porte. A présent, il faisait bon à l'intérieur. Quelques lampes d'argile illuminaient la sombre pièce. Dans un angle était disposée une paillasse recouverte de fourrures. Carice n'eut qu'une envie : se laisser tomber sur ce lit accueillant.

Mais elle voulait tout d'abord être seule avec Raine. Il ne lui restait que quelques jours à passer avec lui et elle désirait en profiter pour apprendre à mieux le connaître. Pourquoi avait-il accepté de laisser de côté ses devoirs de soldat pour l'accompagner ? C'était là l'une des nombreuses questions qu'elle se posait.

— Je ne vous ai toujours pas donné mes ordres depuis que j'ai gagné la course, lui dit-elle en se tournant vers lui.

— Vous n'avez pas gagné. Vous avez triché, lui rappela-t-il.

Mais la douceur de sa voix indiquait à Carice qu'il n'était pas le moins du monde fâché.

— Mais, si, j'ai gagné, insista-t-elle. Et je réclame à présent ma récompense.

— Que voulez-vous donc ? demanda-t-il, une lueur de méfiance dans les yeux, tout en se rapprochant.

Il se tenait debout devant elle, à présent. Dans la faible lumière, Carice étudia ses traits taillés au couteau. Ses cheveux blond foncé étaient humides de neige et une barbe de trois jours lui mangeait le visage. Le regard irrésistiblement attiré vers la bouche du guerrier, Carice hésita. Oserait-elle dire tout haut ce qu'elle désirait au plus profond d'elle-même ?

Embrassez-moi. Voilà ce qu'elle brûlait de lui demander. Pourtant, elle se retint. Non parce qu'elle craignait un refus, mais parce qu'elle avait peur de ne pas pouvoir s'arrêter si leurs lèvres se rencontraient de nouveau.

— Eh bien ? Quelle sera votre récompense ?

Que répondre ?

— Jamais je ne vous ai vu sourire, finit-elle par déclarer. Voilà ce que je voudrais.

Entre eux, le silence s'installa. Raine demeurait impassible. Carice demandait bien peu de chose, sa requête était facile à satisfaire. Pourtant, au lieu de s'exécuter, Raine lui prit les mains et répondit :

— Je n'ai aucune raison de sourire, Carice.

Quel malheur avait donc frappé sa famille pour qu'il prononce de telles paroles ? Elle aurait tant voulu le savoir ! Cependant, elle n'avait pas l'intention de le pousser à dévoiler ses secrets.

— La vie ne vous a pas épargné, je le sais, admit-elle. Mais je refuse de croire que vous n'avez jamais souri.

Lâchant les mains de Carice, Raine croisa ses bras sur sa poitrine. Son visage sombre indiquait clairement qu'il n'était pas disposé à accéder à sa demande. Cet homme s'interdisait-il donc toute joie ?

— Allez vous reposer, à présent. Nous avons encore une longue route à parcourir, et vous avez besoin de sommeil.

Sans l'écouter, Carice posa les mains sur ses joues, qu'une barbe rêche commençait à recouvrir. De ses pouces, elle releva les coins de sa bouche en espérant lui arracher un sourire. Mais le visage du guerrier se durcit et, saisissant ses poignets, il gronda :

— Ne vous moquez pas de moi.

— Ce... ce n'était pas mon intention.

Elle n'avait agi que par jeu. Jamais elle n'avait voulu se gausser de lui !

— Mon père a été assassiné par les hommes de Henri II et ses terres ont été confisquées. Ma mère s'est donné la mort après cela. Nous avons perdu tous nos biens, et mes sœurs ont été enlevées par les soldats du roi.

Relâchant les poignets de Carice, Raine posa ses mains sur ses flancs puis descendit jusqu'à sa taille.

Bouleversée par ce récit, elle était sans voix. La souffrance de Raine la touchait en plein cœur.

— Je n'avais pas idée..., articula-t-elle enfin.

Mais Raine n'avait pas fini.

— Vous croyez que je ne sais pas ce qui est arrivé

à mes sœurs ? Combien d'hommes les ont maltraitées durant mes années d'absence ? Mais tout ce que je peux faire, c'est obéir aux ordres du roi pour qu'il leur laisse la vie sauve. Un jour, peut-être pourrai-je mettre fin à leur calvaire.

Ses mains enserraient encore les hanches de Carice lorsqu'il plongea ses yeux verts dans les siens.

— Non, je n'ai aucune raison de sourire. Pas même pour vous.

Profondément émue par la douleur et l'impuissance que trahissaient ces mots, Carice s'éleva sur la pointe des pieds et attira le visage de Raine vers le sien. Le baiser qu'elle lui donna était le seul réconfort qu'elle pût lui apporter. Elle éprouvait un besoin éperdu de lui montrer sa compassion et savait que les mots étaient impuissants à apaiser son chagrin.

— Je suis désolée, murmura-t-elle.

Raine accepta ce présent et l'embrassa à son tour. Carice ne ressentit nulle peur, même si ce baiser la submergeait de volupté. Au contraire, elle accueillit avec joie la langue du guerrier dans sa bouche, et en sentit l'écho douloureux entre ses cuisses.

A présent, elle comprenait la réticence de Raine à lui apporter son aide. En désobéissant aux ordres de son commandant, il mettait la vie de ses sœurs en péril. Malgré le sentiment de culpabilité qui l'étreignait, Carice glissa ses bras autour de la taille du guerrier. Sa force allait bien au-delà des prouesses physiques qu'il était capable d'accomplir. Il était de ces hommes qui se battent inlassablement pour les êtres qui lui sont chers. Et, quoi qu'il arrive, il n'abandonnerait jamais ses sœurs, Carice en était convaincue.

Chacun de leurs baisers redoublait l'attirance qu'elle éprouvait pour lui, et ses sentiments prenaient dangereusement le dessus. Qu'il retourne à sa vie de soldat lui semblait désormais impensable. Elle voulait qu'il reste avec elle, quand bien même elle savait que cela était impossible.

Tout en continuant à l'embrasser, Raine plongea les doigts dans sa longue chevelure et les fit glisser jusqu'au bas de ses reins. Se collant à lui, Carice sentit alors, chaude contre son ventre, la fièvre qui montait en lui.

Ivre de désir, elle avait peine à respirer. Elle en voulait plus, tout de suite, tandis que lui semblait vouloir refréner l'appel de ses sens. Lorsque la bouche de Raine effleura le bas de son visage, elle tressaillit et passa ses mains dans les cheveux courts du guerrier avant de caresser ses larges épaules. Elle voulait qu'il se débarrasse de sa cotte de mailles, et vite.

— Enlevez votre armure, lui ordonna-t-elle, puisque vous refusez de me sourire.

Raine recula d'un pas et la fixa d'un regard brûlant. Sans dire un mot, il lui obéit, ôtant sa tunique, puis son haubert de mailles et sa chemise. Sur son torse nu, elle vit les stries de ses muscles et les cicatrices récoltées sur les champs de bataille. Comme elle avait envie de le toucher !

Elle posa doucement ses mains sur la poitrine de Raine et lui rendit son regard.

— Si vous aviez gagné notre course, quelle récompense auriez-vous exigée de moi ?

Comme il tardait à répondre, elle se demanda s'il était aussi troublé qu'elle.

— Je n'ai aucun ordre à vous donner, ma chère. Dormez, à présent, si c'est ce que vous souhaitez.

Mais ce n'était pas du tout ce qu'elle souhaitait. De nouveau, elle leva les yeux vers lui.

— Puis-je vous toucher ?

L'audace que lui donnait le sentiment de vivre ses derniers jours lui avait dicté ces paroles. Qu'arriverait-il entre ce moment précis et son ultime soupir ? Elle l'ignorait. Tout ce qu'elle savait, c'était qu'elle avait cet instant à vivre avec lui.

— Ce ne serait pas sage.

Carice le savait aussi bien que lui, mais elle s'en moquait.

— Dernièrement, j'ai cessé de me soucier d'agir avec sagesse. Et il ne nous reste que quelques jours ensemble.

L'espace d'un instant, elle l'observa, attendant sa réponse, le souffle coupé. La désirait-il un tant soit peu ?

— Pourquoi voudriez-vous faire une chose pareille ? Je suis un soldat normand.

Dans sa voix, elle entendit les accents d'un homme torturé. S'estimait-il indigne d'elle ? Malgré les cicatrices que l'incendie avait imprimées dans son dos, Carice était pourtant loin de le trouver laid.

— Vous êtes l'homme qui m'a sauvé la vie, répondit-elle en plantant ses yeux dans les siens.

Raine resta silencieux un long moment, en lui offrant un visage de marbre. Enfin, il prit les mains de Carice dans les siennes et, une flamme sombre dans le regard, hocha simplement la tête.

— Faites ce que bon vous semble.

Carice commença à explorer son torse nu, suivant de ses doigts les lignes de ses muscles et admirant la fermeté de son corps de soldat. Puis, cédant à une impulsion, elle pressa ses lèvres sur son cœur et y déposa un baiser. Quand Raine poussa un soupir étouffé, elle comprit l'effet que produisaient ses caresses sur lui.

De ses lèvres, elle continua à parcourir sa peau, émerveillée par les nouvelles sensations qu'elle découvrait. Mais, lorsque ses mains s'aventurèrent dans le dos du guerrier, elle sentit les cicatrices de ses brûlures. Intriguée, elle alla se placer derrière lui pour toucher ses épaules, en traçant de ses doigts les contours de la chair rougie. Que de souffrances il avait dû endurer dans l'incendie, avant qu'un moine ne le tire des flammes ! Ses plaies avaient cicatrisé, mais sa peau restait marbrée et rougeâtre. Elle posa ses lèvres sur ces cruelles marques, comme si elle pouvait le guérir d'un baiser.

Alors, Raine baissa les armes. Se retournant, il la souleva dans ses bras et l'embrassa ardemment tout en la portant jusqu'au lit de fourrures. Carice se laissa emporter avec délectation par un nouveau torrent de désir. Après l'avoir couchée sur le lit, Raine s'étendit sur elle et elle sentit son sexe tendu contre son ventre. Ce corps sur le sien éveillait en elle un besoin avide que rien ne semblait pouvoir assouvir. L'envie lui vint de cambrer ses reins, de l'accueillir en elle.

Bien qu'elle fût vierge, elle était guidée par son instinct. Avec chaque baiser, le feu qui irradiait entre ses cuisses se faisait plus intense. Raine se pressait contre ses robes, les yeux fermés, les mâchoires serrées.

Voilà ce que devait être une nuit de noces : un besoin éperdu d'être uni à l'être que l'on désirait plus que tout au monde.

A son tour, elle ferma les yeux, craignant de tomber pour de bon amoureuse de cet homme. Elle était attirée par Raine avec une force qu'elle n'avait jamais ressentie auparavant.

Soudain, il ralentit ses mouvements, les traits tendus, se reposant sur elle de tout son poids.

— Mon Dieu, Carice, vous me mettez au supplice.

Carice posa les mains sur ses hanches.

— J'ai confiance en vous, Raine. Je sais que vous ne me ferez jamais aucun mal.

Ces paroles étaient destinées à le rassurer, mais elles semblèrent produire l'effet inverse.

Raine s'arrêta immédiatement et se laissa rouler sur le côté. Son visage se ferma.

— Je n'aurais pas dû laisser les choses aller aussi loin, dit-il sans laisser paraître la moindre émotion.

— Nous n'avons fait que nous embrasser, commença-t-elle, mais il l'interrompit en posant un index sur ses lèvres.

— Nous avons fait plus que cela, et vous le savez. C'est mal, Carice.

— Mais j'avais envie de vous toucher, confessa-t-elle. Qu'y a-t-il de mal à cela ?

— Je n'ai pas le droit de vous prendre, répondit-il en se levant.

Après avoir endossé son armure et sa chemise, il poursuivit :

— Vous n'êtes pas mienne et vous ne le serez jamais.

Ces mots laissèrent Carice comme pétrifiée. La fièvre qui s'était emparée d'elle la quitta aussitôt. Que lui répondre ? Pourquoi la rejetait-il ainsi ? Le comportement de Raine avait changé du tout au tout, laissant place à une froide indifférence. Peut-être aurait-elle dû s'attendre à une telle réaction. Mais elle était stupéfaite et blessée.

— Vous partez ? demanda-t-elle en ravalant sa peine.

— Je vais marcher un peu. Restez ici et dormez. Je serai de retour bientôt, répondit-il.

Lorsqu'il referma la porte derrière lui, Carice fut gagnée par un accès de fureur inattendu. Tout cela était injuste… sa maladie, sa faiblesse. Pourquoi ?

Qu'avait-elle fait pour mériter ces tourments, cette douleur ? Rien, absolument rien !

De toute évidence, Raine l'avait quittée parce qu'il la trouvait trop fragile. Sa silhouette maigre n'était pas à son goût, voilà pourquoi il ne voulait pas la toucher. Peut-être n'avait-il accepté de l'escorter que par devoir, et rien de plus. S'il avait jamais éprouvé un quelconque intérêt pour elle, il avait eu tôt fait de le réprimer. Elle se sentait humiliée d'avoir été ainsi éconduite.

Serrant le poing, elle donna un grand coup dans l'amas de fourrures. Pour la première fois depuis des années, elle avait tenté d'obtenir ce qu'elle voulait, elle s'était laissée aller à éprouver des sentiments pour un homme. Et elle avait voulu croire que Raine voyageait à ses côtés parce qu'il partageait ces sentiments.

Mais elle s'était lourdement trompée, et elle en était à présent mortifiée.

A chaque pas, Raine se maudissait intérieurement. *Je sais que vous ne me ferez jamais aucun mal*, avait-elle dit.

La peste soit de lui ! Il se méprisait de la trahir ainsi. De quel droit pouvait-il prétendre à son affection ? Elle n'était pas sienne, et il fallait être le pire des scélérats pour la livrer aux mains de son ennemi. Non, il ne méritait pas de toucher sa peau douce ni de goûter aux plaisirs que son corps avait à offrir.

Du reste, il en était incapable. Comment pourrait-il s'octroyer le réconfort de ses bras alors qu'il avait failli à sauver sa mère et ses sœurs ? Lui qui était entraîné pour le combat, il aurait dû réagir, tenter quelque chose… Son hésitation avait fait bien des victimes.

La culpabilité qu'il portait jour et nuit comme un fardeau lui interdisait d'être heureux, que ce soit avec Carice ou avec une autre. Elle qui voyait en lui un homme d'honneur était à mille lieues de la vérité. Sa vie n'était que mensonge et lâcheté. Non, il n'avait d'autre choix que de poursuivre le chemin qu'il s'était tracé, avec le seul espoir de sauver un jour ses sœurs.

Après avoir averti les gardes du crannog qu'il serait bientôt de retour, Raine emprunta le pont de bois pour franchir le lac. L'air glacial de la nuit était la punition qu'il attendait. Il comptait sur lui pour étouffer le brasier que Carice avait allumé en lui.

Il marchait sur un tapis de feuilles mortes, ses pieds crissant sur le givre. La lune était basse dans le ciel car il était encore tôt. S'ils avaient cheminé en direction du nord jusqu'à présent, il était temps de dévier leur route vers l'est. S'ils voyageaient de nuit, dormant durant les premières heures du jour, Carice ne remarquerait peut-être pas la position du soleil. Et, si elle protestait, Raine ne devrait pas avoir trop de mal à dissiper ses doutes, d'autant qu'elle ne connaissait probablement pas cette partie de l'Irlande.

Arrivé au cœur de la forêt, il s'arrêta, les mains appuyées contre deux jeunes arbres. Pourquoi diable avait-il fallu qu'il l'embrasse ? Pauvre de lui, Carice Faoilin était bien trop désirable ! Ses caresses l'avaient si bien envoûté qu'il en avait perdu la raison. Près d'elle, il n'avait plus les idées claires.

Mieux valait qu'il cesse tout commerce avec elle et qu'il se tienne à l'écart, faute de quoi il ne parviendrait jamais à mener ses projets à exécution. Carice n'était qu'un moyen pour lui de parvenir à ses fins, autrement dit d'approcher le haut-roi.

Soudain, un léger bruit attira son attention, et il se retourna brusquement en dégainant son épée.

— Vous avez trouvé la fiancée du haut-roi, à ce que je vois.

Comme sir Darren levait les mains pour montrer que ses intentions étaient pacifiques, Raine rangea son arme dans son fourreau. Vêtu de son armure et d'un manteau fourré en peau de loup, son commandant affichait un demi-sourire que démentait un regard menaçant.

Raine avait demandé à sir Darren de conduire sa troupe directement à Tara, mais ce dernier n'avait visiblement fait aucun cas de sa requête.

— Vous ne pouvez pas nous suivre d'aussi près, protesta Raine. Si lady Carice voit nos hommes, elle se doutera de quelque chose.

— Elle a donc accepté sans difficulté que vous l'escortiez ?

D'un geste, le chevalier, visiblement curieux d'en savoir plus, invita Raine à faire quelques pas avec lui dans le bois.

Si Raine obéit à son ordre muet, il n'avait pas l'intention de trop en dire. Hors de question que sir Darren vienne s'immiscer dans ses projets.

— Lady Carice croit que je la conduis auprès de sa famille, sur la côte ouest, loin de Tara.

Un sourire se dessina lentement sur le visage de son commandant.

— Parfait. Je suis bien aise que vous ayez réussi à la capturer. Sans qu'elle s'en doute, bien sûr.

A l'approche du crannog, il ralentit le pas.

— Nous avons établi notre camp à moins d'un mile d'ici. Je vais donner ordre à mes hommes de se tenir à distance. Mais, si vous avez besoin de nous, sachez que nous ne serons pas loin.

Raine n'avait aucun besoin de ses soldats, mais il hocha la tête.

— Je partirai avec elle après minuit.

Sans laisser à sir Darren le temps de répondre, il poursuivit :

— Ne prenez pas la route avant l'aube. Si jamais elle vous voyait, tout cela n'aurait servi à rien.

— C'est entendu, dit le chevalier avec un signe de la tête.

Après un silence, il ajouta en regardant Raine droit dans les yeux :

— Je vous souhaite de réussir. Henri II vous accordera tout ce que vous souhaitez si vous tuez le haut-roi.

Raine ne voulait rien d'autre que de voir ses sœurs libérées.

— Tenez-vous à distance, sir Darren, dit-il seulement, le visage impassible.

— Dès lors que vous respectez notre plan, je ne vois aucune raison d'intervenir, répondit son commandant.

Pourtant, le ton de sa voix restait subtilement menaçant. *Au moindre faux pas, nous nous en prendrons à votre famille.* Si la mission de Raine se soldait par un échec, sir Darren n'aurait d'autre choix que d'en informer Henri II.

Tandis que le chevalier se retirait, s'enfonçant dans l'ombre des bois, Raine resta caché un moment. Avec un peu de chance, Carice dormirait lorsqu'il regagnerait la hutte.

Carice savait parfaitement pourquoi Raine s'était esquivé. Et, si elle comprenait que seul son sens de l'honneur l'avait poussé à agir de la sorte, elle n'avait pas du tout envie de dormir. La lassitude qu'elle ressentait n'avait rien à voir avec de l'épuisement : elle était fatiguée d'attendre que sa vie commence enfin.

Jeune fille, elle avait d'abord attendu avec impatience d'être fiancée. C'était au cours d'un séjour à Tara, décidé par son père, qu'elle avait attiré l'attention du haut-roi. Mais Rory Ó Connor était presque aussi vieux que Brian Faoilin, et Carice avait été horrifiée d'apprendre que les ambitions de son père l'avaient conduit à sacrifier son aînée sur l'autel du mariage, et ce, dans le seul but d'élever sa condition.

L'idée de devoir consommer ses noces avec le haut-roi lui donnait la nausée. Fort heureusement, cela n'arriverait jamais. Raine allait l'aider à fuir.

Mais peut-être regrettait-il déjà sa décision de l'escorter vers l'ouest ? Elle avait laissé son cœur et son corps l'emporter sur sa raison. Raine avait été bien avisé de la repousser avant qu'ils n'aillent trop loin. Du reste, sa maladie ne la rendait guère attirante. Cet homme n'allait tout de même pas partager sa couche simplement parce qu'elle avait envie d'être dans ses bras !

La vérité était trop cruelle pour qu'elle pût la regarder en face. Aucun homme ne voulait d'une femme mourante. Retenant ses larmes, elle s'étendit sur le lit en observant les fagots soigneusement ficelés qui étaient suspendus au plafond.

Quand Raine revint enfin, elle évita de le regarder, se comportant comme s'il ne s'était rien passé entre eux.

— Votre promenade a-t-elle été agréable ?

— Je pensais vous trouver endormie, s'étonna-t-il au lieu de lui répondre.

— Non.

Ses désirs inassouvis autant que ses regrets l'avaient empêchée de trouver le sommeil.

— J'attendais votre retour.

Sans prêter attention à cette remarque, Raine poursuivit :

— Je vous réveillerai avant l'aube afin que nous reprenions la route. Les hommes de votre père dormiront encore, ce qui nous permettra de conserver notre avance. Nous devrions trouver notre chemin facilement en suivant le fleuve.

Sans attendre de réponse de sa part, il alla s'allonger sur le sol à l'autre extrémité de la pièce, montrant ainsi clairement qu'il n'avait pas l'intention de dormir près d'elle. Ce qu'il pouvait être buté ! Carice se pelotonna sous les fourrures en s'efforçant de ne pas se laisser atteindre par son dédain. Mais elle ne voulait pas être loin de lui.

— Je me demande qui sont les habitants de cette hutte, songea-t-elle tout haut en étudiant l'intérieur de la pièce. Ils ne sont pas mariés depuis longtemps, j'en mettrais ma main à couper.

Raine ferma les yeux sans dire un mot, mais Carice ne se découragea pas. Son esprit ne parvenait pas à trouver la paix. Peu lui importait que Raine cherchât à l'éviter. Elle voulait être près de lui et dormir en sentant la chaleur de son corps contre le sien. Même s'il n'avait à lui offrir que son amitié.

— Je ne crois pas qu'ils aient des enfants, continua-t-elle. Du moins, pas encore.

La hutte était petite et n'abritait qu'un lit. Carice fut soudain envahie par un terrible sentiment de vide. Selon toute vraisemblance, elle ne porterait jamais d'enfant. Jamais elle ne saurait ce que c'était que de sentir un bébé bouger dans son ventre, ni de mettre un petit être au monde. C'était un rêve qui ne deviendrait jamais réalité pour elle.

— Vous n'avez aucune raison de m'éviter, Raine, dit-elle. Il y a suffisamment de place pour nous deux ici.

Puis, espérant égayer son compagnon, elle ajouta :

— En outre, j'ai froid aux pieds.

— Je veux dormir, maintenant, répondit-il sèchement. Je vous conseille d'en faire autant.

Raine avait parlé d'un ton qui ne souffrait pas de réplique, élevant un mur invisible entre eux. Il ne voulait rien avoir à faire avec elle, c'était évident.

Le cœur tremblant, elle se força pourtant à lui demander :

— Etes-vous en colère parce que je vous ai embrassé ? Si je l'ai fait, c'est uniquement parce que j'ai été émue par le sort de votre famille.

Après un instant d'hésitation, Raine répondit :

— Je ne suis pas en colère.

Pendant un moment qui sembla durer une éternité, tous deux se turent. Carice ne savait ce qu'elle devait faire.

— Mais je ne peux pas dormir près de vous, lady Carice, ajouta enfin Raine.

Le rouge aux joues, elle ferma les yeux.

— Comme vous voudrez. Je voulais seulement dire que nous pourrions nous tenir chaud.

— Je ne réponds pas de moi si je suis près de vous, expliqua-t-il. Je ne pourrais pas m'empêcher de vous toucher.

Troublée par la caresse invisible de ces mots, elle imagina les mains de Raine sur elle, ses lèvres chaudes sur sa peau. A cette idée, sa poitrine se tendit sous sa robe. Ne sachant quelle fièvre la prenait, elle enfouit son visage dans les fourrures. Cet homme avait le don de lui insuffler la force de la vie, il lui donnait une envie éperdue de tout embrasser. Carice comprenait fort bien qu'il souhaitât garder ses distances. Simplement, elle ne savait pas jusqu'alors combien cela faisait mal d'être éconduite.

Un profond silence s'installa entre eux. Désireuse de parler avec Raine, de retrouver la complicité qui les avait unis lorsqu'ils couraient sur la glace, Carice aborda le sujet qui la préoccupait.

— Parfois, je me demande combien de temps il me reste à vivre.

— On ne sait jamais quand sa dernière heure viendra, répondit-il doucement. Moi-même, je pourrais être tué au combat à tout moment.

C'était vrai, Carice le savait. Bien plus qu'elle, il vivait dans le danger. La laissant à cette pensée effrayante, Raine se mit sur le côté, lui tournant le dos. Le message était clair.

Bien qu'il eût refusé de partager son lit, Carice répugnait à le voir dormir à même le sol froid. Elle se leva, ramassa sa cape et la déploya par terre, à côté de lui.

— Vous pouvez dormir dessus. Elle vous tiendra chaud.

Ouvrant les yeux, il hocha la tête d'un air bourru avant de s'emmitoufler dans le vêtement.

Peut-être essayait-il vraiment de s'endormir, mais Carice sentait qu'il n'arrivait pas à trouver le repos.

— Je suis sincèrement navrée pour ce qui est arrivé à vos sœurs, Raine. J'espère que vous me croyez.

Comme il se taisait, elle commença à réfléchir aux motifs qui avaient pu le pousser à lui venir en aide. C'était tout de même curieux. Pourquoi un homme qui avait juré de protéger ses sœurs, qui avait accepté de se soumettre au roi, l'escorterait-il vers l'ouest ? Son insubordination risquait de coûter encore plus cher aux jeunes filles, à plus forte raison si les Normands apprenaient qu'il n'avait été retenu prisonnier par les MacEgan que l'espace d'une nuit. Il devait avoir ses propres raisons.

Cette pensée lui glaça les sangs. Non, c'était ridicule. Ses soupçons ne pouvaient pas être fondés. Raine avait décidé de l'aider parce qu'il le voulait. Sous ses dehors taciturnes se cachait un homme d'honneur, qui préférait agir avec justice plutôt que d'obéir aveuglément à des ordres. Rien n'autorisait Carice à douter de lui.

Du reste, il ne leur restait que quelques jours de route avant d'arriver dans la péninsule de Dingle. D'une façon ou d'une autre, elle trouverait un moyen de le récompenser pour tout ce qu'il avait fait pour elle.

Pourtant, lorsqu'elle ferma les yeux pour tenter de s'endormir, elle ne put se défaire totalement de la désagréable impression que Raine lui cachait quelque chose.

Fidèle à sa promesse, Raine réveilla Carice au milieu de la nuit. Il n'avait pas fermé l'œil, mais cela lui était égal. L'envie qu'il avait d'elle était une torture, rendue plus cruelle encore par le parfum qu'exhalait la cape dont il s'était enveloppé.

— Devons-nous partir immédiatement ? demanda-t-elle d'une voix ensommeillée.

— Oui, répondit-il. Il le faut, si nous ne voulons pas qu'ils nous retrouvent.

Après l'avoir aidée à se lever, il coupa une miche de pain en deux de ses mains et lui en tendit une moitié. Carice devait prendre des forces avant de poursuivre le voyage. Ensuite, Raine lui rendit sa cape, la déposa sur ses épaules et en noua le cordon. Ses longs cheveux bruns tombant sur sa poitrine, Carice plongea ses yeux azur dans les siens. Elle n'avait aucune idée de la tentation qu'elle représentait pour lui. Même s'il la désirait à en avoir mal, il se refusait à abuser d'elle.

S'il hâtait ainsi leur départ, c'était uniquement pour éviter que Carice ne voie le lever du soleil et comprenne ainsi qu'ils se dirigeaient vers l'est. Avec un peu de chance, elle se rendormirait jusqu'à midi et n'aurait pas conscience du lieu où elle se trouverait à son réveil.

Tôt ou tard, elle découvrira ce que tu as fait. Raine savait que Carice était une femme intelligente. Ce n'était qu'une question de temps. Simplement, il espérait qu'ils seraient suffisamment proches de Tara au moment où elle percerait sa ruse à jour… Il espérait surtout que, plus tard, elle pourrait lui pardonner.

Dehors, la neige crissait sous les sabots de leurs chevaux et le clair de lune éclairait leurs pas. Raine prit d'abord la direction de l'est en suivant le fleuve, comme il l'avait annoncé. Ce n'est que lorsqu'ils traversèrent une autre forêt qu'il dévia de ce chemin en prenant soin d'effacer leurs traces. Son but était de désorienter Carice, et non, comme il le prétendit, d'éviter les hommes de son père.

Tandis que les heures s'égrenaient, Carice sommeillait, lourdement appuyée contre sa jument. En la voyant si fragile, Raine se sentit rongé par la culpabilité. La jeune femme le haïrait en découvrant sa tromperie, mais avait-il le choix ? Au moins s'était-il refusé à la séduire. S'il avait eu l'audace de prendre son innocence alors qu'il s'apprêtait à la trahir, elle l'aurait méprisé avec plus de force encore.

Soudain, il aperçut un petit abri adossé à une colline. C'était un dolmen construit sur un monticule de terre. Décidant que la dalle soutenue par deux grosses pierres leur offrirait une protection bienvenue contre les éléments, il y conduisit Carice.

— Nous devons être suffisamment loin de vos poursuivants, désormais, lui dit-il. Vous pouvez vous reposer quelque temps, si vous le souhaitez.

A la vérité, la lumière était en train de changer et une faible lueur rose pâle apparaissait à l'est. S'il accordait une halte à Carice, elle ne remarquerait pas quelle direction ils étaient en train de prendre.

Après l'avoir aidée à descendre de cheval, il lui apporta une fourrure que le chef du crannog leur avait donnée.

— Allez dormir, lui ordonna-t-il. Enveloppez-vous dans cette peau.

Encore somnolente, elle hocha la tête et se dirigea en titubant vers le petit abri, où il l'aida à s'installer. A l'aide d'une couverture de laine, il recouvrit l'entrée du dolmen. Mais il savait que cela ne suffirait pas à lui tenir chaud. Et allumer un feu serait trop risqué. La présence des chevaux risquait déjà de trahir leur présence, si jamais quelqu'un venait. Raine n'avait d'autre choix que de partager ce refuge avec elle s'il ne voulait pas la retrouver à demi gelée.

Carice se blottit sous le dolmen. Raine aurait voulu aller la réchauffer immédiatement, mais il devait d'abord s'occuper de leurs montures.

Après avoir mené les chevaux au bord de la rivière pour qu'ils puissent boire, il les attacha à l'abri d'un arbre et s'assura qu'ils ne manquaient de rien. Alors seulement, il regagna l'abri. Soulevant la couverture, il s'accroupit pour s'asseoir sous la dalle de pierre. Carice tremblait de tous ses membres, pelotonnée dans la fourrure.

— Je… je suis glacée, souffla-t-elle.

Sans un mot, Raine la prit par la taille et l'attira à lui en ramenant la couverture sur eux. Mais, dès qu'il sentit contre lui l'exquise courbe du bas de son dos, le désir revint, impérieux. Chassant ces vaines pensées, il frictionna les bras de Carice pour les réchauffer. Alors, celle-ci lui prit les mains et les croisa sous sa poitrine.

— Merci. Je me sens beaucoup mieux.

Ce n'était pas le cas de Raine. Tout ce qu'il voulait

était là, sous ses yeux, mais il ne pouvait l'obtenir. Les dents serrées, s'efforçant de résister à la tentation, il aurait tout donné pour que s'éteigne le feu qui le consumait. Cette femme le mettait au supplice.

— Ne bougez pas, lui dit-il d'une voix autoritaire. Dormez.

S'il sentait encore une fois les mouvements de son corps contre le sien, il perdrait toute maîtrise de lui-même.

— Vous avez davantage besoin de sommeil que moi, Raine. Je sais que vous êtes épuisé, répondit-elle en soupirant doucement.

C'était vrai. Mais il lui était impossible de se détendre alors qu'elle était dans ses bras. Carice se serrait si fort contre lui qu'il devait mobiliser toutes ses forces pour se dominer. C'était à peine s'il pouvait respirer.

Mais, au bout d'un moment, il comprit qu'elle n'essayait pas réellement de trouver le sommeil. Elle se tordait les mains, le corps tendu, en proie à une grande douleur.

— Vous souffrez, n'est-ce pas ? lui demanda Raine en reculant un peu pour lui faire de la place.

A ces mots, elle se raidit.

— Ce n'est rien. Seulement, mon mal de ventre est réapparu.

Elle respirait de façon irrégulière, avec difficulté.

— Je croyais que mon état s'était amélioré. Apparemment, je me trompais.

Raine n'aimait pas du tout cela. La nuit dernière, elle semblait se porter bien, mais la maladie revenait visiblement à la charge.

— Comment puis-je vous aider ?

— Laissez-moi seule un moment. Cela passera.

A contrecœur, il quitta le dolmen. Boire de l'eau fraîche lui ferait peut-être du bien. En brisant la glace qui recouvrait la rivière, peut-être pourrait-il lui en rapporter. Manger ne ferait qu'empirer les choses.

Si seulement il avait quelque connaissance de la médecine ! Mais elle était là, les genoux serrés contre sa poitrine, recroquevillée de douleur, et il ne pouvait rien faire. Un instant plus tard, il la vit sortir de l'abri en courant et se précipiter dans les bois.

— Carice ! cria-t-il en se lançant à sa suite.

— Restez ici, l'implora-t-elle. J'ai besoin d'être seule.

Malgré cette injonction, Raine s'apprêtait à la rejoindre quand il comprit qu'elle avait envie de vomir et ne voulait pas qu'il la voie ainsi. Il la laissa donc partir. Quand elle revint un petit moment plus tard, son visage avait la couleur du givre. Elle avançait avec lenteur et chacun de ses pas semblait la faire souffrir.

— Qu'y a-t-il ?

Carice tomba à genoux, les yeux clos.

— Parfois, je voudrais mourir. Je déteste cette maladie. Vous n'imaginez pas à quel point.

Raine la souleva dans ses bras pour la ramener dans leur refuge.

— Voulez-vous dormir, à présent ?

Quand elle cacha son visage contre son épaule, il sentit ses larmes mouiller sa tunique. Jamais il ne s'était senti aussi impuissant. Que faire pour l'apaiser ?

— Je voulais tellement aller mieux, dit-elle en sanglotant. Pendant quelque temps, lorsque nous cheminions ensemble, j'ai cru…

Carice s'interrompit, comme si elle cherchait ses mots. Mais Raine savait ce qu'elle voulait dire. Elle avait cru que les choses étaient en train de changer.

La voir ainsi, désemparée devant ce corps qui ne lui obéissait plus, le contrariait plus qu'il ne l'aurait voulu.

S'agenouillant, il la déposa sous le dolmen et s'assit à côté d'elle. En s'appuyant contre lui, Carice avoua :

— Si j'avais le choix entre vivre encore deux jours sans souffrir et deux années à endurer ces douleurs, je choisirais les deux jours.

Raine s'étendit à côté d'elle. Lorsqu'elle posa sa joue sur son torse, il essuya ses larmes. Que pouvait-il faire d'autre que la tenir dans ses bras ? Même s'il savait qu'elle était souffrante, il ne l'avait jamais vue aussi malade. Tout à coup, il comprit qu'il était en train de la mener au-devant d'un grand péril. Jusqu'à présent, il s'était rassuré en se disant qu'aucun mal ne lui serait fait puisqu'elle n'épouserait jamais le haut-roi. Mais il savait maintenant qu'elle ne survivrait peut-être pas au voyage qui devait leur faire traverser l'Irlande. Et elle était convaincue que, grâce à lui, elle allait passer ses derniers jours auprès de la famille de sa mère !

Les yeux fermés, la bouche crispée de douleur, Carice se remit à parler.

— Il y a quelques semaines, j'ai songé à boire une potion pour mettre fin à mes jours. J'imagine que me voilà condamnée aux flammes de l'enfer.

Raine resserra son étreinte.

— Je vous défends de faire une chose pareille, Carice.

— Si l'on m'avait conduite jusqu'au haut-roi, j'aurais été capable de tout pour lui échapper, répondit-elle, le visage empreint de lassitude.

De plus en plus tenaillé par la culpabilité, Raine en venait à se haïr.

— Vous ne l'épouserez jamais. Cela, je vous le promets.

Au moins pouvait-il lui faire ce serment sans mentir.

— Voulez-vous que je vous apporte de l'eau ?

— Non.

Sa voix n'était plus qu'un murmure.

— Restez seulement allongé un moment à côté de moi. Peut-être me sentirai-je moins seule.

Carice posa sa tête sur le sol et Raine lui caressa le front. Il avait été bien prompt à oublier sa maladie au cours des derniers jours, et il s'en voulait de l'avoir ainsi mise en danger.

— Promettez-moi une chose, hasarda-t-elle doucement.

— Dites.

— Si je vous le demande, accepterez-vous de me laisser, de partir sans moi ?

Raine allait refuser lorsqu'elle se tourna pour lui faire face.

— Raine, je ne veux pas que vous me regardiez mourir. Ce n'est pas le souvenir que je veux vous laisser de moi. Rappelez-vous plutôt hier, lorsque nous avons fait la course sur la glace.

Elle le fixa, son regard bleu empli de regret, puis tendit la main pour toucher sa joue.

— Soyez mon ami. Ayez pitié de moi et accordez-moi cette faveur.

— Non. Cela, je ne le ferai pas.

Jamais il ne la laisserait mourir seule.

— Comme vous êtes buté, chuchota-t-elle. Pourquoi donc ?

— Parce que j'ai dû quitter mes sœurs, contre ma volonté. Je les ai laissées sans défense et, aujourd'hui, elles sont prisonnières du roi. Plus jamais je ne tournerai le dos à une femme.

Raine avait parlé avec plus de virulence qu'il ne l'avait souhaité, mais c'était un fait : il n'abandonnerait jamais Carice. Et il reçut un coup au cœur en comprenant qu'elle allait lui manquer terriblement. Qu'il le veuille ou non, la vie de cette femme frêle était désormais entremêlée à la sienne.

— Alors… si je ne survis pas à ce voyage, promettez-moi que vous resterez auprès de moi jusqu'à mon dernier souffle.

Raine refusait d'y penser.

— Vous ne mourrez pas seule, parvint-il seulement à articuler.

— Je vous serai pour toujours reconnaissante de m'avoir sauvée d'un mariage avec Rory Ó Connor, ajouta-t-elle en souriant, la main toujours posée sur la joue de Raine.

C'était comme si elle marquait au fer rouge son âme ternie.

— Je suis désolé, lui dit-il.

Oui, il était désolé pour le mal qu'il avait fait et pour la sinistre tâche qu'il avait encore à accomplir. Mais elle ne pouvait pas le comprendre, et elle crut qu'il faisait allusion à sa maladie.

— Ne le soyez pas, répondit-elle en laissant ses doigts courir le long de son bras. J'ai aimé passer ces quelques jours avec vous et je suis heureuse que vous ayez fini par accepter de m'escorter vers l'ouest. J'espère seulement que je parviendrai à terminer le voyage.

Ces mots lui faisaient honte, et il ne voulait pas affronter l'idée que cette femme allait peut-être mourir. Son sourire, son tempérament passionné… Elle le captivait comme aucune autre avant elle ne l'avait fait. Si elle mourait, comme il la regretterait !

Chassant farouchement ces pensées de son esprit, il la serra fort dans ses bras.

Chapitre 7

Lorsque Carice se réveilla dans la chaleur des bras de Raine, elle se sentit aimée, et l'esprit en paix. *Je ne veux pas qu'il parte*, pensa-t-elle. Mais, bien sûr, ce n'était qu'un vœu pieux. Le guerrier devrait retourner sous les ordres de son commandant et, après cela, elle ne le reverrait plus jamais. Quel terrible vide allait créer son absence ! Elle s'était si bien habituée à sa présence à ses côtés qu'à la seule pensée de leur séparation le sentiment de solitude dont elle avant tant souffert autrefois l'étreignait de nouveau.

La faim lui tiraillait l'estomac, mais ses douleurs s'étaient apaisées. Bien qu'elle se sentît encore faible, elle pensait être capable de manger un peu. Des fruits secs peut-être, ou de la viande.

En attendant, elle se tourna pour regarder Raine dormir, attendrie par la barbe naissante qui dessinait le contour de ses joues. L'air préoccupé qui se lisait habituellement sur son visage laissait place à une douceur inaccoutumée. Pour une fois, il semblait heureux et Carice eut aussitôt envie de l'embrasser.

A dire vrai, elle voulait davantage que cela. Elle brûlait de glisser ses mains sur son torse robuste et de sentir ses lèvres sur sa peau. Elle voulait savoir ce que c'était que d'aimer cet homme et d'être aimée de lui en retour.

Juste ciel, le peu de temps qu'il lui restait passait si vite… Elle avait cru s'être résignée, mais elle comprenait que Raine lui avait donné une raison de se battre encore. Il lui avait donné une raison de vivre.

Et, que cela soit convenable ou non, elle avait envie de lui.

Doucement, elle toucha ses cheveux, dégageant son front. Alors, les yeux verts du soldat s'ouvrirent, retrouvant immédiatement leur expression inquiète.

— Comment vous sentez-vous ? lui demanda-t-il.

Avant de lui répondre, elle passa la main sur sa nuque. Elle avait besoin de le toucher, de sentir sa force.

— Je me sens mieux, maintenant. Mais j'ai un peu faim, dit-elle.

Cela lui coûtait de le lui avouer, sachant qu'il devrait partir en quête de nourriture.

— Je vais vous chercher quelque chose à manger.

Tout doucement, il s'écarta et borda la fourrure autour d'elle avant de quitter le refuge du dolmen.

A peine fut-il parti qu'elle se força à se lever et à sortir de l'abri. Raine avait finalement pris le risque de faire un feu pour la réchauffer, mais il n'en restait que des braises. Carice ramassa quelques branches mortes pour le ranimer. Alors qu'elle étirait ses membres raidis, elle fut surprise par une rafale de vent froid et alla chercher sa cape. Une nouvelle couche de neige était tombée et elle regarda en souriant les branches des arbres recouvertes de givre.

Raine revint avec du chevreuil séché qu'ils avaient apporté dans leur ravitaillement. La viande était coriace, mais manger fit du bien à Carice, qui accepta d'en reprendre un morceau.

Il était midi et le soleil se trouvait juste au-dessus d'eux. Bien qu'heureuse de sentir sa chaleur, Carice se rappela qu'ils avaient encore une longue route à faire. Le paysage qui les entourait lui était inconnu, mais elle avait l'impression qu'ils n'étaient pas très loin de la mer, ce qui l'étonna. Avaient-ils voyagé plus loin qu'elle ne le pensait ?

— Nous devrions partir, dit-elle à Raine.

Malgré sa fatigue, elle savait qu'il n'était pas sage de s'attarder.

Mais Raine sembla hésiter.

— J'ignore si c'est prudent. Vous avez été très malade cette nuit. Peut-être devrions-nous attendre le soir.

— Mon ventre me fait moins souffrir, à présent, lui confia-t-elle. Je préfère profiter de ce répit pour voyager.

Sans paraître convaincu, il l'aida à monter sur sa jument avant de se mettre en selle à son tour. Carice fut prise d'un vertige, mais elle agrippa les rênes et parvint à retrouver son équilibre. Raine approcha sa monture de la sienne.

— Si vous ne vous sentez pas bien, dites-le-moi et nous nous arrêterons.

— Je vous le promets.

La sollicitude de son compagnon lui redonnait du courage et, tandis qu'ils chevauchaient ensemble, elle se demanda ce qu'il pouvait penser d'elle à présent. Après cette nouvelle crise, elle se sentait terriblement fragilisée, non seulement à cause des douleurs qu'elle avait endurées, mais parce qu'elle regrettait que Raine l'ait vue ainsi. Elle se découvrait de l'affection pour cet homme et, pour lui, elle voulait être en pleine santé.

Le guerrier les menait à un pas régulier à travers des

collines où, peu à peu, la neige laissait apparaître des taches d'herbe et de boue humides. Ils avançaient en silence depuis un long moment lorsque, enfin, Carice vint se placer à ses côtés.

— Je vous prie de m'excuser pour ce qui s'est passé tout à l'heure.

Raine ne répondit pas tout de suite. Il semblait chercher ses mots.

— Ce n'est pas votre faute, ma chère.

— Je sais. Mais vous ne vous attendiez pas à cela lorsque vous avez accepté de m'escorter vers l'ouest.

— Je savais que le voyage serait difficile pour vous.

Même s'il ne laissait paraître aucun mécontentement, Carice détestait l'idée d'être un fardeau pour lui.

— Tout de même, je suis désolée d'avoir eu ces paroles au sujet de la mort. Parfois, quand les crises se font trop violentes, l'avenir me terrifie.

Raine tira les rênes de son cheval et Carice l'imita.

— Personne n'a envie de mourir. Mais nous ne pouvons pas être prisonniers d'un destin qui ne nous a pas encore frappés.

Il avait raison. Sa maladie l'avait tant fait souffrir qu'elle n'avait plus guère d'espoir. Même si ses douleurs s'étaient atténuées dernièrement, elles étaient en permanence avec elle. Pourtant, peut-être valait-il mieux continuer à vivre, heure après heure, le mieux possible.

Bravement, elle adressa un sourire à Raine, qui ne le lui rendit pas. Eperonnant son cheval, il accéléra l'allure en jetant de temps à autre un regard derrière lui, comme s'il avait l'impression qu'ils étaient suivis.

— Qu'y a-t-il ? demanda Carice, qui n'avait remarqué personne au cours des derniers miles.

— Un mauvais pressentiment, voilà tout.

Elle suivit la direction de son regard mais ne vit

rien. Pourtant… il y avait des traces de sabots devant eux. De nombreux chevaux semblaient avoir emprunté ce chemin au cours de la nuit. Même si Carice n'avait pas de véritable raison de s'inquiéter, elle demanda :

— A votre avis, qui est passé ici ?

— J'ose espérer que ce ne sont pas les soldats du haut-roi et de votre père.

— Il n'a pas renoncé à me retrouver, dit-elle après un long soupir.

— Il ne renoncera jamais.

Raine la guida vers les arbres.

— Avez-vous une autre raison de fuir ses hommes ? lui demanda-t-il. L'un d'eux vous a-t-il maltraitée ?

Carice secoua la tête.

— Mon père est un homme ambitieux, mais pas cruel. Cependant, il ne m'a jamais écoutée quand je lui disais que je ne voulais pas devenir reine d'Irlande. Parfois, j'avais l'impression de ne pas être sa fille mais un simple pion dans un jeu de pouvoir.

Malgré cela, elle savait que son père l'aimait. Après la mort de sa mère, il avait passé beaucoup de temps avec elle.

— Brian n'a jamais voulu admettre que j'étais malade. C'était une vérité qu'il était incapable d'affronter. Il a toujours été convaincu que je guérirais et que j'épouserais le haut-roi.

— Aurez-vous des regrets de ne jamais le revoir ?

Il n'y avait pas un soupçon de reproche dans la voix de Raine. Carice comprit qu'il voulait simplement l'inviter à la prudence : avant de rejoindre la côte ouest pour y finir ses jours, peut-être voudrait-elle voir son père une dernière fois.

— Peut-être, avoua-t-elle. Je chercherais à le voir

pour lui dire adieu si j'étais certaine qu'il me laisserait partir ensuite. Mais il ne le fera jamais.

Puis, en jetant un regard sur les branches recouvertes de givre qui les entouraient, elle ajouta :

— Je serais surprise qu'il poursuivre ses recherches aussi loin vers l'ouest. Il se trouvait à Laochre la dernière fois que nous l'avons vu. Se pourrait-il que les MacEgan lui aient révélé notre destination ?

Mais où se trouvaient-ils, au juste ? Carice avait beau scruter les alentours, il n'y avait que des arbres à perte de vue et il lui était impossible de deviner où ils étaient.

Alors qu'elle s'apprêtait à interroger Raine, un hurlement de femme transperça le silence. Sans hésiter, Carice piqua des éperons, lançant sa monture dans la direction d'où provenait le cri. Après l'avoir rattrapée, Raine leva une main.

— Soyez prudente. Nous ne savons pas ce qui se passe ici.

Tandis qu'il continuait à avancer en dégainant son épée, Carice recula de quelques pas. De l'autre côté de la colline, elle vit une demi-douzaine de soldats encerclant une femme dont la grossesse ne faisait aucun doute. En découvrant ces hommes vêtus de l'armure normande, Carice entra dans une fureur noire. Pourquoi attaquaient-ils une femme enceinte ? C'était un acte impardonnable.

— Nous devons la secourir, dit-elle d'une voix basse mais suffisamment claire pour que Raine puisse l'entendre.

Celui-ci était en train d'observer les soldats, le visage sombre. Carice devinait ce qu'il pensait : il ne pouvait à lui seul lutter contre six hommes. Et, si elle essayait de l'aider, elle risquait de tomber elle aussi entre leurs mains. Mais ils ne pouvaient pas tourner le dos à une femme en détresse.

Raine fit signe aux soldats, qui le virent aussitôt. Laissant là la femme, ils dirigèrent leurs chevaux vers lui.

— Que voulez-vous faire ? lui demanda Carice en s'approchant.

Raine continuait à fixer du regard les Normands qui avançaient vers lui.

— Ne restez pas ici. Allez voir la femme et aidez-la à gagner le bois pendant que je leur parle.

Se séparer était fort risqué, mais Carice ne voulait pas abandonner cette femme. Avec un sourire ironique, elle remarqua :

— J'aurais dû garder ma cotte de mailles.

— Je ne suis pas certain que leur tomber dessus serait la meilleure des idées, répondit-il avec une lueur amusée dans l'œil qui disparut immédiatement. Ils viennent me parler, il est inutile de se battre… pour l'instant. Mais partez vite.

Sa main ne quittait pas la garde de son épée.

— Je vais détourner leur attention le temps que vous vous échappiez. Vous pourrez vous cacher dans la forêt jusqu'à ce que je vienne vous chercher.

— Ils sont trop nombreux, protesta Carice. Si vous vous faites blesser ?

— Je ne serai pas blessé.

Malgré l'assurance qu'il affichait, elle craignait que les soldats ne l'attaquent.

— Mais…

— Sauvez-vous, insista-t-il. Je vais essayer de négocier.

Les hommes étaient tout près, à présent. Etait-il possible qu'ils connaissent le commandant de Raine ?

— Et s'ils exigent que vous les suiviez ?

Raine dévisagea Carice avec une expression qu'elle ne sut déchiffrer. Lui cachait-il quelque chose ?

— Je ne partirai pas avec eux. Vous avez ma parole.

— Mais s'ils ne vous laissent pas le choix ?

Pendant un instant, il soutint son regard.

— Dans ce cas, restez cachée dans le bois jusqu'à leur départ. Il y a un autre fort non loin d'ici.

Carice posa une main sur son bras.

— Soyez prudent.

Pour toute réponse, il se pencha vers elle et l'embrassa furtivement.

— Je viendrai vous chercher.

Stupéfaite par ce geste, les joues soudain rouges de confusion, Carice releva la capuche de sa cape et s'éloigna juste au moment où les soldats arrivaient. Raine posta son cheval devant eux de manière à leur faire face.

Carice était trop inquiète pour se retourner. Entouré de ces soldats normands, Raine allait affronter le pire des dangers. Mais, quand enfin elle osa regarder dans leur direction, elle eut la surprise de voir qu'ils ne semblaient aucunement avoir l'intention d'attaquer le guerrier. Raine les avait rassemblés autour de lui et s'entretenait avec leur commandant. Elle ne pouvait entendre ce qu'ils disaient, mais cela lui était égal dès lors qu'ils ne prêtaient pas attention à elle.

Après être descendue de cheval, elle s'approcha de la femme enceinte.

— Vous ont-ils fait du mal ?

La jeune femme pleurait en tenant son ventre gonflé, comme si elle voulait protéger son enfant à naître. Elle était vêtue d'un long manteau et ses cheveux bruns aux reflets roux étaient rassemblés en tresses qu'un voile couvrait à peine. A l'étoffe délicate de sa robe, Carice devina qu'elle appartenait à la noblesse irlandaise.

— N… non, balbutia l'étrangère. Vous êtes arrivés avant qu'ils n'aient le temps de le faire.

Dieu merci.

— Pourrez-vous monter à cheval, si je vous aide à vous mettre en selle ? demanda Carice.

La femme secoua la tête.

— Je peux à peine bouger. J'ai essayé de leur échapper, mais c'était peine perdue.

Cela ne surprit pas Carice. La grossesse de la jeune femme semblait très avancée.

— Pouvez-vous marcher jusqu'à ces arbres ? Nous nous y cacherons jusqu'au retour de Raine.

— Je vais essayer.

Mais chaque pas lui demandait des efforts considérables. Carice passa un bras autour de sa taille et l'aida de son mieux. En jetant un regard derrière elle, elle vit que Raine était toujours en conversation avec les soldats.

— Quel est votre nom ? demanda-t-elle. Etes-vous seule ?

— Je m'appelle Aoife, répondit la femme sans préciser le nom de son clan.

Carice fut d'autant plus convaincue qu'il s'agissait d'une personne importante, qui souhaitait rester discrète.

— Je rentrais de voyage lorsque j'ai été arrachée à mon escorte. J'ai essayé de m'enfuir, mais, avec le bébé, je n'ai pas pu aller très loin.

C'était facilement compréhensible. La femme avait beau faire tout son possible pour se hâter, sa corpulence l'empêchait d'avancer rapidement. Parviendraient-elles au bois à temps ? Même si Raine avait réussi jusque-là à retenir les soldats, ceux-ci n'auraient aucune peine à les rattraper.

— Où est votre demeure ? questionna encore Carice. Raine et moi pourrions peut-être vous y emmener.

La jeune femme prit soudain une mine embarrassée. Elle semblait peu encline à révéler sa destination.

— Si vous m'aidez à rejoindre les hommes de mon époux, ils pourront m'escorter jusqu'à chez moi.

— Nous essaierons, promit Carice. Votre mari se trouve-t-il avec eux ?

Aoife secoua la tête.

— Il est dans le Leinster.

La femme avait donc une longue route devant elle. Pourrait-elle seulement voyager aussi loin vers l'est ? Si elle ne pouvait monter à cheval, cela ne semblait guère possible. Carice se demanda dans quelles circonstances elle avait été séparée de ses gardes et pour quelle raison les Normands l'avaient attaquée. Son escorte se trouvait certainement tout près.

Ses propres forces commençaient à décliner quand enfin elles arrivèrent dans la forêt. Elle chercha immédiatement un endroit où elles pourraient se cacher. Les arbres étaient trop minces pour les dissimuler, mais, près d'une clairière, elle aperçut un monolithe de grande taille. Ce serait sans doute le premier endroit où les soldats viendraient les chercher, mais elles n'avaient pas le choix.

Carice aida la femme à marcher jusqu'au bloc de pierre. Lorsqu'elles furent enfin arrivées, elle la fit s'asseoir.

— Vous sentez-vous bien ? lui demanda-t-elle.

A bout de souffle, Aoife acquiesça avant de répondre :

— Il faut que je me repose.

Les yeux clos, elle tenait son ventre à pleines mains.

— Quand votre enfant doit-il naître ? l'interrogea Carice, craignant que le travail n'ait déjà commencé.

— Dans quelques semaines, peut-être. C'est difficile à dire.

Après avoir repris haleine, elle ajouta :

— J'ai été enlevée à mes gardes à environ un mile à l'est d'ici. Si vous pouviez m'aider à les rejoindre, cela serait suffisant.

— Ne devraient-ils pas être à votre recherche, à l'heure qu'il est ?

La femme haussa les épaules.

— Je voyageais avec huit hommes de mon père. Certains d'entre eux ont provoqué un combat avec les Normands. Quatre ont été tués.

Ce n'était guère surprenant. Bien qu'un an ait passé depuis l'invasion de Port Láirge, la plupart des Irlandais, surtout ceux qui avaient perdu des êtres chers sur le champ de bataille, vouaient une haine féroce aux Normands.

— Les quatre survivants vont peut-être venir vous chercher, suggéra Carice. Mais nous essaierons de les retrouver.

Sans l'avouer, elle ne voyait pas comment cette femme pourrait parcourir un mile, à moins que Raine ne revienne et l'aide à monter sur l'un de leurs chevaux.

Mais que se passait-il sur la colline ? Carice n'avait entendu aucun bruit de combat, rien qui suggérât que Raine était en danger. Sans doute connaissait-il ces hommes. Sinon, comment expliquer qu'ils n'aient pas poursuivi leur assaut ?

Décidément, il y avait trop de mystère autour de Raine, et Carice avait de plus en plus le sentiment qu'il lui cachait quelque chose. Pour chasser cette idée, elle concentra toute son attention sur Aoife, espérant que la jeune femme serait capable de marcher. Et, en attendant, elle pria pour que le guerrier leur revienne.

Raine fixait son commandant dans les yeux.

— Nous étions convenus que vous resteriez derrière nous. Lady Carice ne sait pas où nous allons, mais elle a vu vos hommes.

— Encore un jour, et cela n'aura plus d'importance, répliqua sir Darren.

Peut-être, songea Raine, mais, si Carice comprenait que pendant tout ce temps ils avaient cheminé vers l'est, elle refuserait d'aller plus loin.

— J'ai tenu parole en l'emmenant avec moi, répondit-il. Attendez-nous à Tara. Nous vous y rejoindrons.

Mais son commandant ne semblait lui faire aucunement confiance.

— Nous allons continuer à vous suivre, mais je vais ordonner à ma troupe de rester à l'écart. Pour l'instant. Sachez que nous avons croisé la route des hommes de son père. J'ai conclu un accord avec Brian Faoilin : je dois l'aider à retrouver sa fille.

Raine resta impassible, mais il comprit que sir Darren commençait à perdre patience. Toutefois, il ne voulait pas que Carice apprenne la vérité plus tôt que nécessaire.

— Je ne faillirai pas à ma mission. Mais lady Carice est souffrante. Elle a besoin d'un jour ou deux de repos avant de pouvoir reprendre la route.

Sir Darren secoua la tête.

— J'ai déjà réuni des hommes à Tara. Nous ne pouvons pas retarder l'exécution de nos plans, car j'ai au château quelqu'un qui pourra nous être utile.

En d'autres mots, un traître. Les dents serrées, Raine

se contenta de hocher la tête. Sir Darren n'hésiterait pas à faire usage de cet avantage.

En regardant Raine d'un air entendu, le chevalier poursuivit :

— Je vous ai vu l'embrasser. Vous êtes devenu trop proche d'elle. Que ferez-vous quand vous devrez la laisser avec Rory Ó Connor ?

Ce qu'il ferait ? Il trancherait la gorge du roi suprême avant que ce vieillard n'ait le temps de toucher à un cheveu de Carice. Mais son commandant avait raison : il devrait bel et bien la laisser partir. Avec elle, il avait dormi dehors, son corps fragile contre le sien. La tenir dans ses bras lui avait semblé si naturel ! Et, lorsqu'elle avait évoqué sa tentation de mettre fin à ses jours, cette idée l'avait empli d'effroi.

Il savait ce que c'était que de souffrir. Avant que ses brûlures ne cicatrisent, il y avait eu des moments où la douleur était telle qu'il aurait tout donné pour connaître un moment de répit. Mais il s'était battu pour recouvrer ses forces. Jamais il n'aurait attenté à ses jours, car la vie de ses sœurs était entre ses mains.

Jamais il n'aurait agi comme sa mère. Lorsque la pauvre femme s'était donné la mort, les prêtres avaient refusé qu'elle repose en terre consacrée. On l'avait enterrée près de la forêt, loin des sépultures de sa famille, et tous ses biens avaient été saisis par les hommes de Henri II. Raine était resté seul à pleurer une femme qui avait aimé son époux plus que ses enfants. C'était un choix qu'il n'avait pu lui pardonner, et il refusait de laisser Carice songer ne serait-ce qu'un instant au suicide.

Pour éviter que sir Darren ne continue à lui parler de la jeune femme, il changea de sujet.

— Pourquoi vos soldats ont-ils attaqué cette

Irlandaise ? Sont-ils désespérés au point de maltraiter une femme qui porte un enfant ?

Sir Darren haussa les épaules.

— Ses gardes nous ont attaqués, et nous avons riposté. Nous pensions demander une rançon contre sa libération car elle est fortunée. Mes hommes ont trouvé de l'or en pillant leurs chariots. Et ils avaient besoin de se distraire.

— Je pensais que vous les teniez mieux que cela, observa doucement Raine. Voilà qu'ils deviennent de vulgaires brigands.

Son commandant le regarda fixement, le visage de marbre.

— Ils sont loin de chez eux, de leur famille. Dès lors qu'ils obéissent à mes ordres, je ne vais pas les empêcher de s'amuser quand ils en ont l'occasion.

Son mépris flagrant des lois irritait Raine, mais il ne pouvait rien y faire.

— Laissez la femme tranquille. Je la reconduirai à son escorte.

— Tant que vous emmenez lady Carice à Tara, vous pouvez faire ce que bon vous semble avec l'autre femme.

Puis, après avoir approché son cheval de celui de Raine, il ajouta :

— Mais je veux que vous nous retrouviez au campement demain soir. Sinon, nous viendrons la prendre nous-même.

Raine eut bien du mal à tenir sa langue, mais il savait qu'il était inutile de discuter. Carice et lui étaient seuls contre une troupe entière et, s'il n'obéissait pas aux ordres de son commandant, il pourrait arriver malheur à la jeune femme.

— Nous y serons.

Comme sir Darren s'éloignait, Raine lui lança, avec un regard d'avertissement :

— Mais, si un seul de vos hommes s'avise de la menacer, je le taillerai en pièces.

Carice poussa un soupir de soulagement lorsqu'elle vit Raine approcher.

— Dites à la femme que les soldats ne l'importuneront plus, lança-t-il en approchant son cheval. Je les ai chassés.

Mais, quand Carice lui traduisit ces paroles, Aoife sembla douter de la sincérité du guerrier. L'air terrifié et à bout de forces, la jeune femme se tordait les mains.

Carice brûlait d'interroger Raine, mais elle comprit à son regard qu'elle devait se taire. Elle ne put que supposer qu'il connaissait les Normands et avait usé de son influence.

— Voici Aoife, lui dit-elle en désignant la jeune femme avant de présenter Raine à cette dernière. Son escorte se trouve à un mile d'ici, peut-être moins.

— Vous êtes un Normand, comme eux, lâcha Aoife sur un ton accusateur.

Puis, se tournant vers Carice, elle lui demanda :

— Comment pouvez-vous vous fier à cet homme ?

— C'est un Normand, oui. Mais il a gagné ma confiance, et je vous jure qu'il nous protégera et qu'il ne nous fera aucun mal. Je l'ai engagé pour m'escorter vers l'ouest.

La femme posa les mains sur son ventre, l'air inquiet.

— Je dois retrouver mes gardes. Ils devaient m'escorter jusqu'à mon époux.

Carice traduisit ces mots pour Raine, qui s'adressa à Aoife dans sa langue :

— Nous vous conduirons jusqu'à eux.

Malgré son fort accent normand et son manque d'aisance évident à parler en gaélique, il s'était exprimé clairement. Carice se demanda s'il avait compris tout ce que la femme avait dit.

— Pouvez-vous monter à cheval ? demanda-t-il avec douceur à l'étrangère.

— Je crois que oui, répondit-elle.

Sautant à terre, il la souleva sans la moindre difficulté pour l'installer sur sa monture. Malgré sa position inconfortable, elle réussit à agripper les rênes. Mais Carice craignait qu'elle ne perde l'équilibre.

— Je ne veux pas qu'elle tombe.

— Elle ne tombera pas.

Raine l'aida à son tour à monter sur sa jument avant de prendre place derrière elle. Carice s'appuya contre lui tandis que les deux montures cheminaient côte à côte.

Tandis qu'ils avançaient dans les bois, Carice traduisait les questions de Raine. Ils apprirent ainsi que la jeune femme vivait dans le nord et rentrait chez elle après s'être rendue sur les terres de son père. Un voile de tristesse passa sur son visage lorsqu'elle leur confia :

— Il est mort l'an dernier, et j'ai eu envie de revoir les lieux de mon enfance. C'est à quelques miles à l'est d'ici.

— Peut-être pourrions-nous vous conduire là-bas ? suggéra Carice.

A sa grande surprise, Aoife déclina sa proposition.

— Non. Je n'ai plus aucune raison d'y retourner, et mon époux m'attend.

Carice continuait à douter que la jeune femme fût en état de voyager jusqu'au Leinster, mais, estimant qu'elle n'avait pas son mot à dire, elle continua à jouer son rôle d'intermédiaire entre elle et Raine.

— Avez-vous suffisamment de provisions ? demanda ce dernier.

— Ils ont pris notre or, mais je ne crois pas qu'ils aient volé la nourriture. Nous avons de quoi tenir jusqu'à notre retour, répondit Aoife.

— J'ai parlé à leur commandant, expliqua Raine d'une voix lente, pour donner à Carice le temps de traduire. Ils ne vous inquiéteront plus, je vous le promets.

Carice était convaincue qu'il tiendrait parole. Raine s'était comporté honorablement à son égard, et il ne lui avait donné aucune raison de douter de lui. Avec cet homme, qui était doté de la force physique dont elle-même était dépourvue, elle se sentait protégée.

Tandis qu'ils cheminaient vers l'est, elle se reposait contre lui, savourant la douceur de son étreinte. Captivée par son odeur mâle, elle laissait son imagination vagabonder et revivait en pensée ses caresses et ses baisers. Que Dieu lui pardonne, comme elle voulait cet homme ! Si seulement elle avait pu oublier sa maladie pour s'abandonner dans ses bras... Elle sentait avec acuité les moindres lignes de son corps robuste, ses cuisses puissantes qui l'enserraient ainsi que son armure en cotte de mailles.

Lorsqu'ils retrouvèrent les gardes chargés d'escorter Aoife, ceux-ci n'étaient plus que deux. Le premier était grièvement blessé et le second, leur chef, accueillit leur arrivée avec un soulagement manifeste.

— Madame, quelle joie de vous voir saine et sauve ! Mes deux autres hommes sont toujours à votre recherche.

— Ce sont deux incapables, répondit Aoife avec sévérité. Par chance, lady Carice et ce soldat normand m'ont secourue.

D'un signe, elle ordonna au garde de l'aider à mettre pied à terre avant de tendre à Raine de Garenne la bride de sa monture. En montant sur son propre cheval, elle lui dit :

— Je vous remercie de m'avoir conduite jusqu'à mon escorte. Mon époux veillera à ce que votre geste soit récompensé.

— C'est inutile, répondit Raine à qui Carice avait traduit ces mots.

Sautant à terre, il ajouta :

— Je suis navré qu'ils vous aient volé vos biens.

Aoife ôta une bague qu'elle portait au doigt et se pencha vers lui.

— Vous aurez besoin d'un refuge pour la nuit. Si vous allez vers l'est, vous pourrez séjourner dans la demeure de mon père. Prenez cet anneau. L'un de mes soldats vous accompagnera et veillera à ce que vous soyez traité comme un invité.

Aller vers l'est ? Ce serait faire marche arrière. Carice traduisit à Raine la proposition d'Aoife mais objecta que ce ne serait pas nécessaire. Sans tenir compte de ses protestations, celui-ci répondit lentement à la jeune femme :

— C'est très généreux de votre part. Nous acceptons.

Puis il prit la bague et la glissa à son auriculaire.

Que diable faisait-il ?

— Nous allons vers l'ouest, Raine. Je ne crois pas que…

— Vous avez besoin de reprendre des forces, rétorqua-t-il. Il n'est pas question que vous dormiez dehors une nuit de plus. Vous êtes trop souffrante.

— Je peux continuer. Ne vous inquiétez pas.

Bien que touchée par sa sollicitude, Carice avait bien trop peur que son père ne la retrouve s'ils repartaient vers l'est. Ce serait se jeter dans la gueule du loup.

Mais, au lieu de l'écouter, Raine lui ordonna :

— Traduisez pour moi.

A contrecœur, elle s'exécuta tandis qu'il disait à Aoife :

— Si l'un de vos hommes acceptait de nous guider jusqu'à la demeure de votre père, nous vous en serions reconnaissants.

— C'est moi qui vous remercie pour votre aide, répondit Aoife en souriant. Et, quand vous serez là-bas, veuillez demander à l'intendant de mon père de m'envoyer d'autres gardes.

Les deux hommes qui étaient partis à sa recherche les avaient rejoints. Aoife chargea l'un d'eux d'accompagner Raine et Carice tandis que l'autre commençait à enterrer les soldats qui avaient péri dans la bataille.

— Nous devons partir vers le sud avant de bifurquer vers l'est, leur indiqua leur guide.

Raine n'opposa aucune contestation, mais Carice trouva l'idée fort mauvaise. En plus de les mener à la rencontre des hommes de son père, ce détour était parfaitement inutile.

Eperonnant sa jument, elle rattrapa Raine.

— Pourquoi voulez-vous donc partir dans la mauvaise direction ? Je ne suis pas faible au point de ne pouvoir dormir dehors.

Droit sur sa selle, il l'examina attentivement.

— Il y a quelques heures seulement, vous pouviez à peine bouger. Je ne veux pas vous pousser à bout. Vous risqueriez de vous effondrer.

— Je peux supporter ce voyage, insista-t-elle. Vraiment, tout cela est ridicule.

Dans son regard, elle vit à quel point il s'inquiétait pour elle.

— Il ne s'agit que d'un jour de plus, Carice. Quelle différence cela fait-il ?

— Et les soldats à qui vous avez parlé ? Ils vous

ont sans doute reconnu. Ne vont-ils pas avertir votre commandant de ce que vous avez fait ? Je ne veux pas que vous soyez puni par ma faute.

Sa remarque sembla le mettre mal à l'aise.

— J'ai sept jours et sept nuits pour rejoindre ma troupe. D'ici là, je peux faire ce que bon me semble.

Raine mentait, Carice l'aurait juré. Mais, alors qu'elle s'apprêtait à poursuivre la discussion, la vérité lui apparut soudain.

— Vous les avez achetés, n'est-ce pas ? Et, s'ils vous voient partir vers l'est, ils croiront que vous obéissez aux ordres.

Raine s'abstint de confirmer ou de démentir cette conjecture, mais Carice jugea l'explication fort plausible. Et, après tout, qu'importait de perdre une journée, si cela lui permettait d'échapper à la colère de son commandant normand ?

Mais, une fois en route, elle constata non sans contrariété qu'ils ne revenaient pas réellement sur leurs pas. Où Raine les avait-il donc emmenés ? Ils semblaient avancer au lieu de rebrousser chemin… Carice avait bien du mal à taire son étonnement, mais elle tenta de se rassurer en se disant qu'elle n'était jamais venue dans cette région de l'Irlande. Après tout, rien ne ressemblait plus à un pré qu'un autre pré.

Pourtant, le doute s'insinuait de plus en plus en elle. Ses appréhensions étaient-elles fondées ?

Ils arrivèrent au hameau en fin d'après-midi. De peur de trop en dire, Raine avait à peine parlé à Carice. Ils n'étaient plus qu'à deux jours de voyage de Tara, et son angoisse allait croissant. Il s'était tant battu pour prendre soin de la jeune femme qu'il redoutait de voir ses yeux s'emplir de haine à son égard.

Vous êtes devenu trop proche d'elle.

Son commandant avait vu juste. Malgré son intention de garder ses distances, de n'être rien de plus qu'une escorte pour elle, Raine devait bien s'avouer qu'il s'était attaché à Carice. Lorsqu'elle l'avait défié à la course sur le lac gelé, qu'elle avait dormi dans ses bras, il lui avait semblé que son cœur battait de nouveau. Les moments qu'ils avaient partagés avaient apaisé la rage qu'il portait en lui depuis des années. Cette femme lui avait donné un sentiment de sérénité, elle avait chassé sa solitude. Aujourd'hui, il se rendait compte qu'il avait envie de rester à ses côtés.

Jamais tu n'auras une femme comme elle. Tu ne le mérites pas après ce que tu as fait.

La tristesse l'envahit à cette pensée et, lorsque le garde franchit les portes du hameau, il le suivit en s'efforçant de faire taire cette voix accusatrice. La vie de ses sœurs dépendait des décisions qu'il s'apprêtait à prendre. De quel droit ferait-il passer les besoins d'une femme qu'il connaissait à peine avant ceux de sa famille ?

— J'ai l'impression d'être déjà venue ici, observa Carice. Etrangement, cet endroit me semble familier.

La jeune femme regardait autour d'elle avec un regard pénétrant, presque soucieux. Mais, bien vite, elle sembla se raviser.

Raine se contenta de hausser les épaules.

— Pour ma part, je n'ai jamais mis les pieds ici.

Bien que le domaine fût de petite taille, il était doté d'un vaste donjon et de plusieurs dépendances entourés de maisons aux toits de chaume. D'un coup d'œil, Raine estima que les remparts devaient mesurer plus d'une coudée de large et six de haut.

Le garde les présenta à l'intendant, à qui ils montrèrent la bague d'Aoife. Carice raconta à l'homme ce qui s'était passé et leur guide confirma ses dires. Pendant qu'elle parlait, Raine se rendit compte qu'elle était très pâle et semblait épuisée. Carice s'efforçait de faire bonne figure, mais elle avait besoin de repos.

Pendant qu'un groupe de soldats partait rejoindre l'escorte de lady Aoife, l'intendant fit entrer les deux voyageurs.

— Nous vous sommes infiniment reconnaissants d'avoir secouru notre maîtresse, leur dit-il en les conduisant dans la tour, où il leur attribua la plus belle chambre.

Un lit imposant trônait à une extrémité de la pièce et un grand feu crépitait dans l'âtre.

— Nous serions ravis de donner un banquet en votre honneur.

Après avoir lancé un regard à Carice, Raine répondit à l'homme en gaélique :

— Nous préférons prendre notre repas dans cette chambre. Madame ne se sent pas bien.

Carice lui lança un regard désapprobateur mais ne le contredit pas. Son visage était soucieux, comme si elle ne voulait pas avouer qu'elle souffrait.

— Souhaitez-vous que notre guérisseuse examine votre épouse ? demanda l'intendant.

Raine acquiesça. L'homme avait présumé qu'ils étaient mari et femme, et c'était bien ainsi car il entendait rester auprès de Carice.

L'état de fragilité dans lequel il l'avait vue la veille avait accentué ses craintes. Ce n'était pas tant sa maladie qui l'inquiétait que le fait de l'entendre parler de la mort si librement.

— Je vais vous chercher à manger, promit-il à Carice lorsque l'intendant les eut laissés seuls. La guérisseuse va vous examiner. Peut-être trouvera-t-elle un remède qui vous soulagera.

— Je sais que je suis devenue un fardeau pour vous, répondit-elle doucement avant d'aller se poster à la fenêtre. Vous ne vouliez pas m'accompagner. Ce voyage met vos sœurs en danger.

Sa voix était empreinte d'une tristesse infinie. Raine ignorait ce qui l'avait soudain rendue si mélancolique, mais il ne voulait pas en parler. Il ne leur restait que peu de temps à passer ensemble et ces moments ne devaient pas être assombris par les regrets.

Mû par une soudaine impulsion, il traversa la pièce pour la rejoindre. Carice lui tournait le dos, les mains posées de chaque côté de la fenêtre. Raine enlaça sa taille et murmura :

— Vous n'avez jamais été un fardeau pour moi.

Lorsqu'elle se tourna vers lui, la douleur qu'il lut dans ses yeux lui déchira le cœur.

— J'ai voulu croire qu'il pouvait y avoir quelque chose entre nous, j'imagine. Je vous ai toujours trouvé bel homme, malgré votre froideur.

Sans savoir quoi répondre, il effleura la joue de Carice.

— Si nos vies étaient différentes, peut-être serait-ce possible.

— Mais nous ne pouvons rien y changer, n'est-ce pas ? Vous devez rejoindre l'armée normande… et, moi, je dois finir le restant de mes jours dans la solitude.

Raine prit son beau visage dans le creux de ses mains. Si seulement il n'était pas forcé de la trahir !

— Je dois obéir aux ordres de mon commandant. Mais cela ne signifie pas que je regrette d'avoir passé ces moments avec vous.

— Ne dites pas cela, chuchota-t-elle. J'ai été idiote de m'imaginer que vous pourriez rester avec moi.

Comme il en avait envie ! songea aussitôt Raine. Mais il n'avait aucun droit sur elle.

— Vous savez bien que c'est impossible.

Comme elle baissait la tête, il l'attira dans ses bras.

— Ces derniers jours ont été un cadeau pour moi, et je ne regrette rien, ajouta-t-il.

Carice se serra un instant contre lui avant de tendre sa bouche vers la sienne. Telle une étincelle, la douce caresse de ses lèvres alluma en lui un feu violent. Toute frêle qu'elle était, Carice était dotée d'armes invisibles dont elle ne soupçonnait pas la puissance.

Par tous les saints, comment lui résister ?

Une heure plus tard, Carice se reposait dans une petite baignoire en bois remplie d'eau fumante. Les cheveux noués au sommet de sa tête, elle soupirait d'aise. Selon les recommandations de la guérisseuse, son bain chaud avait été parsemé d'herbes et la vieille femme lui avait donné une tisane de menthe écrasée. L'estomac apaisé par ce breuvage, Carice se sentait mieux d'heure en heure. La chaleur qui l'enveloppait était une bénédiction, même si, au fond d'elle, elle était saisie par un froid glacial.

Pendant que Raine était descendu pour chercher à manger, elle avait eu le temps de réfléchir. A présent, elle avait le cœur lourd et l'esprit déchiré entre colère et chagrin. Raine ne connaissait pas le lieu où ils se trouvaient, mais Carice savait que c'était la demeure de Diarmuid MacMurrough, le roi irlandais de la province du Leinster. Lady Aoife, sa fille, avait été donnée en mariage au chef normand Richard de Clare, connu sous le nom de Strongbow. Les terres du roi Diarmuid ne se trouvaient qu'à quelques lieues au sud-est de Tara.

Dans la petite baignoire, Carice ramena ses genoux

contre sa poitrine. Que faire ? Il n'y avait plus de doute possible : Raine l'avait emmenée vers l'est et non vers l'ouest. S'il avait souhaité voyager de nuit, c'était pour la tromper. Sans doute avait-il agi sous les ordres de son commandant depuis le début. De toute évidence, son but était de la livrer aux mains du haut-roi.

Cette idée lui donnait envie de hurler, de marteler la poitrine de Raine de ses poings. Il avait profité de sa maladie, sachant qu'elle ne pourrait rien faire pour l'empêcher de mener ses plans à exécution. Comme elle avait été stupide de croire qu'il allait lui venir en aide !

Des larmes brûlantes lui montaient aux yeux à la pensée qu'une confrontation était maintenant inévitable. Elle devait exiger de Raine qu'il parte en la laissant dans ce hameau, même si elle savait déjà qu'il refuserait. Sans doute l'enlèverait-il pour la livrer au roi suprême, à moins qu'il ne la remette aux mains des soldats normands dont ils avaient croisé la route quelques heures plus tôt. Désormais, elle était certaine que ces hommes faisaient partie de la troupe de Raine et qu'ils les suivaient depuis le début.

La blessure était cuisante. Comment avait-elle pu avoir la naïveté de croire qu'il éprouvait de l'affection pour elle ? Dès qu'il l'avait touchée, elle avait succombé. Une caresse de lui avait suffi à vaincre toutes ses résistances, laissant ses émotions à nu. Pourtant, malgré les mensonges de Raine, elle avait cru percevoir en lui de la culpabilité et des regrets. Même s'il refusait de l'admettre, peut-être avait-il réellement des sentiments pour elle. Pourquoi avait-il décidé de faire halte ici avant le soir alors qu'il aurait pu insister pour qu'ils continuent leur route ?

Oui, pourquoi ? Etait-il inquiet pour sa santé ? Ou hésitait-il encore à aller jusqu'au bout de ses projets ?

Après tout, il ne l'avait pas encore livrée aux mains de ses ennemis.

C'est alors qu'une idée germa dans l'esprit de Carice. Peut-être pouvait-elle le faire changer d'avis… Certes, Raine était un soldat, un homme soumis à la volonté du roi, qui ne pouvait pas faire passer ses propres désirs avant ses obligations. Mais s'il renonçait à exécuter ses plans ? Si elle parvenait à le convaincre de lui rendre sa liberté ?

Faute de savoir ce que cet homme pensait d'elle, Carice avait bien du mal à y voir clair. Raine l'avait protégée à maintes reprises… Etait-ce seulement par devoir ? Ne l'avait-il embrassée que pour mieux la duper ?

Reposant sa tête sur le rebord de la baignoire, elle ferma les yeux. Le peu de temps qu'il leur restait semblait couler entre ses doigts comme des gouttes d'eau. Parviendrait-elle à détourner Raine de ses projets ? Etait-ce possible ?

Lorsque la porte s'ouvrit doucement, elle se plongea complètement dans l'eau pour se cacher avant de reconnaître Raine. Celui-ci, qui portait un plateau de victuailles, détourna immédiatement la tête. Après avoir déposé la nourriture sur une table, il abaissa le loquet pour verrouiller la porte.

— Pardonnez-moi. Je ne savais pas que vous étiez… Je veux dire que je n'aurais pas dû entrer sans frapper.

— Ce n'est rien, répondit-elle, tout en sentant son visage s'empourprer violemment.

L'avait-il vue nue ?

Peut-être était-ce ce que tu voulais ? suggéra la voix de sa conscience. Carice ferma les yeux et bégaya :

— La… la guérisseuse a pensé que ce bain d'herbes pourrait apaiser mes douleurs.

Raine restait à l'autre extrémité de la pièce, détournant le regard.

— Est-ce le cas ?

— Oui. La chaleur m'a fait du bien.

Elle l'observa attentivement en se demandant ce qui occupait ses pensées. Une centaine de questions lui brûlait les lèvres, mais elle se tut. Si elle lui cachait ce qu'elle avait découvert, peut-être en apprendrait-elle davantage sur ses intentions.

— Je vous laisse votre repas. Je reviendrai plus tard, dit-il. Dois-je faire appeler une servante pour vous aider ?

— Ne partez pas, murmura Carice, j'aimerais que nous parlions un moment.

Le dos tourné, il resta silencieux un instant avant de demander :

— Que voulez-vous de moi, Carice ?

Je veux savoir pourquoi vous m'avez amenée ici. Et si vous avez bel et bien l'intention de me trahir.

Carice se mordit la lèvre. Que lui répondre ?

— Quand atteindrons-nous notre destination ?

— Dans un jour et demi, deux au plus, répondit-il, une main appuyée contre le mur.

Cela, au moins, était une réponse honnête.

— J'imagine que vous serez heureux de vous débarrasser de moi, chuchota-t-elle, après tout le tracas que je vous ai causé.

Vous serez surtout ravi d'entrer dans les bonnes grâces du haut-roi.

Peut-être, mais à quelles fins ? Raine n'avait pas besoin des faveurs de Rory Ó Connor, mais de celles de son propre roi, Henri II. Etait-ce la raison de sa mission ? Devait-elle servir de gage de loyauté entre les Normands et les Irlandais ? Les deux peuples entretenaient une paix illusoire, et la guerre n'était jamais loin.

— Non, je ne serai pas heureux de vous quitter, répondit Raine.

Etait-ce du désir ou du regret qu'elle percevait dans sa voix rauque ? Même si c'était de la folie, elle voulait croire que, peut-être, il y avait autre chose encore.

— Venez ici, le pria-t-elle.

Elle avait envie de le regarder dans les yeux, de lire les pensées qu'il ne pouvait exprimer.

— Je dois vous laisser seule le temps que vous puissiez vous vêtir, dit-il. Mais je reviendrai.

Il s'apprêtait à quitter la pièce lorsqu'elle l'appela.

— Apportez-moi d'abord cette serviette.

Raine hésita avant de faire ce qu'elle lui demandait.

— Je fais mon possible pour me conduire dignement avec vous.

Sa voix trahissait la tension d'un homme qui lutte pour réprimer ses désirs.

Tant mieux. Carice voulait qu'il se sente frustré, qu'il soit écrasé par le poids de la culpabilité. Mais, plus encore, elle désirait qu'il abandonne ses noirs desseins pour rester à ses côtés pendant le reste de ses jours, si rares fussent-ils. Pour cela, elle devrait faire appel aux fragments d'honneur que la vie lui avait laissés et le convaincre que la livrer au haut-roi ne lui rendrait pas ses sœurs.

Les yeux baissés, il s'approcha d'elle. Carice, elle, contemplait sans fausse pudeur sa haute silhouette, laissant son regard s'attarder sur son corps musclé et ses cheveux blonds que la lueur du feu parait de reflets ardents. Elle le connaissait ; elle avait senti sur ses mains la chaleur de sa peau et les battements de son cœur.

Raine lui tendit la serviette avec un léger tremblement, comme s'il peinait à se dominer.

Carice commençait à comprendre qu'elle se trouvait en position de force. Et, si elle devait utiliser cet avantage pour le pousser à changer d'avis, elle n'hésiterait pas à le faire. Jamais elle n'épouserait Rory Ó Connor ; il n'était plus question pour elle d'obéir. Sa maladie lui avait déjà volé la vie dont elle avait rêvé et les enfants qu'elle aurait voulu porter.

Plutôt mourir en livrant bataille que laisser Raine de Garenne la jeter dans les bras de l'homme qu'elle s'était évertuée à fuir.

— Voulez-vous m'aider à sortir de la baignoire ? demanda-t-elle.

La serviette tomba des mains de Raine.

— Vous ne savez pas ce que vous faites.

Il se trompait. Elle savait exactement ce qu'elle faisait : elle employait tous les moyens dont elle disposait pour qu'il revienne sur sa décision.

— J'ai bien peur de tomber si j'essaie de sortir de cette baignoire sans votre aide.

Bien qu'elle eût parlé sur un ton léger, Raine ne sourit pas. Mais, lorsqu'il posa son regard sur elle, Carice se sentit brusquement envahie par un sentiment de timidité.

Avait-elle perdu la raison pour lui demander de s'approcher d'elle ? Raine lui avait menti, il l'avait conduite aux portes de son ennemi. Peut-être même avait-il conspiré avec son père. Pourtant, dans ses yeux, elle ne voyait qu'un homme hanté par le passé. Les lignes de son visage révélaient des souffrances indicibles.

— Vous m'en demandez trop. Si je vous prends dans mes bras pour vous aider à sortir de ce bain, je ne pourrai pas me retenir de vous toucher.

Carice resta cachée dans l'eau sans cesser de l'observer.

— En avez-vous envie ?

— Ce dont j'ai envie est une chose. Ce qui est raisonnable en est une autre, répondit-il en la fixant de ses yeux émeraude.

Pour toute réponse, elle se leva dans la baignoire, lui révélant sa nudité. De l'eau coulait lentement sur la courbe légère de ses seins, sur son corps trop mince. Intérieurement, elle tremblait de peur. Elle était en train de prendre un risque inouï dans l'espoir qu'il tournerait le dos à ses obligations.

— Je comprends cela.

C'était ni plus ni moins une tentative de séduction, un cadeau qu'elle n'aurait pas dû offrir. Sa conduite était digne d'une femme de petite vertu. Mais il y avait bien plus que cela derrière son geste : de la peur, un soupçon de honte, et la crainte que Raine maintienne sa décision. Son cœur battait la chamade et, devant le silence du guerrier, elle se demanda avec effroi si elle n'avait pas fait une terrible erreur.

— Regardez-moi, lui ordonna-t-elle, et répondez avec franchise. Dans deux jours, serez-vous soulagé à l'idée que vous ne me reverrez plus jamais ?

Raine se pencha pour ramasser la serviette et, lentement, il la posa sur les épaules de Carice afin de couvrir son corps.

Ensuite, il la souleva dans ses bras pour la déposer devant lui.

— Vous ignorez quelle sorte d'homme je suis. Vous ne savez pas ce que j'ai fait.

Comme il se trompait ! Mais ce qu'elle voulait savoir, c'était si elle pouvait l'amener à renoncer à ses projets. Elle saisit son visage grave entre ses doigts.

— Voulez-vous être cet homme-là ? Ou êtes-vous prêt à abandonner votre troupe pour rester avec moi ?

Raine ferma les yeux, en proie à une tension visible.

— Voulez-vous de ces mains sur vous ? Ces mains qui ont assassiné tant d'hommes ? demanda-t-il.

Puis, tout bas, il ajouta :

— Pourquoi vous offrez-vous à moi alors que nous savons tous deux que je vais partir ?

— Parce que je suis convaincue que vous ne voulez pas me quitter.

Avec un regard désespéré, il posa ses doigts sur ceux de Carice, qui enserraient toujours son visage.

— Je ne mérite pas une femme telle que vous. J'ai commis trop de fautes.

Ces mots étaient lourds de sens après ce qu'elle venait de découvrir.

— Vous pouvez changer. Devenir un autre homme.

Raine passa son pouce sur les lèvres de Carice et fit glisser sa main le long de son cou.

— Si seulement c'était possible…

— Mais c'est possible, murmura-t-elle. Partez avec moi. Je veux finir ma vie auprès de vous.

— Je ne peux pas. Mes sœurs…

— Croyez-vous vraiment que le roi va les libérer ? Ne pensez-vous pas qu'il va continuer à se servir d'elles pour vous manipuler ?

— Taisez-vous, répliqua-t-il. Ma vie ne m'appartient pas. Je n'ai pas le pouvoir de choisir.

— Parce que vous les laissez vous manœuvrer à leur gré. Vous obéissez aveuglément aux ordres de votre commandant.

Carice lui prit les mains, sachant à quel point ses paroles étaient cruelles.

— Mais savez-vous seulement si vos sœurs sont encore en vie ?

— Non, répondit-il en s'écartant brusquement d'elle.

Carice laissa la serviette tomber sur le sol et jeta ses bras autour du cou de Raine.

— Faites vos propres choix, quels qu'ils soient. Et allez jusqu'au bout de vos désirs.

Les mains du guerrier glissèrent le long de son dos, jusqu'à ses fesses.

— Vous me demandez de faire le mauvais choix, Carice.

En posant sa joue contre l'armure du guerrier, elle répondit :

— Non, Raine. Je vous demande de faire le bon.

Comme elle voulait qu'il se rebelle, qu'il brise ses chaînes de soldat !

— Offrez-moi un souvenir, dit-elle encore. Quand je serai mourante, je veux avoir la certitude d'avoir vécu pleinement chaque jour. Et, quand je penserai à vous, ce sera le sourire aux lèvres.

— Vous n'aurez pas le sourire aux lèvres, je vous l'assure. Je ne suis pas l'homme qu'il vous faut.

Sur son visage, elle lut l'expression ténébreuse d'un homme décidé à la trahir. Tourmenté, il l'était autant par le passé que par les décisions qu'il s'apprêtait à prendre. Il avait renoncé à trouver la paix, et il était déterminé à repousser Carice.

— Je me moque de votre passé, dit-elle doucement. Mais ai-je tort de croire que vous éprouvez de la tendresse pour moi ?

Chapitre 8

Lorsque Carice esquissa un pas en arrière, se dévoilant complètement à lui une nouvelle fois, Raine fut incapable de résister à l'envie de s'immerger dans la contemplation de sa nudité. La vue de sa peau, de la pointe rose de ses seins dressés dans l'air froid le captivait. Plus que tout, il avait besoin de toucher ce corps qu'elle lui offrait.

Mais Dieu l'en préserve, car elle le mépriserait s'il cédait à la tentation. Dès qu'elle comprendrait qu'il avait l'intention de l'abandonner à son ennemi, elle n'éprouverait plus que de la haine envers lui.

Il n'en était pas moins désemparé. Cette femme l'avait ensorcelé et, lorsqu'elle prit ses mains pour les poser sur sa peau sublime, il la laissa faire.

— Non, dit-il dans un souffle. Vous n'avez pas tort. Mais je n'ai pas le droit d'être avec une femme comme vous.

Comme il avait faim et soif d'elle ! Le désir prenait possession de lui, impérieux. Ses mains glissèrent sur la peau soyeuse de Carice, effleurant le bas de son dos et la courbe de ses hanches.

— Cela m'est égal, répondit-elle en plantant ses

yeux bleus dans les siens. Soyez avec moi, maintenant. Montrez-moi ce que vous ressentez.

Le corps en feu, il mourait d'envie de lui donner du plaisir. Mais cette femme qui avait tant souffert ne méritait pas de perdre son innocence avec un homme de son espèce.

— Je ne me marierai jamais, ajouta Carice. Jamais je ne porterai un enfant. Alors, avant de me quitter, permettez-moi au moins de savoir ce que c'est que d'avoir un amant.

— Mais pourquoi ? demanda-t-il d'une voix rauque qui trahissait ses efforts pour se dominer. Pourquoi vous offrir à un homme tel que moi ?

— Parce que vous vous êtes battu pour moi, parce que vous m'avez protégée. Parce que je vois à votre façon de me regarder, à cet instant, que vous voulez m'aimer.

Oh oui, il le voulait. Il aurait tout donné pour être un homme comme les autres, pour rester avec cette femme qui courait sur la glace et l'embrassait comme s'il comptait plus pour elle que l'air qu'elle respirait.

Carice leva son visage vers lui.

— Osez me dire que je me trompe.

Raine avait perdu la bataille. De ses lèvres, il suivit une goutte d'eau qui glissait sur la gorge de la jeune femme, goûtant sa peau humide. Quand il prit à pleine bouche la pointe de son sein, Carice plongea ses mains dans ses cheveux blonds en le serrant fort contre lui. Tout en l'effleurant de sa langue, il rendait grâce à sa beauté. Suivant un filet d'eau, sa bouche se promena ensuite jusqu'à l'autre sein, qu'il suça doucement tout en prenant la pointe du premier entre ses doigts. Sa peau était sucrée comme le miel.

— Vous ne vous trompez pas, Carice, murmura-t-il en reculant pour ramasser la douce serviette de lin tombée à terre.

Les cheveux de la belle s'étaient échappés du ruban qui les retenait et tombaient en boucles sombres jusqu'à ses hanches.

— Je pourrais vous caresser pendant des heures.

— Alors faites-moi tout oublier, souffla-t-elle. Laissez-moi imaginer que vous m'aimez assez pour rester auprès de moi.

Ses paroles le bouleversaient. Plus que tout au monde, il aurait voulu pouvoir désobéir pour s'enfuir avec elle. Mais c'était impossible.

— Tendez les bras, ordonna-t-il.

Lentement, il se mit à essuyer le corps de la jeune femme, passant délicatement la serviette sur son dos, ses seins et son ventre.

Puis il s'agenouilla devant elle pour sécher ses fesses et ses jambes, avant de descendre jusqu'à ses pieds. Il passa ensuite l'étoffe sur ses chevilles et remonta jusqu'à l'intérieur de ses cuisses. Carice tressaillait à son contact, mais il s'en moquait. Il voulait qu'elle brûle de désir autant que lui.

Alors qu'il parcourait ainsi son corps avec la serviette, l'idée lui vint qu'il pouvait lui donner du plaisir sans prendre sa virginité. A cette pensée, il sentit une tension naître au creux de ses reins. Oui, c'était là la façon la plus honorable de la toucher.

Une chaise était disposée près de l'âtre. Il l'y conduisit et, autoritaire, la fit s'asseoir sans mot dire. Le feu réchauffait la peau nue de Carice et lui donnait un éclat doré. Ses cheveux tombaient sur ses épaules et il les écarta pour mieux voir sa poitrine.

— Ecartez les jambes pour moi, ordonna-t-il.

Quand Carice posa sur lui ses grands yeux azur,

il comprit qu'elle avait peur. Pourtant, après un bref moment d'hésitation, elle ouvrit les jambes. Saisissant ses chevilles dans ses mains, Raine baissa la tête et se mit à embrasser la fine peau de ses mollets en remontant peu à peu jusqu'à l'une de ses cuisses. Lorsqu'elle se cambra, il retint ses jambes pour l'empêcher de se dégager et elle se mit à frémir de tout son corps. Raine promena ses lèvres sur son autre cuisse, baisant et léchant les régions sensibles, les parcelles cachées de sa peau.

Lorsque de sa bouche il approcha le plus secret de ses replis, il laissa échapper un souffle qui arracha à Carice un petit cri.

— Raine, vous ne devriez peut-être pas…

Mais il l'interrompit en l'embrassant là, goûtant le sel de son émoi. Comme Carice tentait de s'écarter de lui, il souleva ses fesses et déposa ses jambes sur ses épaules.

Raine la voulait à en hurler. La tentation tournait au supplice, mais il avait mérité ces tourments. Et il était déterminé à donner du plaisir à Carice, à lui montrer comment il pouvait lui faire perdre la tête. De sa langue, il explorait les moindres recoins de sa chair pour embraser son corps.

Mais ce n'était pas suffisant. Carice luttait contre ses émotions, elle refusait de lâcher prise. Alors il ralentit et s'éloigna d'elle. De nouveau, il embrassa la pointe de son sein tout en glissant ses doigts entre ses jambes. Lorsqu'elle gémit, il se mit à la caresser intimement.

— Non, Raine, je… Oh, je vous en prie…, supplia-t-elle.

Ses assauts commençaient à la rendre folle. Quant à lui, il n'avait qu'une envie à ce moment précis : mêler son corps au sien pour donner libre cours à ses instincts.

Oubliant ses propres besoins, il se fit plus doux afin de l'amener au seuil de l'extase. Carice tremblait de plus en plus et, lorsque leurs regards se rencontrèrent, il y lut l'ardeur de son désir tandis qu'elle chuchotait :

— Ne rejoignez pas votre armée. Promettez-le-moi.

Mais, pieds et poings liés par son devoir de soldat, il ne pouvait pas prononcer ces mots. Incapable de lui donner une réponse, il laissa parler ses doigts et sa langue. Alors, dans un dernier soubresaut, Carice se laissa emporter par un torrent de volupté.

Raine se délectait de son plaisir, la serrant contre lui tandis qu'elle s'accrochait à ses épaules. Puis, lorsque l'orage fut passé et que la fièvre de ses sens s'apaisa, elle toucha son visage.

— Embrassez-moi.

Et, pendant qu'il prenait sa bouche, c'est à peine s'il sentit les mains de Carice qui s'affairaient sur ses vêtements pour en dénouer les lacets.

— Otez votre armure et votre tunique.

Comme il hésitait, elle ajouta :

— Je veux sentir ma peau nue contre la vôtre. Ne me refusez pas cela.

Même s'il l'avait voulu, il était si désarmé qu'il n'en aurait pas eu la force. Lorsqu'il n'y eut plus aucun obstacle entre eux, il laissa échapper un gémissement en sentant contre son torse les seins de Carice. Dieu, comme elle était douce ! Il aurait pu passer toute la nuit à l'aimer sans le moindre regret.

Lorsque Carice lui prit la main pour le conduire vers le lit, il ne protesta pas. Elle l'aida à retirer ses chausses puis passa ses bras autour de sa taille en lui demandant :

— Voulez-vous me laisser vous toucher ? Je vous en prie.

Bien sûr, elle en voulait plus qu'il ne pouvait lui donner. Mais, si elle se contentait de le caresser, s'il ne la laissait pas aller plus loin, où était le mal ? Dès lors que c'était elle qui avait le pouvoir, elle qui le soumettait à sa volonté, il pouvait rester sourd aux voix qui grondaient dans sa tête.

Elle te haïra lorsqu'elle apprendra la vérité.

S'il avait l'outrecuidance de prendre ce qu'il voulait tant, oui, elle le haïrait. Mais, s'il la laissait intacte, sa décision ne pèserait pas trop lourd sur sa conscience.

Aussi acquiesça-t-il d'un signe de la tête. Qu'elle fasse ce que bon lui semblait.

Le cœur battant, Carice posa ses mains sur le torse de Raine. Son corps était d'une beauté indicible, et elle avait envie de l'admirer. Ses muscles tendus lui évoquaient une statue taillée dans le marbre. Et, malgré l'expression troublée qu'elle avait lue dans ses yeux, elle voulait cette nuit avec lui.

Raine l'avait laissée pantelante, le corps brûlant d'achever cet acte d'amour. Elle n'avait plus la moindre honte, la moindre hésitation. Dans son cœur, une seule chose était sûre : elle voulait cet homme, et elle était convaincue qu'elle pouvait le faire changer d'avis.

Plus déterminée que jamais, elle parcourut de ses doigts les muscles de la poitrine du guerrier avant de descendre le long de ses côtes. En voyant sa virilité qui saillait entre ses hanches, elle s'imagina l'accueillir en elle. Quel effet cela ferait-il ? Cette seule pensée lui rappela l'intense plaisir que Raine venait de lui donner, et elle eut envie d'en faire autant pour lui.

— Allongez-vous, lui ordonna-t-elle en le poussant vers le lit.

Lorsqu'il fut étendu, son membre dressé sur son ventre lui parut si enflé et si dur qu'elle ne put résister à l'envie d'y poser la paume de sa main. Encouragée par la flamme qu'elle surprit dans son regard, elle se mit à le toucher en s'émerveillant de la chaleur veloutée de son sexe. De toute évidence, il aimait ce qu'elle lui faisait.

Mais soudain, elle vit le visage de Raine se crisper, comme si ses caresses le faisaient souffrir.

— Vous ai-je fait mal ? Voulez-vous que j'arrête ? demanda-t-elle, craignant de l'avoir serré trop fort.

— C'est si vous vous arrêtez que j'aurai mal, répondit-il, le souffle court.

Alors elle continua tandis que, sous sa main, il commençait à arquer ses hanches à un rythme régulier. Encore une fois, Carice se demanda ce qu'elle ressentirait s'il entrait en elle.

J'en ai envie. Tellement envie.

Après s'être interrompue un instant pour enfourcher son corps, elle le caressa de plus belle. Comme Raine fermait les yeux, elle commença à introduire son sexe entre ses jambes. Son excitation était telle que ce contact lui arracha une plainte.

Raine la prit par la taille, ses yeux verts soudain froids.

— Arrêtez, Carice. Ne faites pas cela. Pas avec un homme comme moi.

Pour toute réponse, elle se pressa contre lui pour le faire entrer plus loin en elle, sans prêter attention à la douleur tandis qu'il la déflorait.

— Si. Je le veux.

Et elle abandonna sa virginité à l'homme qu'elle avait choisi, le liant ainsi à elle de manière irrévocable.

A présent, Raine était complètement enfoui en elle et il était trop tard pour revenir en arrière. Doucement, il se redressa tout en la tenant contre lui.

— Je n'ai jamais voulu vous prendre de cette façon.

Etre unie ainsi à lui, de façon si intime, procurait à Carice une impression étrange. Mais, comme elle se détendait peu à peu, elle commença à éprouver du plaisir.

— C'est ce que je veux, répéta-t-elle. Je vous veux.

Raine la saisit par la taille et la souleva, comme s'il voulait se retirer d'elle. Carice s'apprêtait à protester lorsqu'il la ramena de nouveau sur lui. Elle accueillit cette nouvelle sensation avec un halètement.

— Chevauchez-moi, lui dit-il avec autorité. Si c'est là ce que vous voulez de moi, faites-le.

S'il était évident qu'il ne voulait pas la forcer, Carice comprit à la chaleur de sa voix qu'il avait autant envie d'elle qu'elle de lui.

D'abord un peu gauche, elle se sentit plus à l'aise lorsqu'elle ferma les yeux.

— Que dois-je faire ?

— Soulevez-vous légèrement puis redescendez, à votre guise. Il faut seulement que cela vous fasse du bien.

Cela allait à l'encontre de tout ce qu'elle avait imaginé : c'était elle qui faisait l'amour à Raine, et non l'inverse. Lentement, elle se mit à l'accueillir en elle, un peu seulement, puis plus profondément. Diriger leurs ébats lui permettait de maîtriser la douleur, et bientôt elle ne la sentit même plus. Raine prit ses seins dans le creux de ses mains et en caressa la pointe tandis qu'elle ondulait sur lui. Lorsqu'elle se pressa plus fort contre ses hanches en rejetant la tête en arrière, il glissa une main entre ses cuisses.

Dès qu'il se mit à la caresser à cet endroit, elle resserra son emprise sur lui.

— Oh ! Raine.

Bien qu'elle pût à peine respirer, elle ne s'arrêta pas. L'exquis va-et-vient la menait vers un nouvel apogée qu'il lui tardait d'atteindre. Lorsque Raine se mit à bouger en elle, elle serra ses genoux pour immobiliser ses hanches.

— Attendez.

Comprenant ce qu'elle voulait, il s'assit tout en continuant à la caresser et à promener sa langue sur sa gorge. De nouvelles sensations commençaient à déferler en elle comme une houle violente, et elle se cambra contre lui.

— Laissez-vous aller, lui ordonna-t-il. Je veux vous sentir défaillir. Je veux être en vous quand vous viendrez.

Emportée par une passion de plus en plus intense, Carice perdait tout contrôle, incapable de retenir ses gémissements. De nouveau, elle se cambra violemment et se laissa submerger par le torrent d'émotions qui l'assaillaient. Son corps brûlant se cabra sur lui et elle retint un cri tandis qu'il s'enfouissait encore une fois en elle.

Raine la fit rouler sur le dos et elle se mordit les lèvres tandis qu'il la prenait de nouveau. Le feu qui la consumait se fit plus dévorant encore et elle jouit une nouvelle fois comme il continuait à se mouvoir en elle. Obéissant à une impulsion, elle planta ses ongles dans son dos. Alors, dans un souffle rauque, Raine se laissa tomber sur elle.

Sous le poids de cet homme, Carice ressentit une joie infinie : elle se sentait aimée. Leurs corps toujours unis, elle le serra contre son cœur, un sourire irrépressible aux lèvres.

— Merci, murmura-t-elle en savourant le contact de sa peau contre la sienne.

Malgré la tension qui semblait l'habiter, il se redressa pour l'embrasser. Alors, le sommeil eut raison de Carice et elle ferma les yeux, oubliant tout sauf le refuge délicieux des bras de Raine.

Lorsque Raine se réveilla quelques heures plus tard, Carice était toujours blottie contre sa poitrine, ses jambes entremêlées aux siennes. Le sommeil rendait ses traits plus doux encore. Sans doute aurait-il dû éprouver du remords d'avoir profité d'elle de la sorte. Pourtant, il n'en était rien. Il ne ressentait rien d'autre que de la gratitude. L'espace d'un moment, il se sentit en paix.

Carice se pelotonna contre lui en ouvrant les yeux. Légèrement anxieux, Raine étudia son visage. Allait-il y déceler quelque nuance de regret ? Mais, au contraire, elle lui adressa un sourire tranquille.

— Avez-vous faim ? lui demanda-t-il. Je vous ai apporté à manger tout à l'heure.

Carice hocha la tête.

— Je crois que je vous ai fait oublier ce repas. Si vous l'apportiez ici pour que nous mangions ensemble ?

Raine se leva pour aller chercher le plateau, sur lequel étaient disposés du pain, de la viande et du fromage. Lorsqu'il le tendit à Carice, elle choisit un morceau de fromage.

— L'an passé, je n'ai mangé rien d'autre que du pain, lui confia-t-elle.

Etendu à ses côtés, il la regardait manger, attendant qu'elle ait eu son content avant de toucher lui-même à ces victuailles.

— Pourquoi cela ?

— Notre guérisseur pensait que cela apaiserait mes maux d'estomac.

Le fromage terminé, Carice se servit un morceau de viande.

— Cela n'a servi à rien. A une autre époque, j'ai essayé de jeûner complètement car manger me faisait trop souffrir. Peut-être avais-je envie de mourir plutôt que d'épouser le haut-roi.

Raine tendit la main vers son ventre plat. Cette seule idée éveillait en lui une sourde angoisse. La voir si souffrante, si faible, l'avait empli d'inquiétude.

— Vous étiez prête à vous laisser mourir de faim.

— Je me sentais moins mal lorsque je refusais de m'alimenter, expliqua-t-elle avec un faible sourire. Ce n'est qu'avec vous que j'ai pu manger sans souffrir. Du moins jusqu'à notre séjour au village.

Raine caressa sa peau nue. Il y avait certainement quelque enseignement à tirer de tout cela. Quelle pouvait bien être la cause de son mal ?

— Chez votre père, avez-vous jamais connu de répit ?

— Fort rarement. Et, au cours de l'année dernière, mon état a empiré.

Raine n'arrivait pas à ôter de son esprit l'idée qu'elle avait peut-être été empoisonnée. Si elle avait des ennemis dans la demeure de son père, peut-être avaient-ils versé quelque potion dans sa nourriture. Il existait bien des sortes de poisons, dont certains tuaient à petit feu. Même si d'autres avaient mangé par accident un plat destiné à Carice, ils n'auraient alors absorbé qu'une petite quantité de la drogue, insuffisante pour les rendre malades. En outre, une faible quantité de poison aurait davantage d'effet sur Carice, qui avait perdu beaucoup de poids.

Toutefois, cela n'expliquait pas la crise violente dont elle avait été victime après leur passage au village de Casheldrum. Là-bas, ils étaient seuls et personne n'avait pu l'empoisonner.

Raine donna encore du fromage à Carice avant de prendre la miche de pain. Alors qu'il s'apprêtait à lui en donner un morceau, il se rappela soudain ce qu'elle venait de lui dire : elle n'avait mangé que du pain au cours de l'année précédente.

— Avez-vous jamais pensé que le pain pouvait être responsable de votre maladie ? lui demanda-t-il.

Carice éclata de rire.

— Voilà une drôle d'idée ! Pourquoi le pain me rendrait-il malade ? J'en ai mangé toute ma vie.

— Mais vous avez dit que votre état avait empiré l'an dernier. Et c'est bien pendant cette période que vous n'avez mangé que du pain.

Raine s'interrompit pour réfléchir un instant.

— Vous n'avez pas mangé de pain à l'abbaye, car nous n'en avions pas.

— Mais j'en ai pris un peu à Laochre, le soir de mon arrivée. Et cela ne m'a causé aucune douleur.

— Jusqu'au lendemain, lui rappela-t-il. Et vous en avez mangé lorsque nous avons séjourné à Casheldrum, n'est-ce pas ?

— Le matin de notre départ, en effet.

Aurait-il vu juste ? Carice pencha la tête en arrière, l'air songeur.

— Tout de même, je vois mal ce que le pain pourrait avoir à faire avec ma maladie, observa-t-elle en regardant Raine.

Ses seins étaient comme des galets lisses dans l'air froid de la nuit. Quand elle se serra contre lui, il sentit aussitôt son sexe se durcir.

— Evitez de manger du pain pendant les semaines à venir, suggéra-t-il. Vous verrez si cela fait une différence.

Après tout, elle n'avait rien à perdre. Carice posa ses mains sur les hanches de Raine tout en pressant son corps contre le sien.

— Je peux essayer, mais je doute que cela change quelque chose.

Raine sentit la main de la jeune femme descendre le long de sa jambe tandis qu'elle passait l'autre autour de son cou. Dans cette position, sa gorge s'offrait généreusement à sa vue et le désir lui vint de la toucher encore. Cédant à son envie, il embrassa la pointe d'un sein, puis l'autre.

En l'entourant de sa jambe, elle lui dit :

— J'ai froid, Raine.

— Je sais. C'est bien pour cela que je vous réchauffe.

Tout en s'allongeant sur elle, il continuait à rendre hommage à sa poitrine.

— Je veux que vous soyez chaude comme la braise lorsque j'en aurai fini avec vous.

Carice lui jeta un regard malicieux.

— Dois-je comprendre que vous avez décidé de rester avec moi ?

Sans répondre à sa question, il enroula les jambes de la jeune femme autour de sa taille. Intimement pressé contre elle, il commença à mouvoir ses hanches. Oui, il voulait rester avec elle et il n'avait aucune envie d'affronter le destin qui les guettait. Mais, s'il enlevait Carice, il lui faudrait abandonner non seulement ses sœurs, mais aussi ses terres et ses gens. Son devoir était de venger la mort de ses parents, et leur tourner le dos lui était impossible.

— Je vous en prie, chuchota-t-elle.

Mais il comprit qu'elle ne parlait pas de leur étreinte. Comme il entrait en elle, elle gémit en contractant ses muscles, son regard bleu planté dans le sien. Raine ralentit la cadence en se fondant en elle sans jamais la quitter des yeux.

— Vous ne m'avez pas répondu, insista-t-elle tout en levant ses genoux pour l'accueillir plus profondément.

Alors il se perdit en elle, se servant de sa bouche et de ses mains pour l'amener au seuil de la volupté, et ses doigts serrèrent ses hanches tandis qu'elle lui faisait perdre la raison.

Non, il ne lui avait pas répondu. Parce qu'il n'avait aucune réponse à lui donner.

Carice ne prononça pas un mot lorsqu'ils prirent la route le matin suivant. Après avoir tout tenté pour convaincre Raine de rester auprès d'elle, elle était accablée par son silence. Le guerrier ne prenait plus la peine de recouvrir leurs traces à présent, et elle sentait parfaitement les rayons transperçants du soleil dans ses yeux tandis qu'ils cheminaient vers l'est.

Bientôt, elle devrait le sommer de s'expliquer. Certes, il avait de la tendresse pour elle. Elle le devinait à la façon dont il lui avait fait l'amour, et, maintenant, à son regard chaque fois qu'il se retournait pour s'assurer qu'elle allait bien. Mais il ne l'aimait pas. Pas assez pour renoncer à ses desseins.

Son ventre la faisait souffrir de nouveau, non à cause de ce qu'elle avait mangé mais parce qu'elle avait compris qu'elle ne changerait pas Raine. Après avoir ravi son cœur, cet homme s'apprêtait à le briser. Carice avait beau essayer de se persuader que tout était encore possible, elle ne pouvait ignorer la vérité. Tout était fini. Et elle devait mettre un terme aux projets de Raine avant qu'ils ne soient trop près de Tara.

Alors qu'ils étaient à mi-chemin, elle arrêta sa monture. Le soleil brillait, éclatant, au-dessus des collines ombragées.

— Je veux savoir pourquoi vous ne m'adressez pas la parole, Raine.

— Il se trouve que je n'ai pas grand-chose à vous dire, répondit-il. Nos chemins vont bientôt se séparer.

— Etes-vous donc si pressé que ce moment arrive pour hâter ainsi le pas de nos chevaux ?

Les épaules basses, il s'arrêta à son tour.

— Si j'avais le pouvoir de choisir, je ne vous quitterais pas, Carice, dit-il sur un ton qui laissait deviner le poids de sa culpabilité. Mais j'ai été malhonnête avec vous. Plus que vous ne pouvez l'imaginer.

A ces mots, Carice se radoucit. Au moins semblait-il avoir des réticences à la trahir.

— Venez, Raine, et parlons un peu, vous et moi.

Après avoir tourné la tête pour regarder le chemin qui menait vers l'est, il se résigna à approcher son cheval. Sur son visage fermé, Carice parvint à déceler une pointe d'émotion. Lorsqu'il fut tout près d'elle, leurs montures côte à côte, elle lui prit la main.

— Je ne regrette pas ce qui s'est passé entre nous cette nuit. Je me souviens de chaque instant et, lorsque j'y songe, j'ai envie de sourire.

Sans détour, elle lui ouvrait son cœur en espérant qu'il partageait ses sentiments.

— Je ne vous oublierai jamais, Carice, avoua Raine en serrant sa main dans la sienne.

Ces paroles firent voler en éclats tous les espoirs qu'elle avait nourris. Ainsi, il l'abandonnait, il avait l'intention d'aller jusqu'au bout de ses projets. Anéantie, les yeux remplis de larmes, elle parvint à articuler :

— Je ne sais pourquoi, mais j'ai voulu croire que vous alliez renoncer.

— Renoncer à quoi ? demanda Raine, soudain sur ses gardes.

Levant un bras vers le ciel, Carice montra le soleil.

— A me conduire à Tara.

En voyant son visage changer d'expression, elle sut aussitôt qu'elle ne s'était pas trompée. Les traits de

Raine se figèrent et son regard se fit sombre comme le bronze.

— Nous voyageons vers l'est depuis ce matin, ajouta Carice. Et nous allons dans cette direction depuis que nous avons quitté le château de Laochre. Pensiez-vous que je ne m'en rendrais pas compte ?

Tandis qu'elle parlait, son sang se glaçait peu à peu dans ses veines. Raine ne contestait pas ses dires. En la regardant droit dans les yeux, il répondit doucement :

— J'espérais que vous ne le remarqueriez pas.

La mort dans l'âme, Carice se força à continuer.

— Vous connaissiez ces soldats normands. Voilà pourquoi ils ne nous ont pas attaqués. Ce sont vos hommes, n'est-ce pas ? demanda-t-elle doucement.

— Mon commandant se trouvait là-bas, reconnut-il. Ils nous suivent depuis notre départ.

Carice avait l'impression que la sensation de froid qui l'avait saisie gagnait peu à peu tout son corps. Elle avait toutes les peines du monde à contenir son chagrin, à refouler ses larmes.

— Cela explique pourquoi vous ne redoutiez aucunement de désobéir aux ordres que vous aviez reçus. En réalité, vous faisiez tout ce que l'on vous avait demandé depuis le départ.

Raine avança d'un pas.

— Carice, vous…

— Quoi donc ? Je n'étais pas censée découvrir ce que vous tramiez derrière mon dos ? Je me doutais bien que vous me cachiez quelque chose. Mais vous vous êtes si bien occupé de moi lorsque j'étais souffrante que j'ai voulu croire que je me trompais. Je voulais imaginer que vous tiendriez les promesses que vous m'aviez faites. Mais il n'en a jamais été question, n'est-ce pas ?

Sans rien nier, Raine répondit :

— Vous ne comprenez pas les raisons qui m'ont poussé à agir de la sorte.

— Au contraire. Je comprends très bien. Vous êtes convaincu que le roi rendra leur liberté à vos sœurs si vous vous soumettez à sa volonté.

Sa voix se fit plus douce tandis qu'elle joignait ses mains. Si seulement il parvenait à secouer le joug que lui avaient imposé les Normands !

— Je doute qu'ils libèrent jamais vos sœurs, continua-t-elle, car elles représentent leur seul moyen de vous soumettre.

Raine s'avança vers Carice pour essuyer une larme qui roulait sur sa joue. Mais, lorsqu'il toucha son visage, ses pleurs ne firent que redoubler.

— Je suppose que je n'ai que ce que je mérite. J'ai essayé de vous manipuler, moi aussi. J'ai partagé votre couche cette nuit dans l'espoir que vous renonciez à me livrer aux mains du haut-roi.

Lorsque Raine lui caressa la joue, elle lut le remords dans ses yeux.

— Vous n'étiez pas obligée de vous abaisser de la sorte.

— Je n'ai jamais eu l'impression de m'abaisser, lui confia-t-elle. Croyez-le ou non, mais j'étais en train de tomber amoureuse de vous. Je me suis donnée à vous parce que vous êtes le seul homme que j'aie jamais voulu. Et, avant de mourir, je voulais passer un moment tout près de vous.

Raine porta la main de Carice à sa bouche.

— Vous méritez un meilleur homme que moi, ma chère. Je n'aurais pas dû prendre votre innocence. Je voudrais pouvoir changer ce qui s'est passé.

— Vous pouvez changer ce qui *va* se passer.

Carice demeura immobile. Elle n'avait plus qu'un espoir : qu'il la laisse partir.

— Ne me conduisez pas à Rory. Si vous avez le moindre sentiment pour moi, ne faites pas cela.

Raine ne répondit pas, et plus son silence durait, plus Carice voyait ses espoirs se noyer. Même si elle le souhaitait de toutes ses forces, elle ne passerait jamais avant son devoir. Avec tristesse, elle retira sa main.

— Que comptez-vous faire de moi, à présent ?

Raine la regarda avec un visage impassible qui acheva de lui briser le cœur. A cet instant, elle sut que rien ne serait plus jamais comme avant.

— Ne pleurez pas, lui dit-il. Je vous jure que Rory ne touchera jamais un seul de vos cheveux.

S'il disait vrai, pourquoi l'emmenait-il à Tara ? Elle devina qu'il ne lui avait pas tout dit, mais elle n'eut pas le temps de l'interroger. Avant qu'elle puisse dire un mot, il s'élança vers elle et l'embrassa fougueusement.

Sa bouche qui la mangeait de baisers lui rappela les heures qu'ils avaient passées dans les bras l'un de l'autre. Carice s'abandonna, heureuse qu'il se montre de nouveau tendre, priant pour qu'il change enfin d'avis.

Raine prit son visage dans ses mains et sécha ses larmes. Il semblait vouloir lui parler, mais les mots tardaient à venir.

— Faites-moi confiance, Carice, dit-il enfin. Vous ne l'épouserez pas. Tant que je vivrai, personne ne vous y forcera.

Que voulait-il dire ? Elle n'y comprenait rien, et la promesse de Raine ne dissipait aucunement ses craintes. De toute évidence, il était impliqué dans une affaire dangereuse et, à son regard grave, elle devinait que cela concernait le haut-roi.

— Vous pourriez me laisser prendre la fuite,

murmura-t-elle. Partez de votre côté, et je retournerai à Casheldrum. Je m'y cacherai jusqu'à ce que je trouve une nouvelle escorte et personne ne saura ce qui s'est passé.

— Il est trop tard. Les Normands vous retrouveront.

Raine prit sa main dans la sienne et tendit un doigt vers l'horizon.

— Ils nous attendent là-bas, de l'autre côté de la colline.

La gorge nouée, Carice tenta le tout pour le tout.

— Et que feriez-vous si je faisais demi-tour et que je m'enfuyais ? Iriez-vous jusqu'à me traquer ?

Avec un regard sombre qui la fit tressaillir, Raine répondit :

— Oui. Je le ferais.

Chapitre 9

Ils arrivèrent au camp normand à la tombée de la nuit. La lumière flamboyante des feux trouait çà et là l'obscurité, et des sentinelles en armes étaient postées tout autour de la zone. Certains soldats s'affairaient à monter les tentes tandis que d'autres s'occupaient des chevaux. Raine pénétra dans le camp avec Carice, qui se redressa sur son cheval dès qu'ils en franchirent l'entrée. Lorsqu'elle se tourna vers lui, la tristesse qu'il lut dans ses yeux l'accabla de remords. Ce n'était que mérité.

Mais qu'aurait-il pu faire d'autre ? Les Normands étaient trop proches. Même s'il avait aidé Carice à s'enfuir, ils les auraient rattrapés sans mal. La jeune femme aurait alors été traitée comme une prisonnière, et elle n'était pas assez robuste pour supporter la captivité. Quant à lui, il aurait risqué la peine de mort pour désertion. Le sort de ses sœurs, si elles étaient encore en vie, n'en aurait été que plus menacé.

Les soldats s'écartèrent pour les laisser passer et, lorsque Raine parvint au centre du campement, il vit le père de Carice qui les attendait. Le visage de l'homme exprimait autant de soulagement que de fureur.

Raine aida Carice à descendre de cheval et s'avança,

la main de la jeune femme dans la sienne. Son maintien raide et son air résigné ne lui disaient rien de bon, tout comme sa façon de fixer le feu du regard, comme si son corps entier était engourdi.

— Vous sentez-vous bien ? lui demanda-t-il à l'oreille.

— Je me sens trahie.

Elle avait parlé sur un ton neutre, comme si tout lui était désormais égal.

Raine ne trouva rien à répondre, car c'était la vérité. Mais il serra sa main dans la sienne comme pour lui demander pardon.

Lorsqu'ils arrivèrent devant son père, Carice présenta les deux hommes l'un à l'autre.

— Raine de Garenne, voici mon père, Brian Faoilin, le chef de notre clan.

Raine regarda le chef irlandais dans les yeux et le salua d'un signe de la tête. Ne souhaitant pas lui faire allégeance, il jugea préférable de se taire.

Brian Faoilin s'avança pour embrasser sa fille. Un bref sourire passa sur son visage, puis il déclara :

— Je suis heureux de te voir saine et sauve, Carice. Va t'étendre sur une paillasse pendant que je m'entretiens avec cet homme.

Son père lui parlait comme à un chien, ce qui déplut fort à Raine.

— Vous pouvez rester si vous le souhaitez. A vous de choisir, dit-il à Carice.

— Je reste.

Tout en rassemblant les pans de sa cape, elle regarda son père.

— Je pense avoir le droit de savoir quels sont vos projets pour mon avenir.

— Mes projets n'ont pas changé. Tu sais déjà que les hommes du haut-roi sont venus dans le but de t'escorter jusqu'au lieu de ton mariage. Et que ce Normand a assassiné la moitié d'entre eux.

L'air furibond, Brian se tourna vers Raine et lui dit en normand :

— De quel droit vous êtes-vous mêlé de nos affaires ? Je devrais vous faire abattre sur-le-champ.

Sans se laisser impressionner, Raine prit de nouveau la main de Carice.

— A votre place, je ne m'y risquerais pas.

Son autre main était posée sur la garde de son épée, comme un avertissement muet.

Les Normands qui les encerclaient se rapprochèrent et le commandant lui fit signe de venir à lui. Raine n'avait guère envie de laisser Carice seule, mais il n'avait pas le choix. De nouveau, il serra ses doigts dans les siens en lui demandant à voix basse :

— Puis-je vous laisser ?

Un profond désespoir se lisait sur le visage de la jeune femme.

— C'était tout à l'heure qu'il fallait me laisser, au lieu de me conduire ici. Quelle importance, à présent ?

Sa remarque le peina, mais il ne pouvait la blâmer. En s'éloignant, il jeta un regard derrière lui pour s'assurer que son père la protégeait. Lorsqu'il arriva devant sir Darren, celui-ci lui ordonna :

— Faites quelques pas avec moi.

Qu'avait-il donc en tête ? Son visage était impénétrable. Après avoir conduit Raine jusqu'à la limite du camp, le chevalier congédia les sentinelles qui montaient la garde.

— Je me réjouis que vous ayez tenu votre promesse.

— Cela semble vous surprendre.

— Vous avez pris l'irritante habitude de donner vos

ordres au lieu de suivre les miens, répondit Darren, le regard brillant de colère.

— Je l'ai amenée ici, comme vous me l'aviez ordonné. Et maintenant, nous devons la conduire à Tara.

— Vous auriez pu nous la livrer plus tôt si vous l'aviez faite prisonnière.

Raine secoua la tête.

— Lady Carice était bien plus faible que je ne le pensais. Je l'ai aidée à reprendre suffisamment de forces pour qu'elle puisse arriver jusqu'ici, mais elle est toujours souffrante.

Son commandant ne le contredit pas.

— Quoi qu'il en soit, le haut-roi veut sa promise. Et vous l'accompagnerez avec son père à Tara, pour veiller à ce qu'elle arrive sans encombre.

Raine n'essaya pas de discuter ses ordres : il avait bien l'intention d'emmener Carice au château. Même s'il l'avait blessée, même si elle était en colère contre lui, il ne voulait pas la quitter. Là-bas, peut-être aurait-il l'occasion de se racheter.

Cependant, à présent que leur arrivée à Tara était imminente, il ne pouvait s'empêcher de penser à l'avertissement de la jeune femme : selon elle, Henri II ne rendrait jamais leur liberté à ses sœurs. Se pouvait-il qu'elle ait raison ? Le roi était d'un tempérament violent et le moindre incident pouvait déclencher son courroux. Et si Elise et Nicole étaient déjà mortes ? A cette pensée, son humeur s'assombrit. Etait-il juste d'assassiner le haut-roi pour un souverain qu'il ne respectait plus ?

Sir Darren s'arrêta un instant et souffla :

— N'oubliez pas votre mission, Raine. Vous ne me semblez plus si déterminé.

— Je n'ai pas oublié ma mission.

Mais, à la vérité, il commençait à se demander

s'il devait aller jusqu'au bout. Carice lui avait fait comprendre que les Normands attendaient de lui une obéissance aveugle. Mais Raine n'était pas comme les autres soldats. Il n'était pas véritablement dévoué à Henri II. Du moins, il ne l'était plus.

— J'ai bien vu la façon dont vous regardiez lady Carice. Je vous avais pourtant prévenu que les choses tourneraient mal si vous deveniez trop proches, poursuivit Darren en lui faisant face.

L'air curieux, il examinait Raine avec attention.

— Vous l'avez troussée, n'est-ce pas ?

La crudité de ces mots mit Raine hors de lui. Les poings serrés, il gronda :

— Ne parlez pas d'elle de cette façon.

Un sourire fendit le visage du chevalier.

— C'est donc vrai ! A votre avis, que dira son père lorsqu'il apprendra ce que vous avez fait ?

Raine saisit Darren par sa tunique, tordant l'étoffe entre ses mains.

— Je vous interdis…

— Que m'interdisez-vous, exactement ? De prévenir le haut-roi que vous avez défloré sa fiancée ? De dire à Brian Faoilin que sa fille n'est plus vierge ?

Raine assena à son commandant un coup de poing dans la mâchoire qui le fit vaciller. Le sourire du chevalier s'élargit tandis qu'un filet de sang coulait de sa lèvre.

— Peut-être vais-je me laisser tenter, moi aussi. Ou alors je la laisserai à mes hommes. Sauf si vous faites ce que je vous dis, bien entendu.

— Je vous trancherai la gorge si vous touchez à un seul de ses cheveux.

Darren dégaina son épée.

— Je pourrais vous faire tuer sur-le-champ pour une telle menace.

La lame de fer brillait à la lueur du feu.

— Votre vie m'appartient, de Garenne. Vous n'êtes pas maître de vos décisions, vous n'êtes pas libre. Vous êtes à *moi*.

Raine tenta de se reprendre. Le chevalier cherchait à le provoquer et il était déjà tombé dans le piège en avouant son attachement pour Carice. A présent, Darren allait utiliser ses sentiments pour le soumettre.

Deux soldats surgirent derrière lui et l'empoignèrent. Raine aurait pu les repousser mais, en scrutant le regard de son commandant, il comprit que sa désobéissance coûterait cher à Carice. La présence du père de la jeune femme et de ses hommes n'y changerait rien; Brian Faoilin serait impuissant à la protéger contre les soldats normands.

— Emmenez-le au centre du camp, ordonna sir Darren. Qu'on lui donne quinze coups de fouet pour insoumission.

Les bras croisés sur la poitrine, il s'approcha de Raine.

— Je croyais que vous aviez appris à dompter votre caractère, de Garenne.

Sans répondre, Raine laissa les soldats l'emmener. Il savait parfaitement que ces coups de fouet étaient destinés à le punir pour avoir frappé son commandant, mais aussi à lui rappeler qu'il n'était rien. A le briser.

Cependant, aucun châtiment corporel ne parviendrait à étouffer le feu qui couvait en lui. Le feu ardent de la rébellion.

Ils l'attachèrent à un poteau situé au beau milieu du camp après avoir dénudé son dos devant la foule des soldats normands et irlandais. A la lumière du feu, Carice put voir sa chair rougie. Désormais, elle savait qu'il avait récolté ces cicatrices la nuit où il avait été pris dans l'incendie.

— Que font-ils à Raine ? demanda-t-elle en se tournant vers son père.

Mais Brian, visiblement satisfait de voir le guerrier puni, ne se donna pas la peine de lui répondre. Stupéfaite de la scène qui se déroulait devant elle, Carice s'approcha d'un soldat posté non loin pour l'interroger.

— Pourquoi veulent-ils le fouetter ?

— Il a désobéi à notre commandant.

Lorsque Carice chercha des yeux sir Darren, elle vit qu'il était blessé au visage et qu'il saignait. Pourquoi les deux hommes s'étaient-ils battus ?

Ses questions moururent sur ses lèvres dès que le premier coup de fouet s'abattit sur le dos de Raine. Quand une ligne rouge fendit sa peau, Carice se mordit la lèvre de toutes ses forces pour s'empêcher de crier. Quelques-uns des hommes de son père manifestèrent leur approbation à grand bruit. Quant aux Normands, ils restèrent silencieux.

En observant le visage de son père, elle constata qu'elle ne s'était pas trompée. Brian prenait grand plaisir à assister à la correction, comme s'il croyait Raine coupable d'avoir enlevé sa fille. Et elle savait qu'elle devait se garder de laisser paraître la moindre émotion. Personne dans l'assistance ne devait deviner que c'était comme si c'était à *elle* que l'on infligeait chacun de ces coups de fouet. Elle dut faire appel à toute sa force de caractère pour regarder sans ciller la lanière de cuir mordre la chair de Raine en sachant quelles souffrances il endurait.

Pourtant, pas un son ne sortit de la bouche du guerrier pendant qu'il subissait ce châtiment. Si son sang n'avait pas taché de rouge la neige qui tapissait le sol, on aurait pu croire que les coups de fouet n'avaient pas le moindre effet sur lui.

— Nous ne tolérerons aucun acte de désobéissance, et cela vaut pour tous les soldats, déclara le commandant quand ce fut fini. Nos lois s'appliquent à tous, et nous entendons les faire respecter.

Puis, d'un geste, il ordonna que l'on tranche les liens de Raine.

Le guerrier laissa tomber ses mains contre ses flancs mais ne courba pas l'échine. Au contraire, il tourna lentement la tête jusqu'à ce que ses yeux rencontrent ceux de Carice. Alors, elle lut dans son regard qu'il lui demandait pardon.

Si Raine avait accepté cette punition sans protester, ce n'était pas seulement parce qu'il s'était rendu coupable de rébellion. Il voulait avant tout s'imposer une pénitence pour l'avoir livrée à ces hommes. Horrifiée par le supplice qu'il venait de subir, le cœur serré à la vue de ses plaies, Carice se força malgré tout à le regarder.

Ainsi, il éprouvait des sentiments pour elle ! Elle en avait la certitude à présent, et elle savait aussi qu'il regrettait ses actes. Si seulement il avait pu changer le cours des choses…

— Je suis bien aise de constater que les Normands savent châtier ceux qui le méritent, commenta son père. Mais on ne m'ôtera pas de l'idée que de Garenne devrait payer pour les meurtres qu'il a commis.

Entraînant Carice loin de la foule, il la conduisit en direction de sa tente. Elle se laissa faire, sachant que, si elle avait le malheur de montrer la moindre compassion pour Raine, cela se retournerait contre lui.

— Ce Normand m'escortait à Laochre quand les hommes du haut-roi nous ont attaqués, expliqua-t-elle toutefois. Il m'a défendue.

— Il s'agissait de *mes* hommes, corrigea Brian. De quel droit as-tu fui notre troupe et les soldats de Rory

Ó Connor ? Je sais que tu voulais échapper à tes noces en cherchant refuge chez les MacEgan.

— Oui, c'est vrai. Mais tout cela n'a plus aucune importance, n'est-ce pas ?

Pourquoi essayer de cacher ses intentions ? Son père la tenait captive désormais, grâce à l'aide de Raine. Cette pensée lui faisait mal. S'il regrettait ce qu'il avait fait, allait-il trouver un moyen de l'aider à s'échapper ?

— Je ne comprends pas pourquoi tu voulais à tout prix éviter ce mariage, insista son père. Comment peux-tu être assez stupide pour refuser de devenir reine d'Irlande ?

Carice le regarda dans les yeux.

— Parce que je suis en train de mourir, père. Quelle reine d'Irlande ferais-je, dans mon état ?

— Tu as été malade, certes. Mais tu sembles te porter mieux, répondit son père.

Après avoir fait entrer Carice dans sa tente, où des fourrures étaient étendues sur le sol en guise de lits, Brian lui tendit une épaisse miche de pain.

— Tâche de manger davantage. Tu dois avoir faim.

Carice repensa à la suggestion de Raine. Peut-être le pain était-il responsable de son mal. L'idée semblait saugrenue, mais, s'il se trouvait qu'il avait raison, elle ne voulait pas passer la nuit à se tordre de douleur.

— Je mangerai de la viande, si vous en avez. Pas de pain.

Son père secoua la tête.

— Non. Le guérisseur a été clair : tu ne dois te nourrir que de pain jusqu'à ce que tu sois rétablie.

— Ses recommandations n'ont fait qu'aggraver mon état. Laissez-moi manger ce que bon me semble, père.

Mais Brian restait inflexible. Après avoir posé le pain par terre, sur un torchon, il lui dit :

— Quand tu auras vraiment faim, tu mangeras.

Il se trompait. A cet instant, Carice avait besoin de toutes ses forces et, s'il y avait le moindre risque que le pain la rende malade, elle n'en avalerait pas une miette.

— Je suis fatiguée, lui dit-elle. Je souhaite me reposer, à présent.

A ces mots, le visage de son père se radoucit.

— C'est entendu. Je dois parler au commandant ; profites-en donc pour dormir.

Après un silence, il ajouta :

— Tu devrais te réjouir à l'idée d'épouser le roi suprême, Carice. Cette union t'apportera tout ce que tu as toujours désiré. Tu ne manqueras de rien, tu seras couverte d'or.

— Je n'ai jamais rêvé de cela, murmura-t-elle.

Mais il ne l'entendit pas. Déjà, il sortait, et elle entendit à peine sa promesse de revenir dès qu'il se serait entretenu avec sir Darren.

Elle s'assit, les genoux contre sa poitrine. Dans la solitude de la tente, elle laissa couler ses larmes, regrettant amèrement d'avoir laissé son cœur l'égarer. Tout, elle avait tout donné à Raine, mais cela n'avait pas suffi à le faire changer d'avis. Et, s'il s'en voulait de lui avoir menti, cela n'effacerait pas le sentiment de malaise qu'elle éprouvait au souvenir de la nuit qu'ils avaient passée ensemble.

Raine ne voulait pas prendre son innocence, c'est elle qui l'y avait poussé. Si quelqu'un devait porter la responsabilité de ce qui s'était produit cette nuit-là, c'était elle, et non lui. Et, bien qu'elle ignorât quelles circonstances avaient déclenché l'altercation avec son commandant, elle savait qu'elle n'y était pas étrangère.

Que faire à présent ? Les yeux noyés de chagrin, elle était à bout de ressources. Ces hommes allaient la forcer à se rendre à Tara, où elle serait sommée d'épouser le haut-roi. La nuit de noces et l'existence qui s'en suivrait ne manqueraient pas de la tuer.

Lorsqu'elle ouvrit les yeux, elle vit le pain posé devant elle. Bien qu'elle eût faim, l'idée même de manger lui donnait la nausée. Ou peut-être était-ce la perspective d'une vie de tourments, loin de Raine, qui la rendait malade de chagrin. Les quelques jours qu'ils avaient passés ensemble lui avaient fait comprendre qu'elle désirait bien plus que le sombre avenir qui lui était imposé. Cet homme lui avait donné envie de vivre.

Et, à présent qu'il l'avait ramenée dans sa prison, elle avait honte de sa naïveté. Elle avait tant voulu le croire !

— Carice.

L'appel, prononcé à voix basse, provenait de l'extérieur de la tente. Levant les yeux, Carice aperçut la silhouette d'un homme. C'était Raine ; elle aurait reconnu sa voix entre mille. Le guerrier n'entra pas mais s'assit près d'elle, de l'autre côté de la toile. Le dos voûté, il semblait lutter contre la douleur que lui causaient encore les coups de fouet. Même si elle souffrait de le savoir si cruellement meurtri, Carice ne voulait pas le voir maintenant. Car ce n'était pas le moment de faiblir. Avait-il seulement idée du pouvoir qu'il avait sur elle ?

— Qu'y a-t-il ? demanda-t-elle d'une voix maussade.

— Etes-vous seule ?

— Oui.

Que lui voulait-il donc ? S'il s'imaginait que des mots pouvaient réparer le mal qu'il lui avait fait, il se trompait.

— On m'a donné l'ordre d'assassiner le haut-roi.

Ces paroles restèrent suspendues dans l'espace comme une épée prête à frapper. Carice resta bouche bée.

— C'est pour cette raison que je vous ai accompagnée.

Mon commandant a pensé que vous escorter à Tara me donnerait un moyen d'approcher Rory.

Carice avait peine à croire ce qu'elle entendait.

— Et vous avez accepté ?

— Oui, pour sauver mes sœurs.

Que dire après une telle révélation ?

— Alors, voilà ce que vous êtes ? Un assassin ?

— Mon âme est damnée, Carice. Il n'y aura pas de rédemption pour moi. J'ai commis bien trop de fautes.

Raine parlait d'une voix rude et indifférente.

— La nuit que j'ai passée dans vos bras a été un bonheur que je n'ai jamais mérité. Je suis désolé de vous avoir blessée.

Interdite, Carice finit par répondre :

— Les choses auraient pu se passer différemment entre nous.

— Vous m'avez donné un cadeau inestimable et je ne l'oublierai jamais. Je vous jure que, malgré le voyage auquel je vous ai forcée, je vous protégerai de ma vie.

Puis Raine se tut un moment avant de lâcher :

— Je n'ai pas le choix, Carice.

Et, sur ces mots, il la laissa seule.

Ils arrivèrent à Tara la nuit suivante, un jour après la fête d'Imbolc. Sir Darren ordonna à ses hommes d'établir un campement à moins d'un mile des terres du haut-roi, et il exigea que Raine l'accompagne jusqu'aux portes de la forteresse. Tandis qu'ils marchaient en silence dans les ténèbres, Raine avait l'impression que chaque pas le rapprochait des enfers.

Les marques du fouet qui lui brûlaient le dos lui rappelaient qu'il n'était pas libre. Un esclave aux ordres de son commandant, voilà ce qu'il était. Et celui-ci ne tolérerait aucune désobéissance de sa part. Mais

Raine refusait de présenter des excuses à sir Darren pour l'avoir frappé. Il ne regrettait aucunement d'avoir défendu l'honneur de Carice, et le chevalier le savait.

Son seul regret était de devoir se servir de la jeune femme pour approcher le haut-roi. A mesure que le temps passait, il avait de plus en plus de doutes sur la mission qu'on lui avait imposée. Même s'il parvenait à tuer le roi suprême, il serait certainement fait prisonnier et exécuté. Qu'arriverait-il alors à ses sœurs ? Comment croire que Henri II tiendrait parole et leur rendrait leur liberté ?

Lorsqu'ils furent assez proches du château pour voir les torches qui bordaient son enceinte, ils constatèrent que le nombre de gardes avait été doublé et que tous les soldats étaient sur le qui-vive. L'humeur de Darren s'assombrit.

— Quelque chose a dû se produire avant notre arrivée. Nous devions être là pour Imbolc. Je pensais qu'un jour de plus ne ferait aucune différence mais, visiblement, je me trompais.

Le commandant semblait avoir les nerfs à vif.

— Pourquoi ? Que devait-il se passer pendant la fête d'Imbolc ? demanda Raine, qui ne comprenait pas l'irritation de Darren.

En quoi ce retard pouvait-il mettre leurs projets en péril ?

— Nous avions introduit plusieurs de nos hommes parmi les soldats de Rory Ó Connor. L'un des rois irlandais s'était rangé à nos côtés et devait nous aider à pénétrer dans la forteresse. Si le haut-roi a grossi ses forces, cela signifie que nos alliés sont morts ou emprisonnés.

Le chevalier ralentit le pas en jetant des regards furieux dans la direction de Raine.

— Si nos hommes s'approchent du château, ils seront accusés d'avoir participé au complot. Vous serez donc le seul soldat à accompagner lady Carice et son père. Je viendrai également pour veiller à ce que vous meniez votre mission à bien. Vous et moi devrons nous faire passer pour des Irlandais.

Le discours de sir Darren confirmait les craintes de Raine : l'armée normande n'entendait pas lui offrir le moindre soutien. Après avoir tué le haut-roi, il ne pourrait compter que sur lui-même pour s'enfuir.

A moins qu'il ne parvienne à enlever Carice et à disparaître avec elle… Peu à peu, il commença à s'accrocher à ce fol espoir. Etait-ce seulement possible ? Il y avait si longtemps qu'il obéissait sans rien obtenir en retour ! Ne valait-il pas mieux se soustraire à cette vie pour partir à la recherche de ses sœurs ?

— Qu'en dites-vous ? demanda son commandant. Serez-vous capable de vous fondre parmi eux ?

— Probablement, répondit Raine en haussant les épaules. Mais Brian Faoilin acceptera-t-il que je les accompagne ?

— Il n'a pas son mot à dire. Après tout, c'est vous qui nous avez ramené lady Carice. J'en ai longuement parlé avec lui hier soir : même si la situation entre nos deux camps est troublée, il se moque de ce qui peut arriver au roi suprême, dès lors que sa fille devient reine.

— Est-ce là ce que vous voulez ? Que lady Carice accède au rang de reine grâce à son mariage ?

Sir Darren ne répondit pas. Son visage impassible montrait qu'il se moquait éperdument du sort de la jeune femme.

— Les noces auront lieu, comme prévu. Vous assisterez en secret aux festivités et vous abattrez le haut-roi pendant le banquet. Faites-le vite et déguerpissez.

— Qu'arrivera-t-il à lady Carice ?

Avec un regard narquois, Darren lâcha :

— Si vous vous montrez assez habile, c'est elle qu'ils accuseront d'avoir assassiné son mari. Alors, vous serez libre.

Son commandant s'exprimait sans la moindre émotion. De toute évidence, il n'avait qu'une préoccupation : supprimer Rory Ó Connor. Rien d'autre ne comptait pour lui et, si Carice devait pâtir de ses projets, cela lui était totalement indifférent.

Raine se mura dans le silence : qu'il révèle à Darren ce qu'il avait sur le cœur et il ne pourrait plus se dominer. Et, s'il osait frapper son commandant de nouveau, celui-ci tenterait à coup sûr de le tuer. Non, il devait rester de marbre, contenir sa colère et consacrer tous ses efforts à un seul dessein : sauver Carice de ce mariage.

Elle l'avait traité d'assassin.

Carice a raison, lui rappela une voix en lui. *Tu n'es rien d'autre qu'un meurtrier et tes péchés ne te seront jamais pardonnés. Mais, si tu fais ce que ton commandant te demande, tes sœurs retrouveront leur liberté.*

Mais était-ce seulement vrai ? Raine en était de moins en moins sûr. Darren lui avait laissé espérer que ce serait le cas, mais, sans l'aval du roi, ses promesses n'avaient pas la moindre valeur.

Alors qu'ils rebroussaient chemin pour regagner le camp, son commandant commença à lui donner des instructions pour l'exécution de ses plans : il devait se cacher parmi les hommes de Brian Faoilin et se séparer d'eux après les noces.

Mais Raine l'écoutait à peine, absorbé par l'idée qui peu à peu prenait forme dans son esprit : enlever la fiancée avant son mariage et s'enfuir avec elle. Epouser le haut-roi était la dernière chose que souhaitait Carice, et Raine avait anéanti tous ses espoirs d'échapper à cette union en la conduisant à Tara. Mais tout n'était pas encore joué, il pouvait changer le cours des événements. Une seule raison le faisait encore hésiter : le sort de ses sœurs. Où pouvaient-elles bien se trouver à présent ? Raine l'ignorait, mais il avait la ferme intention de le découvrir.

Lorsqu'ils arrivèrent à l'entrée du camp normand, il arrêta Darren, bien décidé à obtenir des réponses.

— Où sont Nicole et Elise ?

Le chevalier n'essaya pas de cacher son agacement.

— Ce n'est pas mon problème. Vous avez pour ordre de mettre fin au règne de Rory Ó Connor. Si vous réussissez, vous gagnerez peut-être les faveurs de Henri II. Vous pourrez alors lui poser cette question vous-même.

— Sont-elles seulement en vie ? poursuivit Raine.

A ces mots, Darren se tourna brutalement vers lui tout en dégainant son poignard.

— Vous savez ce que vous avez à faire. Obtempérez, si vous voulez avoir la vie sauve.

Sa voix trahissait une grande nervosité.

— Les hommes du haut-roi risquent de me tuer pendant l'opération, observa Raine.

— Avez-vous changé d'avis ? demanda sir Darren avec méfiance. Si vous avez l'intention de nous désobéir, dites-le maintenant, et je vous promets que vos sœurs paieront le prix de votre lâcheté. Je trouverai facilement quelqu'un d'autre pour exécuter cette tâche. Quoi que vous fassiez, Rory Ó Connor est en train de vivre ses dernières heures.

Raine l'écouta avec indifférence. Ce discours ne le touchait plus. Peu à peu, il avait compris qu'il n'était rien de plus qu'un tueur pour les Normands. Ils ne lèveraient pas le petit doigt pour le protéger et, même s'il accomplissait sa mission, le roi risquait de le punir pour l'exemple.

A présent, il était convaincu d'avoir raison : au lieu d'assassiner le haut-roi, il avait bien plus intérêt à aider Carice à prendre la fuite. Pourquoi ne l'avait-il pas écoutée quand elle le suppliait de l'emmener vers l'ouest ? Mais il n'était pas trop tard. Du moins, pas encore.

Tout ce qu'il avait à faire, c'était d'empêcher ce mariage.

Le lendemain matin, ils franchirent à cheval les portes de Tara. Brian Faoilin ouvrait la marche et Carice suivait, vêtue d'une robe émeraude richement brodée de fils d'or. Elle portait autour du cou un torque incrusté de rubis, et à ses doigts plusieurs anneaux d'or, cadeaux de son père. Ces bijoux, signes de richesse destinés à marquer sa condition, pesaient aussi lourd que des chaînes sur son corps et lui rappelaient qu'on allait la marier contre son gré.

Désormais, elle ne pouvait plus fuir. Son dernier espoir était de parler en privé avec le haut-roi et de chercher à le convaincre d'annuler les fiançailles. Peut-être arriverait-elle à lui faire entendre raison.

Raine avait revêtu l'uniforme des hommes de son père, tout comme le commandant normand. Si Carice se tenait bien droite sur sa monture, elle était en réalité terrifiée en songeant à la véritable raison de la présence du guerrier à Tara. Comment pouvait-il envisager d'exécuter cette tâche aussi indigne que dangereuse ? Carice se retourna furtivement pour le regarder mais son visage était impénétrable.

Une fois à l'intérieur de la forteresse, elle chercha

du regard son frère Killian et lady Taryn. S'ils étaient là, ils ne manqueraient pas de venir la saluer. Mais elle ne vit aucun signe d'eux. Un sentiment d'appréhension commença à germer en elle. Pourvu qu'il ne leur soit rien arrivé…

Le Fort des rois était un ouvrage fortifié de grande envergure entouré de deux remparts séparés par de profondes douves. De nombreux feux étaient allumés autour des dépendances, et partout on voyait des soldats en armes. Carice ignorait ce qui avait pu se passer sur le domaine du haut-roi, mais la tension était palpable. Les gardes faisaient les cent pas. Certains avaient la main sur la garde de leur épée, tandis que d'autres la dévisageaient avec méfiance.

— Pourquoi nous regardent-ils ainsi ? demanda-t-elle à voix basse à son père.

— Je n'en sais rien. Mais je suppose qu'ils ont essuyé une attaque. Peut-être le père de lady Taryn est-il impliqué dans l'affaire.

Carice espérait que non. Mais l'absence de Killian et de lady Taryn ne faisait qu'accroître son anxiété. Lorsqu'ils arrivèrent devant la salle des banquets, Raine l'aida à descendre de cheval en la prenant doucement par la taille. Lorsqu'elle mit pied à terre, il serra légèrement ses mains dans les siennes comme pour la rassurer. Mais la peur ne la quittait pas. Le guerrier tendit les rênes de sa monture à un autre homme de son escorte, puis il la suivit en maintenant une légère distance entre eux. Apparemment, il était censé lui servir de garde personnel.

Brian la fit entrer dans la pièce, Raine toujours à sa suite. Carice sentait sa présence derrière elle et, à chaque pas, elle tremblait pour lui. Si elle avait pu lui parler, elle l'aurait supplié d'abandonner sa mission et de quitter Tara. Mais il s'était juré de tout faire pour sauver ses sœurs, et son serment l'avait conduit jusqu'ici. Jamais il ne renoncerait. Par tous les saints, elle ne voulait pas qu'il meure !

Le haut-roi les attendait à l'autre extrémité de la salle des banquets. L'homme avait presque le même âge que le père de Carice. Ses cheveux bruns et sa barbe étaient parsemés de gris, et il avait les mêmes yeux couleur argent que Killian. Rory Ó Connor ne se leva pas pour l'accueillir. A la vérité, il ne montra pas le moindre intérêt pour elle. C'est à son père qu'il s'adressa, sur un ton pour le moins agacé :

— Je vois que vous avez fini par retrouver ma fiancée.

Son regard effleura Carice l'espace d'un instant, mais il n'y avait pas la moindre bienveillance dans ses yeux. Au contraire, elle y lut une froide animosité. L'envie lui prit de reculer d'un pas, mais elle se retint.

— J'ai le plaisir de vous présenter ma fille, Carice Faoilin, dit Brian en lui prenant la main.

Comme elle restait sans bouger, il la poussa légèrement en avant.

— Elle a été souffrante dernièrement, mais elle est maintenant prête à devenir votre femme comme nous en sommes convenus.

Carice fut tentée de protester, mais elle savait que révéler leur désaccord devant témoins la desservirait. Mieux valait se faire discrète pour le moment.

Le discours de son père n'eut aucun effet sur le roi, dont le visage demeura hostile.

— Ce n'est pas ce que Killian m'a rapporté, rétorqua-t-il en se tournant vers Brian. Il m'a soutenu que votre fille était farouchement opposée à ce mariage.

Carice entrevit une lueur d'espoir. Son frère était donc bien intervenu en sa faveur !

Cependant, son père blêmit.

— C'est totalement faux. Elle n'était pas en état de voyager, voilà tout. Que vous puissiez ajouter foi à ces mensonges est tout simplement…

— Vous osez traiter mon fils de menteur ? rugit le roi suprême en s'approchant de Brian, les yeux brillants de colère. Cela ne devrait pas m'étonner. J'ai cru comprendre que vous aviez traité Killian comme un esclave durant toutes ces années.

Carice dut réprimer un sourire. Pour la première fois, elle était du côté du haut-roi. Lui, au moins, traitait son frère avec les honneurs qui lui étaient dus.

— Killian a beau être l'un de vos bâtards, je ne l'ai jamais maltraité, lâcha Brian Faoilin, le visage soudain cramoisi.

Quel mensonge éhonté ! se dit Carice en croisant les bras d'un air désapprobateur. N'avait-il pas forcé son frère à dormir aux écuries, parmi les chiens ?

— Killian n'est pas un bâtard, corrigea Rory. Il est mon fils légitime.

Ravie de voir son père dans un tel embarras, Carice adressa un sourire radieux au haut-roi. Brian avait bien mérité cette leçon, lui qui s'était montré si dur à l'égard de Killian. Mais Carice était encore plus heureuse de découvrir que son frère bénéficiait désormais du soutien de Rory Ó Connor.

— Où se trouve Killian ?

Le roi suprême la foudroya du regard.

— Vous feriez bien de vous taire, lady Carice, au lieu de vous mêler à une conversation qui ne vous concerne pas.

Ce rappel à l'ordre la piqua au vif : le roi la traitait comme une enfant indocile. Pourtant, elle ravala son mécontentement, sachant qu'elle devrait faire appel à son indulgence pour mettre fin à leurs fiançailles.

— Pardonnez-moi, Votre Majesté, murmura-t-elle en baissant la tête en signe de déférence. Je voulais seulement m'enquérir de Killian, car nous étions amis pendant notre enfance. Je le considérais comme mon frère.

— Killian est parti à Ossoria avec lady Taryn, qui doit y enterrer son père, lui répondit le haut-roi avec humeur.

Carice porta la main à sa bouche. Taryn avait espéré pouvoir sauver la vie de son père mais, manifestement, les choses ne s'étaient pas déroulées comme prévu. Cependant, elle n'osa pas demander ce qui s'était passé.

— Killian sera de retour dans quelques jours, ajouta Rory Ó Connor. Peut-être le verrez-vous alors.

Si je suis encore là, se dit-elle. Mais Carice inclina la tête en répondant :

— Je vous remercie, Votre Majesté.

Le roi suprême fit signe à l'une de ses servantes de s'avancer.

— Emmenez ma fiancée dans nos appartements. J'irai lui parler plus tard.

— Et pour les noces, Votre Majesté ? Dois-je faire venir les suivantes de Carice afin qu'elles l'aident à s'apprêter ?

— Je n'ai pas encore décidé si oui ou non elle deviendrait ma reine. Je trancherai cette question une fois que je me serai entretenu avec elle. Mais vous pouvez envoyer chercher ses effets personnels.

Carice fut quelque peu soulagée : Rory Ó Connor ne semblait guère plus désireux qu'elle de conclure cette union. Peut-être avait-elle là une chance inespérée d'échapper à ce mariage.

Relevant le bas de sa robe, elle suivit la servante qui l'attendait. Lorsqu'elle regarda Raine une dernière fois, l'expression du guerrier était indéchiffrable. Qu'avait-il en tête ? S'apprêtait-il à enfoncer son épée dans le cœur du haut-roi ?

Ne faites pas cela, le supplia-t-elle en silence. Mais il eut soin d'éviter son regard.

Une fois arrivée avec la servante dans les appartements privés du roi, Carice s'assit et se mit à regarder fixement le mur, totalement désemparée. Le mariage allait-il avoir lieu ? La décision était entre les mains de Rory Ó Connor. Si seulement il pouvait tout annuler !

Que pouvait-elle faire à part prier pour qu'il change d'avis ? Bien sûr, elle pouvait se rendre malade. Mais cela ne ferait que retarder l'inévitable. Refuser publiquement d'épouser le haut-roi était exclu : jamais il ne tolérerait une telle irrévérence. Les témoignages faisant état de la cruauté de Rory ne manquaient pas. Cet homme était allé jusqu'à faire crever les yeux de son propre frère pour s'emparer du trône de Connacht. Carice préférait ne pas imaginer quelle serait sa punition si elle s'attirait son courroux. Ses mains en tremblaient de peur.

Soudain, un bruit derrière elle lui fit comprendre que quelqu'un approchait. Sans doute étaient-ce ses suivantes accompagnées de quelques servantes qui lui apportaient ses malles. Mais non : ces pas lourds ne pouvaient être que ceux d'un homme. Se retournant, elle découvrit en effet le commandant normand, sir Darren.

Même sans la cotte de mailles et le heaume conique dont elle avait l'habitude de le voir vêtu, il marchait comme un soldat et non comme un serviteur. Il portait un plateau sur lequel étaient disposés un pichet de vin et deux coupes d'argent. Lorsqu'il l'eut posé sur une table, il se tourna vers elle. La froide lueur qu'elle découvrit alors dans ses yeux l'avertit qu'elle devrait choisir ses mots avec soin.

— Vous vous imaginez que vous allez détourner Raine de son devoir. Mais vous vous trompez, lança-t-il en croisant les bras. Vous n'avez été qu'une distraction pour lui, et il ne trahira pas son camp pour vos beaux yeux.

— Si cela était vrai, vous ne perdriez pas votre temps à parler avec moi, répliqua Carice. Et j'espère bien qu'il envisage de renoncer à sa mission. C'est un projet ignoble.

— Vous devriez pourtant accueillir notre intervention avec gratitude, répondit le commandant. C'est vous qui en bénéficierez le plus.

Mais Carice n'éprouvait aucune gratitude. Même si elle ne voulait pas de ce mariage, il existait bien d'autres moyens d'y échapper. Elle n'entendait pas faire de Raine un assassin.

— Je ne souhaite la mort de personne. Et je ne crois pas que Raine soit capable de commettre un tel acte.

Un sourire se dessina lentement sur le visage de Darren.

— Vous souvenez-vous des MacEgan, ceux-là même qui vous ont donné asile à Laochre ?

Carice fit signe que oui, et il poursuivit.

— Raine était présent lorsque nous leur avons donné l'assaut sur la péninsule. Il a tué plusieurs hommes de leur famille dans cette bataille, il y a des années.

Avant de continuer, il la regarda avec gravité.

— Croyez-moi quand je vous dis que rien d'autre n'existe pour Raine que son devoir de soldat. Il exécutera mes ordres sans poser de questions, comme il l'a toujours fait.

Carice fut bouleversée par cette révélation. Raine

avait accepté l'aide des MacEgan sans hésiter et il n'avait jamais évoqué ce combat. Etait-ce l'une des raisons pour lesquelles il s'était si bien résigné à son emprisonnement ? Eprouvait-il du remords ?

Devinant que le but de sir Darren était précisément de semer le doute dans son esprit, Carice repoussa toutes ces questions.

— Je ne veux pas en entendre davantage, murmura-t-elle. Laissez-moi, je vous prie.

Mais il ne bougea pas.

— Sachez que l'armée normande a lancé une attaque contre le haut-roi pas plus tard qu'hier. Cette tentative s'est soldée par un échec, et le traître irlandais, le roi Devlin d'Ossoria, a été tué au cours de l'offensive.

En l'entendant prononcer le nom du père de lady Taryn, Carice sentit son sang se glacer dans ses veines.

— Vous aviez introduit des hommes ici, n'est-ce pas ? demanda-t-elle, comprenant peu à peu que les Normands étaient prêts à tout pour parvenir à leurs fins.

— En effet. Et, même s'ils sont sans doute morts à présent, rien n'a changé. Raine a reçu des ordres, et il doit obtempérer.

Brusquement, il traversa la pièce pour venir tout près d'elle.

— Contrairement à ce que vous croyez, il n'a jamais eu l'intention de tourner le dos à son armée, lui dit-il en prenant entre ses doigts une mèche des cheveux de Carice.

— Ne me touchez pas, chuchota-t-elle en se levant.

Sir Darren se contenta de sourire.

— Si vous tentez de dissuader Raine de nous obéir, vous vous rendrez responsable de sa mort. Vous voilà prévenue. C'est tout ce que j'avais à vous dire.

Sur ces mots, il effleura la joue de Carice du dos

de la main. Puis il se dirigea vers la table où il avait laissé le plateau et versa du vin dans les deux coupes d'argent. Avec un sourire moqueur, il leva l'une d'elles en déclarant :

— A votre mariage, lady Carice. Offrez donc du vin au roi suprême lorsqu'il viendra vous parler. Cela vous donnera du courage.

Carice ferma les yeux en attendant qu'il ait quitté la pièce. Ses suivantes arrivèrent immédiatement après et, en voyant leurs mines préoccupées, elle devina que sir Darren leur avait interdit de franchir la porte pendant la durée de sa visite.

— Vous sentez-vous bien, madame ? demanda l'une d'elles.

Carice acquiesça d'un léger signe de la tête, mais elle était remplie d'angoisse à l'idée de ce qui se préparait. Rory Ó Connor allait arriver d'un moment à l'autre pour s'entretenir avec elle, et elle ne voulait pas lui mentir. A n'importe quel autre homme, elle aurait simplement avoué qu'elle n'avait jamais voulu de ce mariage. Mais avec lui ce n'était pas si facile.

Ses suivantes commencèrent à s'affairer autour d'elle, peignant ses cheveux et la lavant pour la débarrasser de la poussière du voyage. Plongée dans ses réflexions, elle les laissait faire lorsque Raine pénétra à son tour dans la chambre. Il portait l'une de ses malles, qu'il déposa dans un coin. Mais, au lieu de repartir, il resta là, debout au milieu de la pièce.

Les servantes cessèrent peu à peu leur conversation et attendirent les ordres de Carice. Mais la vue de Raine l'avait accablée d'un tel chagrin qu'elle ne parvenait pas à articuler un mot. Elle avait donné son cœur à cet homme, et pourtant elle avait l'impression de ne pas le connaître.

C'était un guerrier capable de terrasser ses ennemis sans la moindre pitié. Mais c'était aussi un être tendre qui avait su prendre soin d'elle, qui l'avait tenue dans ses bras la nuit et l'avait réchauffée de son corps. Non, elle ne voulait pas croire qu'il pût être un assassin.

— Vous n'auriez pas dû venir, dit-elle enfin. Le haut-roi sera ici sous peu.

— Je le sais.

Raine jeta un regard aux suivantes, qui se retirèrent aussitôt à l'autre bout de la pièce. Carice fut parcourue par un frisson d'appréhension en songeant quelle pouvait être la véritable raison de sa présence.

— Ne faites pas cela. Je vous l'interdis, lui dit-elle, tant était grande sa peur qu'il tue Rory Ó Connor dès que celui-ci franchirait la porte.

Raine s'approcha d'elle.

— J'ai commis bien des erreurs, Carice. Mais je vais me racheter. Je vais vous délivrer de ce mariage, je vous le jure.

— Non.

Carice recula d'un pas. Si elle le laissait intervenir, il livrerait ce combat pour elle, et il y perdrait la vie.

— Je vais affronter le haut-roi seule, et je lui dirai que je refuse de l'épouser. Il est temps pour moi de cesser de fuir.

— Rory ne vous laissera pas partir.

Carice le savait, mais elle était lasse de sa propre lâcheté.

— Lorsque je serai seule avec lui, je lui parlerai avec franchise. Je lui demanderai de me dégager de cette promesse de fiançailles.

Plus elle y réfléchissait et plus elle était convaincue que c'était la seule solution. Si elle parlait sans détour au roi suprême et qu'elle lui donnait l'occasion de l'éconduire publiquement, peut-être accepterait-il de mettre fin à l'accord qu'il avait conclu avec son père. Et, s'il persistait à vouloir l'épouser, alors elle n'aurait d'autre choix que de livrer cette nouvelle bataille, le moment venu.

Elle en avait assez de vivre dans la peur. Il était temps pour elle de dire haut et fort ce qu'elle voulait, quelles qu'en soient les conséquences.

— Et s'il refuse de tout annuler ? demanda Raine. Croyez-vous que je vous laisserai subir un mariage dont vous ne voulez pas ?

Puis, baissant la voix pour que les servantes ne l'entendent pas, il ajouta :

— Que je vous laisserai subir une nuit de noces ?

La gorge nouée, Carice plongea tristement son regard dans les yeux verts de Raine.

— Vous m'avez abandonnée en me conduisant ici, Raine. Vous m'avez montré que votre devoir comptait plus que vos sentiments pour moi.

Le visage du guerrier ne trahissait pas la moindre émotion. Carice voulait l'entendre dire que c'était faux et qu'il l'aimait. Mais son silence fut la plus douloureuse des réponses.

Cruellement blessée dans son orgueil, elle traversa la pièce et ouvrit la porte.

— J'affronterai mes démons sans votre aide.

Raine ne protesta pas mais il planta ses yeux dans les siens.

— Est-ce vraiment ce que vous voulez ? Que je vous laisse partir ?

Le cœur lourd, elle hocha la tête.

— Oui.

Les yeux brûlants à force de retenir ses larmes, elle dut se faire violence pour refermer la porte derrière lui. Comme ses mains tremblaient, elle saisit l'une des deux coupes d'argent que sir Darren avait remplies de vin dans l'espoir de calmer ses nerfs. Le haut-roi allait arriver et elle devait se préparer à lui signifier son refus avec la plus grande fermeté. Même s'il déchaînait sa colère contre elle, elle ne fléchirait pas.

Carice porta le vin sucré à ses lèvres. Elle en but une gorgée, puis une autre.

Soudain, il lui sembla que les battements de son cœur s'accéléraient. Aveuglée par la lumière du jour, elle ferma les yeux. Tous ses sens semblaient étrangement altérés. Sa gorge était sèche et des crampes lui tordaient l'estomac. Mais c'était une douleur inhabituelle, qu'elle n'avait jamais ressentie. Sur sa peau, le moindre effleurement provoquait des picotements. Non, cela n'avait rien à voir avec sa maladie.

Ce n'est que lorsque la douleur se fit insoutenable que la vérité lui apparut. Le vin était empoisonné.

La coupe d'argent lui échappa des doigts et le liquide se répandit tout autour d'elle tandis qu'elle luttait pour ne pas perdre connaissance.

Je ne veux pas mourir. Carice s'était cru préparée au pire, elle pensait pouvoir affronter sa dernière heure avec calme lorsque le moment viendrait. Mais elle se trompait. A présent, elle suffoquait. Tandis que les ténèbres l'appelaient, elle était pétrifiée de terreur.

Sa dernière pensée fut pour Raine. Comme elle regrettait de lui avoir caché ses sentiments ! Il était trop tard pour lui ouvrir son cœur, à présent. Il ne saurait jamais.

Chapitre 10

Lorsqu'il entendit des cris de femmes, Raine regagna la chambre en toute hâte, envahi par un sombre pressentiment. Un malheur était arrivé à Carice, il en était sûr. Comme il arrivait devant la porte, il croisa l'une des servantes qui se précipitait hors de la pièce. La femme confirma ses craintes :

— Il faut appeler un guérisseur ! Madame est souffrante.

Mais une maladie ordinaire n'aurait pas provoqué autant d'émoi chez les suivantes. Ce devait être bien plus grave.

— Allez-y, ordonna Raine. Je vais rester auprès de lady Carice.

Lorsqu'il pénétra dans la chambre, il trouva une autre servante assise à même le sol, à côté du corps étendu de Carice. Celle-ci était parfaitement immobile, si bien que l'on eût cru que la mort avait déjà fait son œuvre. Le sang de Raine se figea dans ses veines. Que diable s'était-il passé ?

— Le vin, sanglota la servante. Je crois que c'est le vin qui l'a rendue malade.

Alors seulement, Raine vit la coupe d'argent et la

flaque de vin rouge. A première vue, le liquide n'avait rien de particulier. Mais comment savoir ce qu'il contenait ?

— D'où vient ce vin ? demanda-t-il.

La femme haussa les épaules.

— C'est l'un des hommes qui a rejoint notre troupe ce matin qui a apporté le pichet et les coupes. Je le tenais pour votre compagnon.

La stupéfaction laissa place à la rage. Il ne pouvait s'agir que de sir Darren. La conversation qu'ils avaient eue plus tôt lui revint en mémoire. Ainsi, le commandant normand avait versé du poison dans le vin, sachant que le haut-roi s'apprêtait à rendre visite à Carice. C'était pour lui une garantie supplémentaire : si Raine échouait à tuer le haut-roi, le poison aurait raison de lui.

Le chevalier savait que Carice risquait d'en boire, elle aussi, mais il s'en moquait éperdument. Sir Darren voulait la mort de Rory Ó Connor, et rien d'autre ne comptait à ses yeux.

Raine s'agenouilla à côté de Carice et la souleva dans ses bras. La jeune femme avait le teint cireux et, lorsqu'il posa ses doigts sur sa gorge, il constata que son pouls était rapide.

— Tenez bon, la supplia-t-il. Restez avec moi, Carice.

Comme la servante continuait à pleurer bruyamment, il lui ordonna d'aller chercher de l'aide. Ses larmes ne sauveraient pas Carice, et Raine n'avait pas l'intention de s'éloigner d'elle ne serait-ce qu'un instant.

Tandis qu'il enlaçait le corps inerte de la jeune femme, il eut l'impression qu'on lui avait arraché le cœur. Peu lui importait qu'elle l'ait chassé quelques instants plus tôt. Son esprit était alors si occupé à chercher un moyen de l'emmener loin de Tara qu'il n'avait pas su répondre à ses questions. Les mots n'étaient pas son fort ; il leur préférait de loin les actes. Et, quoi que Carice ait pu dire, il ne la quitterait plus jamais.

Tout en écoutant sa respiration difficile, il écarta ses cheveux de son front. Pendant un bref instant, elle leva les paupières, laissant entrevoir ses pupilles dilatées.

— Battez-vous pour moi, ma chère. Ne me quittez pas.

Bien qu'il ignorât si elle pouvait l'entendre, il approcha son visage du sien à le toucher et ajouta :

— Si je le pouvais, je prendrais votre place.

C'était la vérité. Si, en renonçant à la vie, il avait pu la sauver, il l'aurait fait sans la moindre hésitation. Mais les yeux de Carice se refermèrent et le cœur de Raine se serra dans sa poitrine. Si Dieu voulait le punir pour ses péchés, Il ne pouvait pas trouver pire pénitence que de lui enlever cette femme. Car elle lui avait fait comprendre combien la vie était précieuse.

Il se mit à prier pour qu'elle ne meure pas, lui parlant sans cesse, caressant ses cheveux et l'implorant de continuer à respirer.

Au bout d'un moment, la porte de la chambre s'ouvrit et il eut vaguement conscience que la guérisseuse était arrivée.

— Ecartez-vous afin que je puisse l'examiner, dit la vieille femme sur un ton autoritaire.

Mais Raine ne pouvait se résoudre à se séparer de Carice. En la voyant ainsi, inanimée, il avait l'impression que sa vie ne tenait plus qu'à un fil d'une extrême fragilité, et que, s'il l'abandonnait maintenant, elle laisserait la mort l'emporter.

— Nous pensons que quelqu'un a empoisonné le vin, expliqua la servante.

La guérisseuse regarda attentivement le liquide contenu dans le pichet avant de le verser dans une autre coupe. Puis elle fit tomber dans sa main quelques baies écrasées qui étaient restées au fond. Le visage grave, elle les porta à la hauteur de ses yeux.

— Quelqu'un a mis de la belladone dans ce vin. Je ne sais pas s'il s'agit d'une infusion de racines ou seulement de ces baies écrasées, mais je ne suis pas certaine de pouvoir la sauver.

— Faites de votre mieux, insista Raine.

Doucement, il déposa Carice sur le lit et lui prit la main, tout en pressant la guérisseuse d'agir.

— Donnez-lui des remèdes ou une tisane… tout ce que vous avez pour lutter contre l'effet du poison.

La vieille femme envoya l'une des servantes chercher du vinaigre et de l'eau bouillante.

— Je vais essayer de lui faire boire une potion, mais elle est entre les mains de Dieu, désormais.

Raine s'assit sur le lit à côté de Carice sans lâcher sa main, comme s'il pouvait la retenir auprès de lui. Frappé de stupeur, le corps engourdi, il regarda la guérisseuse faire macérer des herbes qu'il ne reconnaissait pas.

La colère était la seule émotion qui l'empêchait de s'effondrer. Peu lui importait que sir Darren ait destiné le vin empoisonné au roi suprême ou à Carice. Si elle ne survivait pas, Raine le tuerait sans hésiter pour lui faire payer son crime.

Mais, pour l'heure, malgré la fureur qui grondait en lui, quitter la jeune femme lui était impossible. Plus tard, il aurait tout le temps d'exercer sa vengeance sur le chevalier normand.

La guérisseuse apporta la tisane qu'elle avait préparée et Raine l'aida à soutenir Carice. Lorsqu'il sentit l'odeur piquante du breuvage, il comprit que la femme avait fait macérer les herbes dans le vinaigre et l'eau chaude. Mais le liquide coulait de la bouche de Carice, qui n'en absorbait qu'une faible quantité.

— Vous devez la sauver, adjura-t-il la guérisseuse. Elle ne doit pas mourir.

La vieille femme le regarda avec compassion.

— Si elle boit cette tisane, il y a une chance pour que le poison cesse d'agir. Mais je ne peux pas la forcer à l'avaler.

— Donnez-moi cela.

Se saisissant de la coupe, il prit délicatement le menton de Carice entre ses doigts de façon qu'elle ouvre la bouche, puis il versa doucement le liquide dans son gosier. La potion était si forte qu'il en eut les larmes aux yeux, et il se demanda si cet antidote aurait une quelconque efficacité. Le visage de la jeune femme était de plus en plus grisâtre, et elle réagissait à peine. Mais il s'obstina à lui parler et à la faire boire.

Jamais de sa vie il ne s'était senti aussi impuissant. Carice était tout pour lui et, si elle mourait, il ne resterait rien de cette âme misérable qu'il était devenue.

— Restez avec moi, murmura-t-il à la jeune femme une fois la coupe vide.

Son visage pressé contre le sien, il la serrait tendrement dans ses bras.

Mais bientôt plusieurs gardes firent leur entrée. Bien que Raine sache parfaitement combien la situation était compromettante, il n'était pas question pour lui de s'éloigner de Carice. Il s'apprêta à faire face et, lorsque l'un des hommes l'empoigna, il lui décocha un violent coup de poing dans la mâchoire.

— Lâche donc la fiancée du roi, lança un autre.

Mais Raine resta sourd à cet ordre, protégeant Carice de son corps. Un autre garde tenta de l'arracher à elle, mais il fit volte-face et le repoussa avec brutalité. Il se battait comme un possédé, et aucun des soldats ne parvint à le séparer de la jeune femme.

C'est alors que Rory Ó Connor pénétra à grands pas dans la pièce. En voyant Carice dans les bras de Raine, il entra dans une colère terrible.

— Qu'avez-vous fait à ma promise ?

— J'ai tenté de la sauver, rétorqua Raine.

Il chercha à raconter en gaélique ce qui s'était passé, mais son désespoir était tel que les mots se bousculaient dans sa tête.

Alors, la guérisseuse prit la parole et expliqua au roi suprême :

— Quelqu'un a voulu vous empoisonner tous les deux.

— Ce quelqu'un est sir Darren de Carleigh, ajouta Raine en espérant que les soldats du roi retrouveraient le scélérat et le feraient prisonnier.

— Cela n'explique pas pourquoi vous enlacez ma fiancée d'une manière si familière, observa le haut-roi à voix basse. A moins que ce ne soit à cause de vous qu'elle s'est évertuée à retarder notre mariage ?

Avant que Raine ait le temps de répondre, Brian Faoilin fit irruption dans la chambre.

— Qu'est-il arrivé à ma fille ?

En découvrant Carice étendue sur le lit, il fut saisi d'effroi.

— Lâchez-la immédiatement.

Encore une fois, Raine refusa d'obéir. Au contraire, il serra la jeune femme encore plus fort dans ses bras. Devant sa résistance, Brian se tourna vers le haut-roi.

— Cet homme n'est pas irlandais. Il a tenté de se cacher parmi mes soldats, mais en réalité il appartient à l'armée normande.

Raine n'était pas surpris que Brian cherche à rejeter la responsabilité du drame sur lui. Mais, à cet instant, il craignait trop pour la vie de Carice pour s'en soucier, et c'est dans sa propre langue qu'il répondit :

— Je préférerais mourir plutôt que de faire du mal à votre fille. Je ne suis pas coupable.

Mais déjà les gardes du roi l'encerclaient et, cette fois, il lui fut impossible de les repousser. Ils l'arrachèrent des bras de Carice tandis que le haut-roi donnait ses ordres :

— Interrogez-le. Découvrez ce qu'il sait.

Si Raine se laissait emprisonner, les soldats le tortureraient pour lui soutirer des renseignements. Mais qu'il tente de fuir, et tous seraient convaincus de sa culpabilité. Peut-être parviendrait-il à disparaître et aurait-il la vie sauve… mais il ne reverrait plus jamais Carice.

Non, rien ne pouvait le décider à quitter Tara. Même si Carice devait mourir, il voulait être le dernier homme à la tenir contre lui. Cette femme lui avait donné une raison de se battre et, dans ses bras, il avait le sentiment d'avoir trouvé sa part manquante. Plus jamais il ne se punirait comme il l'avait fait jusqu'alors. Non, il n'était pas indigne d'être aimé ni de trouver le bonheur. Carice méritait mieux que l'existence que d'autres cherchaient à lui imposer, et il ferait tout ce qui était en son pouvoir pour l'aider à recouver sa liberté. Même s'il devait se sacrifier pour cela.

Il lutta avec acharnement contre les hommes qui tentaient de le retenir, usant jusqu'à ses dernières forces. Lorsque enfin il parvint à leur échapper, l'un des soldats lui assena un coup brutal dans le dos. Les plaies que lui avait laissé le supplice du fouet étaient encore vives, et la douleur fut si atroce qu'il tomba à genoux.

Avant qu'ils ne l'emmènent, il eut seulement le temps de formuler cette prière pour Carice : *Par pitié, faites qu'elle survive.*

Les gardes l'enchaînèrent à l'intérieur d'une prison

bâtie sur le flanc d'une colline. Entourée de terre nue et de ténèbres, cette geôle ressemblait à une tombe. Heure après heure, Raine sombrait de plus en plus dans le désespoir. Carice était-elle encore en vie ? La guérisseuse avait-elle réussi à la sauver ?

Si elle mourait, plus rien ne lui importerait. Il ne lèverait pas les armes contre le haut-roi, pas plus qu'il n'obéirait à quelque ordre que ce soit. Et si d'aventure, par la grâce de Dieu, il réussissait à s'enfuir de Tara, il retournerait en Angleterre et partirait à la recherche de ses sœurs.

Deux ans, il y avait deux ans maintenant qu'il était en Irlande, prisonnier de ce pays. Un seul congé lui avait été accordé pendant cette période : les quelques jours au cours desquels il avait enterré les moines. Et aujourd'hui il savait que, même à ce moment-là, les soldats normands l'avaient suivi. Sa vie avait cessé de lui appartenir lorsqu'il était devenu esclave des vaines promesses qu'on lui avait faites.

Mais c'était fini.

Il allait devoir trouver la force d'affronter un avenir auquel il ne voulait même pas songer. Mais dans cette épreuve émergeait une certitude plus forte encore que le chagrin : il quitterait l'armée normande, même si sa fuite devait lui coûter la vie.

Assis sur le sol de terre battue, il s'appuya contre le mur froid et entoura ses genoux de ses bras, pleurant Carice. Sa beauté continuait à le hanter, tout comme le souvenir de son sourire. Peu à peu, il s'abandonna à ces visions pour échapper à l'odieuse réalité.

Mais tout à coup, la porte s'ouvrit à la volée et le clair de lune emplit la petite cellule. Raine ne cilla pas en découvrant sir Darren devant lui. La rage qui lui faisait bouillir le sang depuis que Carice avait été empoisonnée se mua en une colère plus sourde. Le froid glacial ne l'atteignait plus. Tandis qu'un feu de haine gagnait tout son corps, il sut, sans le moindre doute, que Darren ne ferait plus partie de ce monde lorsque la nuit s'achèverait.

Pendant quelque temps, aucun d'eux ne dit mot. Raine attendait, parfaitement immobile, comme un prédateur guette sa proie. Enfin, il prit la parole :

— Eh bien ? Vous ne voulez pas savoir si elle est toujours en vie ?

Si par malheur il lui répondait, son commandant en profiterait pour le narguer. Raine garda donc le silence, comptant bien provoquer ainsi le courroux de sir Darren.

— Si vous préférez ne pas le savoir, je vais prendre congé de vous. Vous resterez ici jusqu'à ce qu'ils viennent vous interroger.

Raine ne mordit pas à l'hameçon. *Approchez-vous donc*, pensait-il. Dans ses poings, il serrait la chaîne qui pendait à terre, attendant que l'homme vienne à lui.

— A moins que je ne me trompe ? demanda Darren en arpentant la cellule. Etes-vous curieux de savoir ce qui s'est passé, oui ou non ? Cette question vous ronge-t-elle autant que le sort de vos sœurs vous a tourmenté pendant toutes ces années ?

Ces paroles avivèrent la fureur de Raine, mais il se domina. Il lui fallait patienter encore.

— Elles sont mortes, n'est-ce pas ? Nicole et Elise sont mortes ?

— Vous aimeriez bien le savoir, pas vrai ?

C'en était trop pour Raine. Cette étincelle déclencha le feu de sa colère. Se précipitant sur son commandant, il passa la chaîne autour de son cou pour l'étrangler.

— Vous allez mourir pour ce que vous avez fait,

gronda-t-il en resserrant son étreinte tandis que le chevalier tentait de se dégager. Vous payez pour avoir empoisonné Carice, mais aussi pour la captivité de mes sœurs.

Tout en continuant à comprimer la gorge de Darren, il le jeta à terre.

— Je vous souhaite de brûler en enfer.

Aucun remords ne l'effleurait ; à cet instant, il ne ressentait rien d'autre qu'un ardent désir de vengeance. Même l'irruption des soldats irlandais dans la geôle ne l'arrêta pas. Seule la violence du coup qu'il reçut sur la tête lui fit lâcher son commandant. Alors, il tomba à genoux tandis qu'un filet de sang coulait devant ses yeux.

Etourdi par le choc, il eut seulement le temps de voir les hommes traîner le corps de Darren hors de la cellule. Il n'espérait qu'une chose : avoir réussi à tuer le misérable.

Le corps perclus de douleur, Carice parvint tout juste à ouvrir les yeux. La guérisseuse était assise à ses côtés, un sourire chaleureux aux lèvres.

— C'est bien. Buvez ceci, et vous vous sentirez mieux.

Carice tenta en vain de lever la tête et, lorsqu'elle essaya de parler, aucun son ne sortit de sa bouche. La vieille femme l'aida à se redresser.

— Vous venez de traverser une terrible épreuve, n'est-ce pas ? Mais vous avez survécu. C'est une chance que vous n'ayez bu que quelques gorgées de ce vin. Si vous aviez vidé la coupe, vous seriez morte.

Lorsque la guérisseuse porta un gobelet de tisane chaude à ses lèvres, Carice ne put retenir une grimace. Mais, au lieu du breuvage infect qui lui avait donné des haut-le-cœur, il s'agissait cette fois de camomille, à laquelle la femme avait ajouté du miel. Le liquide était doux et elle le sirota lentement.

Où est Raine ? Elle brûlait de poser cette question, mais de nouveau, lorsqu'elle tenta de parler, nul mot ne franchit ses lèvres.

Le visage soudain grave, la guérisseuse lui dit :

— Je devine ce que vous essayez de me dire. Vous voulez savoir ce qui est arrivé à l'homme qui vous tenait dans ses bras.

Carice parvint à hocher la tête. Mais, lorsque la vieille femme répondit, il y avait autant de résignation que de frayeur dans sa voix.

— J'ai bien peur qu'ils ne l'aient mis aux fers. Le haut-roi a été furieux en le trouvant dans votre chambre.

C'était évident : Rory Ó Connor tenait Raine pour responsable de ce qui s'était passé. Et, si elle ne sortait pas de ce lit au plus vite pour lui raconter la vérité, le guerrier risquait la mort, songea Carice.

— Reposez-vous, à présent, lui dit la guérisseuse. Il n'y a rien de mieux que le sommeil pour vous aider à recouvrer vos forces.

Mais elle n'en avait pas le temps. Sans attendre, elle devait s'expliquer devant le roi suprême et lui désigner le vrai coupable. Il fallait que ses hommes retrouvent sir Darren, qui avait sans doute pris soin de se cacher.

Tout à sa détermination, elle tenta de poser ses pieds sur le sol avant de se rendre compte qu'elle en était incapable. Elle était si faible qu'elle n'arrivait même pas à bouger la tête. Comment pourrait-elle aider Raine ? Marcher lui était tout simplement impossible.

Avec effort, elle essaya de nouveau de parler :

— Je dois…

Cela ressemblait davantage à une plainte rauque qu'à sa voix habituelle, mais elle continua.

— Je dois parler au haut-roi. Pensez-vous… qu'il acceptera de venir ici et d'écouter ce que j'ai à lui dire ?

Le visage de la vieille femme s'assombrit.

— Je crains que non. Il sait que le poison lui était destiné. Les juges vont se réunir pour déterminer si le Normand et vous êtes coupables de conspiration contre lui.

— Coupables de quoi ? Je n'ai rien fait de mal.

L'idée de nuire au roi suprême ne lui avait même jamais effleuré l'esprit.

— Nous savons que vous n'avez pas empoisonné le vin, puisque vous en avez bu. Mais pour ce qui est de cet homme…

La guérisseuse secoua la tête, hésitant à poursuivre.

— Trop de gens l'ont vu vous enlacer. Les juges risquent de vous accuser d'infidélité envers le haut-roi.

Carice s'apprêtait à protester de nouveau quand la vieille femme l'interrompit.

— S'ils devaient vous examiner, constateraient-ils que vous êtes encore vierge ?

Carice ne répondit pas. La peur qui s'était peu à peu insinuée en elle l'envahissait tout à fait maintenant. Non, elle n'était plus vierge. Cependant, la guérisseuse tenta de la rassurer :

— Peut-être serez-vous innocentée, lady Carice. Après tout, de nombreux témoins pourront dire que vous n'avez jamais demandé à cet homme de vous prendre dans ses bras. Vous étiez à peine consciente à cause de l'effet du poison.

Puis elle lui tendit un autre gobelet de tisane en ajoutant :

— Vous n'aurez qu'à dire que vous ne le connaissez pas, et personne ne pourra vous blâmer.

Mais Carice savait que, si elle agissait ainsi, le châtiment de Raine serait cent fois plus sévère. Même s'il était prouvé que le guerrier n'avait joué aucun rôle dans cette tentative d'empoisonnement, tous deux avaient trahi le haut-roi. Carice avait rompu sa promesse de fiançailles en donnant son innocence à un homme qui n'était pas son époux. Pour cette seule raison, le roi suprême était en droit de la punir. Des fiançailles avaient presque autant de valeur qu'un mariage, même si les vœux n'étaient pas encore prononcés.

Raine et elle pourraient-ils sortir vivants de ce cauchemar ? Elle l'ignorait, mais elle se devait de tout tenter pour les sauver tous deux. Malgré les souffrances qui avaient été infligées à son corps, elle ne pouvait pas rester allongée à attendre que d'autres décident de leur sort. D'une longue gorgée, elle vida le gobelet de tisane à la camomille. Si ce breuvage pouvait l'aider à retrouver sa voix, elle en boirait autant qu'il le faudrait. Le liquide chaud sembla en effet apaiser sa gorge.

— Pourriez-vous faire venir mon père ? réussit-elle à articuler.

La guérisseuse acquiesça d'un signe de la tête.

— Bien sûr. Il monte la garde devant votre porte. Je vais le faire entrer immédiatement, si vous pensez avoir assez de forces pour le voir.

Carice laissa retomber sa tête sur l'oreiller, pensive. Pourrait-elle s'allier avec Brian ? Si elle se trouvait ici, c'était bien à cause des ambitions de son père, et elle savait qu'il ne ferait rien pour l'aider à mettre fin à ses fiançailles. Mais, avec son soutien, peut-être pourrait-elle sauver la vie de Raine.

Lorsqu'il pénétra dans la chambre, elle remarqua immédiatement la pâleur de son visage. Traversant la pièce, il vint s'asseoir à son chevet et lui prit la main.

— Dieu merci, tu es vivante.

Carice perçut du soulagement et de l'affection dans sa voix. En dépit de tout ce qui avait pu se passer, son père l'aimait. En serrant sa main dans les siennes, il lui confia :

— Je ne savais pas si tu survivrais.

— Moi non plus, répondit Carice en lui adressant un vaillant sourire. Je suis heureuse que vous soyez là.

Et c'était vrai. Même si son père et elle n'avaient jamais été proches, elle voyait pour la première fois poindre de l'émotion sous le masque imperturbable du vieil homme. Ses yeux bleus trahissaient de l'inquiétude, et même un soupçon de peur.

— Vas-tu te rétablir tout à fait ? demanda-t-il en se penchant au-dessus d'elle pour passer une main dans ses cheveux.

Cette douce caresse réchauffait le cœur de Carice et, devant la peine qu'il ne parvenait plus à dissimuler, elle eut soudain envie de se réconcilier avec lui.

— Je crois que oui.

Puis elle lui dit à voix basse :

— Mais j'ai besoin de votre aide. Maintenant plus que jamais.

Brian la considéra avec appréhension.

— Que veux-tu donc ?

Carice choisit ses mots avec soin.

— Je dois absolument parler au roi suprême. Pouvez-vous me conduire jusqu'à lui ? Je n'ai pas la force de marcher.

Son père commença par refuser.

— Rory est dans une colère noire. Ce n'est pas le moment de mettre ton nez dans cette affaire.

Son père avait raison. Mais, pour sauver la vie de Raine, elle était prête à affronter la plus violente des tempêtes.

— Je le sais. Mais il faut que le haut-roi sache ce qui s'est réellement passé.

— Crois-moi, il vaut mieux que tu restes ici. Laisse-les juger ce Normand sans chercher à intervenir. Ainsi, tu échapperas à ta punition et c'est lui seul qui sera condamné.

Carice comprenait que son père cherche uniquement à la protéger, mais laisser Raine porter toute la responsabilité des événements était pour elle impensable.

— Non. Ni lui ni moi ne devons être punis, car nous n'avons rien fait de mal.

— Vraiment ? demanda Brian avec un air entendu qui la mit sur ses gardes.

Craignant qu'il ne devine la vérité, elle évita son regard et changea de sujet.

— Aimiez-vous ma mère lorsque vous l'avez épousée ?

La question le prit visiblement au dépourvu. Quelque peu contrarié, il répondit :

— Pas au début. Mais elle était belle, et notre union permettait le rapprochement de nos deux clans.

Après l'avoir regardée attentivement, il ajouta :

— Tu lui ressembles beaucoup. Surtout maintenant.

— Je ne me souviens plus d'elle.

Carice n'avait que trois ans lorsque sa mère était morte en couches.

— Parfois, je me dis que j'aimerais avoir au moins un souvenir d'elle.

— Elle voulait des fils, raconta son père. Elle a porté plusieurs enfants qui n'ont jamais vu le jour. Pour cette raison, tu étais son trésor.

Carice se risqua à lui sourire.

— Et le vôtre ?

— Et le mien, reconnut-il. Mais sache que j'ai fini par éprouver de l'amour pour ta mère. Après sa mort, j'ai songé à me remarier, mais je n'ai jamais pu m'y résoudre.

— Lorsqu'on aime quelqu'un, on abandonne une partie de son cœur. Et on ne la retrouve jamais vraiment, renchérit Carice.

Son père comprit parfaitement ce qu'elle voulait dire.

— Carice, ne te mets pas en danger en demandant quelque chose que tu ne peux pas obtenir. Le haut-roi ne doit jamais savoir, ou tu le paieras cher, ajouta-t-il, le regard soucieux. J'ai vu la façon dont ce Normand te serrait dans ses bras. Si cela parvenait aux oreilles de Rory…

— J'aime Raine, lui confia Carice. Et j'ai tout lieu de croire qu'il partage mes sentiments.

Lorsque la mort lui tendait les bras et qu'elle s'apprêtait à la rejoindre, les prières de Raine l'avaient ramenée à lui. Cet homme lui avait donné une raison de se battre, et elle avait gagné chaque souffle de haute lutte.

— Mais ce n'est pas pour cette raison que je souhaite parler au roi suprême.

Surpris, Brian attendit qu'elle poursuive.

— Je sais que j'ai cherché à mettre fin à ces fiançailles. Je n'ai jamais voulu épouser le haut-roi, malgré tout le mal que vous vous êtes donné pour arranger ce mariage.

Très émue, elle se tut un instant pour se ressaisir avant d'ajouter :

— Mais je suis prête à l'envisager, à présent.

A ces mots, le visage de son père se radoucit.

— Pourquoi cela ? demanda-t-il.

— Parce que je veux sauver la vie de Raine. J'accepterai d'épouser le haut-roi à condition qu'il soit libéré.

Malgré son calme apparent, Carice avait l'âme meurtrie, le cœur brisé. Tout ce qu'elle voulait, c'était être avec Raine, l'aimer librement et profiter de chaque instant passé avec lui. Mais elle savait que Rory Ó Connor n'était pas homme à pardonner à celui qui lui avait fait l'insulte de convoiter sa promise. A coup sûr, il ordonnerait que Raine soit exécuté ou mutilé pour l'exemple. Et Carice était prête à tout pour empêcher cela. Oui, elle irait jusqu'à renoncer à l'homme qu'elle aimait pour lui sauver la vie.

— Le roi suprême n'accordera jamais son pardon à un soldat normand, lui répondit son père avec gravité. Encore moins à un homme qui t'a enlacée devant plusieurs témoins.

— Raine a simplement essayé de m'aider alors que je venais d'être empoisonnée, l'interrompit Carice. Et seule une poignée de personnes a assisté à la scène. Je peux rencontrer le haut-roi en privé pour lui expliquer ce qui s'est passé, mais il faut que cela soit fait rapidement, avant que ses hommes ne s'en prennent à Raine.

Laissant échapper un soupir, Brian secoua la tête.

— Ma fille, tu as toujours eu une volonté de fer. Comment peux-tu imaginer que tu pourras convaincre le haut-roi de t'accorder ce que tu souhaites ?

Mais, tout en disant cela, il la soulevait déjà dans ses bras.

— Je ne suis pas sûre de réussir. Mais je ferai tout mon possible pour qu'il accepte, répondit-elle avec un sourire reconnaissant.

Son père sortit de la chambre et se dirigea vers la salle des banquets, Carice dans les bras.

— Pourquoi donner ton cœur à un guerrier qui n'en est pas digne, Carice ? Tous les hommes du pays rêveraient de t'épouser. Pourquoi un soldat normand ?

— Parce qu'il m'a regardée comme une femme à aimer, et non comme une marchandise à posséder. Il a pris soin de moi, il m'a chérie. Je n'ai jamais rien voulu d'autre.

L'humeur de son père s'assombrit.

— Surtout, ne dis rien de tout cela au haut-roi, Carice. Rory n'est pas réputé pour son indulgence. Et, s'il croit que tu l'as trahi au profit d'un Normand, la vie de Raine sera en danger, certes. Mais la tienne aussi.

Après son séjour dans la geôle obscure, Raine était aveuglé par le flamboiement des torches et il dut plisser les yeux tandis que des gardes l'emmenaient. Ils le conduisirent jusqu'à une clairière où l'attendait le haut-roi, Rory Ó Connor, assis sur un trône. Le druide se tenait à ses côtés et plusieurs autres hommes étaient placés en rang non loin d'eux. Raine comprit qu'il s'agissait des juges qui allaient décider de son sort.

Parce qu'il était normand, il sentait sur lui leur haine et leur méfiance. Et, bien qu'il fût d'usage en de telles circonstances qu'un homme se vît attribuer un avocat qui parle en son nom, personne ne se proposa pour le défendre.

Très vite, le premier témoin fut appelé. Raine reconnut la servante qui avait pris soin de Carice. Lorsque les juges la questionnèrent au sujet de la tentative d'empoisonnement, elle affirma qu'il n'avait rien à se reprocher. La seconde servante confirma ses dires, et toutes deux attestèrent que c'était un autre homme qui avait apporté le vin.

L'interrogatoire prit alors un autre tour :

— Nies-tu que Raine de Garenne ait été vu alors qu'il enlaçait la fiancée du haut-roi ?

La première servante blêmit mais secoua la tête.

— Je ne le nie pas.

Quoique visiblement embarrassée, la seconde tint le

même discours. Toutes deux avaient vu Raine serrer Carice dans ses bras, l'implorant de rester avec lui.

Surpris que de telles questions soient soulevées, Raine s'efforça néanmoins de garder un visage impassible. Et, bien qu'il ignorât tout des règles irlandaises en matière de justice, il comprenait que sa liberté ne tenait qu'à un fil.

— Conviendriez-vous que de Garenne connaissait la promise du haut-roi avant ces événements ? insista l'avocat.

Avant que les servantes aient eu le temps de répondre, une rumeur parcourut la foule. En se retournant, Raine vit Brian Faoilin se diriger vers le haut-roi, sa fille dans ses bras. Carice avait les yeux ouverts et, malgré l'extrême pâleur de son teint, elle était bel et bien vivante.

Dieu merci. Raine dut faire un effort pour ne pas se laisser tomber à genoux. La vue de Carice l'emplit d'un tel espoir qu'il fut incapable de prononcer un seul mot. Baissant la tête, il récita intérieurement des prières de gratitude.

Cependant, l'arrivée de la jeune femme ne semblait pas du goût du haut-roi.

— Pourquoi avoir amené votre fille en ces lieux ? demanda-t-il à Brian.

— Je l'ai portée jusqu'à vous car elle souhaite vous parler, Votre Majesté. Et parce qu'elle n'a pas la force de marcher.

Raine fut saisi d'une soudaine appréhension. Si Carice était venue ici, ce n'étaient certes pas la curiosité ni le désir de converser qui l'y avaient poussée. Et son geste était bien plus dangereux qu'elle ne pouvait l'imaginer

— Cela ne peut-il attendre ? répliqua le haut-roi sur un ton glacial.

Après avoir déposé Carice sur le sol, Brian se plaça derrière elle pour l'aider à se tenir debout. Levant les yeux vers son futur époux, la jeune femme prit la parole :

— Je suis venue vous mettre en garde, Votre Majesté. Vous savez déjà que l'on a tenté de vous assassiner, et que j'ai bu par mégarde le breuvage empoisonné qui vous était destiné. Un autre Normand se cache parmi vos hommes, et c'est lui qui a apporté ce poison. C'est lui qui devrait être jugé en ce moment, et non Raine de Garenne.

— Nous savons fort bien que ce n'est pas de Garenne qui a versé du poison dans le vin. Ce n'est pas la raison de sa présence ici.

Ne faites pas cela. Raine aurait voulu la prévenir, la supplier de se taire. Se tournant vers le père de Carice, il murmura :

— Emmenez-la, Brian. Il ne faut pas qu'elle reste ici.

Le chef irlandais comprit l'avertissement et signifia son accord d'un signe de tête. Mais le haut-roi l'arrêta.

— Non. Puisqu'elle a choisi de venir jusqu'ici, je dois savoir pourquoi elle a retardé nos noces.

— Je l'ai fait parce que j'étais souffrante, répondit Carice, la tête haute.

— Killian m'a pourtant confié que vous n'aviez aucune envie de vous marier, répliqua le haut-roi.

Penché en avant sur son trône, il prononçait ces paroles sur un ton fielleux.

— Et, lorsque vous êtes enfin arrivée, ce Normand était dissimulé parmi vos serviteurs. Vous avez introduit un traître parmi les nôtres. Ou plutôt deux, si ce que vous dites sur l'autre homme est vrai.

Raine voulait intervenir pour protéger Carice, mais il savait que, s'il s'y risquait, cela ne ferait qu'exacerber la colère du haut-roi. Il lui fallait au contraire apaiser sa fureur, trouver un moyen de lui expliquer ce qui s'était réellement passé.

C'est alors que Carice prit de nouveau la parole.

— Je suis prête à honorer ma promesse de fiançailles, affirma-t-elle d'une voix douce. Je vous épouserai pour unir les terres de mon père aux vôtres.

Cette révélation figea Raine sur place. Pourquoi faisait-elle une chose pareille, elle qui s'était battue avec un tel acharnement pour échapper à ce mariage ? Voilà que tout à coup elle baissait les armes ! Il ne savait plus quoi penser, et Carice, dont les yeux bleus évitaient obstinément son regard, ne lui facilitait pas les choses.

Mais elle n'avait pas terminé.

— En contrepartie, je vous demande de mettre fin à ce procès et de libérer cet homme, qui n'a pris aucune part à mon empoisonnement. Je souhaite également que vous recherchiez le soldat normand qui a tenté de nous assassiner tous deux.

Même si sa voix était ferme, Raine remarqua que les mains de Carice tremblaient légèrement. Alors, il comprit qu'elle agissait ainsi pour lui sauver la vie. La jeune femme avait rassemblé ses dernières forces pour venir plaider sa cause. Et, pour le défendre, elle était forcée de cacher au roi suprême ses véritables sentiments.

Mais il ne la laisserait pas faire, se promit Raine. Non, elle ne sacrifierait pas son bonheur pour le protéger. C'était un combat qu'il lui appartenait de mener.

Le haut-roi se leva et fit signe à Carice de se rapprocher. A voix basse, il dit à la jeune femme :

— Ce Normand vous enlaçait comme le ferait un amant. Lorsque vous avez été empoisonnée, il n'a pas quitté votre chevet. Que représente-t-il pour vous ?

Ne dites rien, la suppliait Raine en lui-même. Qu'elle

mente ou qu'elle dise la vérité, aucune réponse ne satisferait le haut-roi. Mais Carice regarda Rory droit dans les yeux et répondit :

— Cet homme a tenté de me sauver la vie alors que j'étais inconsciente, Votre Majesté. Peut-on vraiment me le reprocher ?

— Savez-vous quelle était autrefois la punition réservée aux femmes qui se rendaient coupables d'infidélité ? demanda le haut-roi.

Sa voix se fit plus tranchante tandis qu'il ajoutait doucement :

— Elles étaient brûlées vives.

A ces mots, Raine alla se placer derrière Carice. Lui vivant, aucun homme ne toucherait à un des cheveux de cette femme. Pas même un roi.

— Elle est innocente, lança-t-il.

Puis il murmura en normand à l'oreille de Carice :

— Dites au haut-roi que, si je suis coupable d'avoir admiré une belle femme, d'avoir tenté de l'arracher à la mort, alors c'est à moi de subir un tel châtiment.

Mais elle secoua la tête et répondit d'une voix triste :

— Je refuse de traduire des paroles qui vous conduiraient au supplice alors que je peux vous faire libérer.

Même s'ils avaient parlé à voix basse, Raine était inquiet à l'idée que le haut-roi ait pu entendre leur conversation. Les mots de Carice trahissaient des sentiments doux-amers qui devaient à tout prix rester secrets.

Le laissant à ses réflexions, elle s'éloigna de lui pour s'agenouiller devant Rory Ó Connor.

— Votre Majesté, je suis à vos ordres. Que vous souhaitiez que je devienne votre femme ou que je retourne à Carrickmeath, je vous obéirai.

Raine n'avait qu'une envie : s'élancer vers elle pour

la relever et l'emmener loin de Tara. Elle avait les traits tirés et le moindre de ses mouvements semblait lui demander d'immenses efforts. Discrètement, il demanda à Brian :

— S'il la laisse partir, fuyez avec elle au plus vite. Elle est si faible qu'elle semble sur le point de s'effondrer.

Le chef hocha la tête pour lui signifier qu'il l'avait entendu. Mais, alors qu'il s'apprêtait à rejoindre sa fille, Rory Ó Connor demanda à cette dernière :

— Saviez-vous que de Garenne était normand ?

— Oui, je le savais, répondit Carice en levant la tête. Raine a appris qu'un complot se tramait contre vous et il nous a prévenus. Nous pensions qu'il pourrait trouver le coupable et qu'il l'empêcherait ainsi de commettre son forfait.

Raine loua intérieurement la vivacité d'esprit de Carice. Il y avait suffisamment de vérité dans ses mensonges pour rendre son récit crédible, et le roi sembla hésiter.

— Nous étions loin d'imaginer que le coupable n'était autre que son compagnon d'armes, continua la jeune femme.

Enfin, elle baissa les yeux et demanda :

— De grâce, Votre Majesté, retrouvez sir Darren de Carleigh. Il est l'homme que vous recherchez, celui qui a tenté de vous assassiner.

Quittant son trône, le haut-roi s'avança vers Carice et Raine pour s'adresser à eux sur un ton plein de morgue.

— Pourquoi devrais-je croire un seul mot de ce que vous dites, l'un comme l'autre ?

— Vous n'êtes pas obligé de les croire, dit alors une voix de femme. Mais moi, peut-être me croirez-vous.

La foule se sépara pour laisser passer Aoife, la femme enceinte qu'ils avaient secourue alors qu'ils cheminaient vers Tara. Les mains posées sur son ventre gonflé, elle était en grande toilette. Une torsade de perles lui ceignait le front et ses cheveux étaient recouverts d'un voile.

— Lady Aoife.

Le haut-roi la salua en inclinant la tête. Raine remarqua qu'il semblait légèrement nerveux.

— Nous n'avions pas eu vent de votre décision de faire halte à Tara.

Aoife continua à marcher lentement vers le haut-roi, et ce n'est qu'en arrivant à sa hauteur qu'elle lui répondit, un sourire aux lèvres :

— En effet. Je suis venue retrouver mon époux, qui a l'intention de séjourner ici. Il a appris que des soldats normands avaient attaqué Tara, et que plusieurs d'entre eux avaient péri.

Une nouvelle fois, Raine vit passer sur le visage du haut-roi une ombre d'inquiétude.

— Ces Normands étaient des traîtres qui se sont fait passer pour mes hommes, déclara-t-il. Mais nous avons résolu l'affaire. Il est inutile que Strongbow fasse le voyage jusqu'ici.

— Dès lors que des soldats normands sont morts dans ce combat, poursuivit Aoife, mon époux devra indiquer à Henri II les noms des coupables.

Sa voix coupante, déterminée, indiquait qu'elle n'avait aucunement peur du haut-roi. Cette femme n'était pas seulement une noble : elle parlait à Rory Ó Connor d'égale à égal.

Alors seulement, Raine rassembla ses idées et devina l'identité d'Aoife. La dame n'était autre que la fille de Diarmuid MacMurrough, le roi de la province du Leinster. Quant à son époux, il s'agissait du célèbre Richard de Clare, connu de tous sous le nom de Strongbow. Cette découverte fit naître en lui un nouvel espoir : peut-être pourrait-elle intervenir en leur faveur. Mais il craignait également qu'elle ne mette Carice en danger en révélant la nature de leurs relations.

— Je vais faire préparer des appartements pour vous et vos gens en attendant l'arrivée de votre époux, dit Rory en faisant signe à l'un de ses intendants de s'avancer. Après ce long voyage, vous avez sans doute besoin de prendre du repos.

L'air serein, Aoife acquiesça.

— C'est très aimable à vous. Je suis certaine que nous pourrons renouveler les accords de paix entre Irlandais et Normands. Mais ce n'est pas la seule raison de ma présence.

Son regard s'arrêta sur Raine, qu'elle invita à s'approcher.

— Je sais que mon mari tiendra à récompenser le Normand qui m'a sauvé la vie. Cet homme m'a protégée, ainsi que mon enfant à naître, alors que des soldats avaient attaqué mon escorte.

Aoife adressa un demi-sourire au roi suprême avant de poursuivre :

— Strongbow serait fort mécontent que vous causiez du tort à celui qui a secouru son épouse et son héritier. J'ai entendu les témoins, et je peux vous assurer que Raine de Garenne n'est pour rien dans cette tentative d'assassinat.

Ces paroles prononcées, son regard croisa brièvement celui de Raine et il lut dans ses yeux qu'elle souhaitait le mettre en garde. Aoife savait ce que Carice représentait pour lui, mais elle semblait également comprendre que, si la vérité venait à éclater au grand jour, les conséquences seraient tragiques.

Lady Aoife tendit ses mains au haut-roi en ajoutant :

— Voulez-vous bien lui rendre sa liberté afin que mon époux et moi puissions le récompenser pour le service qu'il nous a rendu ?

Chapitre 11

Carice prit soin de baisser la tête pour ne pas laisser paraître sa joie. Même si le haut-roi était furieux d'avoir été ainsi interrompu avant que le jugement ne soit prononcé, il n'avait désormais aucun motif valable d'emprisonner Raine. Le condamner ne ferait que menacer la paix établie entre Strongbow et lui.

— Peut-être n'a-t-il pas tenté de m'empoisonner, objecta cependant le haut-roi, mais il a fait preuve d'un comportement plus que suspect à l'égard de ma fiancée.

— Laissez-le partir, et vous n'aurez plus jamais à le revoir, suggéra Aoife. Vous n'avez pas de raison de le retenir prisonnier.

La dame regarda le roi suprême avec un regard plein de bienveillance.

— Je suis parfois lasse des tensions qui divisent nos peuples. Nous savons tous deux quelle difficile lutte nous devons mener pour éviter que notre pays ne tombe entre les mains de Henri II. N'ai-je pas épousé Strongbow pour protéger les miens des Normands ? Vous et moi, nous sommes prêts à tout pour conserver ce qui nous appartient, n'est-ce pas ?

Avec un léger haussement d'épaules, elle ajouta :

— Ne gâchez pas tout à cause d'un homme qui s'est laissé séduire par la beauté de votre promise. Chassez-le donc, et oubliez qu'il a jamais existé.

Malgré l'insistance de lady Aoife, le haut-roi ne semblait nullement désireux de libérer Raine. Blessé dans son orgueil, il paraissait au contraire déterminé à punir le guerrier pour se venger.

C'est alors que Carice crut distinguer quelque mouvement dans l'ombre. Aussi discrètement que possible, elle se retourna pour voir ce qui se passait. Quelqu'un était en train de se frayer un chemin parmi les hommes et les femmes qui s'étaient massés dans la clairière pour assister à la scène.

A sa grande surprise, elle vit arriver Trahern MacEgan. A aucun moment elle ne s'était doutée qu'il les avait suivis jusqu'à Tara. Le géant irlandais était entouré des soldats du clan MacEgan qui avaient accompagné Killian jusqu'à la forteresse, et il serrait sir Darren au collet dans sa poigne de fer.

— Je crois savoir que vous êtes à la recherche de cet homme, Votre Majesté, déclara-t-il avec un visage satisfait.

Du haut de son trône, le haut-roi se pencha vers lui.

— Est-ce le Normand qui a apporté le breuvage empoisonné dans mes appartements ?

— C'est bien lui, affirma Carice haut et fort. Mes servantes pourront en témoigner.

Le visage grave, elle fit un pas dans la direction du commandant normand.

— J'exige qu'il soit puni pour avoir tenté d'assassiner Votre Majesté et moi-même.

Ces paroles suffiraient-elles à sauver la vie de Raine ? Carice l'ignorait, mais c'était son dernier espoir.

Les juges se mirent à débattre entre eux à voix basse

et le haut-roi se leva pour les rejoindre, suivi de son conseiller, le druide. Une fois la discussion terminée, Rory Ó Connor regagna son trône. Mais, alors qu'il s'apprêtait à prendre la parole, Raine s'avança vers lui et mit un genou à terre.

— Votre Majesté, je demande à recourir au combat judiciaire pour régler cette affaire. Accordez-moi le droit de tuer cet homme en votre nom.

Lorsqu'elle entendit la requête de Raine, Carice sentit les battements de son cœur s'accélérer. Même si elle savait que le soldat vouait une haine tenace à son commandant et qu'il avait soif de vengeance, elle craignait qu'il ne perde la vie lors de ce duel. C'était un risque qu'elle ne voulait pas le voir courir.

Quant au roi suprême, il semblait méfiant.

— Et si c'est lui qui te tue ?

— Dans ce cas, vous le jugerez selon vos lois. Mais, avant cela, il doit être soumis aux nôtres.

Carice chercha en vain le regard de Raine. Si seulement elle avait pu le supplier de renoncer à ce combat ! Mais lui adresser la parole reviendrait ni plus ni moins à reconnaître sa propre culpabilité. Contrainte de garder le silence, elle resta pétrifiée, saisie de terreur à l'idée de l'affrontement qui se préparait.

Raine recula d'un pas et attendit la réponse du haut-roi. Celui-ci consulta les juges ainsi que le druide avant de lever une main pour annoncer que sa décision était prise.

— Je t'autorise à combattre sir Darren en vertu de tes lois. Si tu remportes la victoire, je te rendrai ta liberté en guise de récompense. Mais tu ne remettras jamais plus les pieds à Tara.

Sur ces mots, Rory Ó Connor fit un signe de tête à ses serviteurs, qui repoussèrent les spectateurs de manière qu'ils forment un cercle. On tendit une épée à Raine et l'on dota sir Darren de la même arme.

Quelques instants plus tard, lady Aoife se glissa aux côtés de Carice et serra sa main dans les siennes pour lui manifester son soutien. Entourée de la jeune dame et de Brian, Carice, impuissante et tremblante de peur, ne quittait pas des yeux l'homme qu'elle aimait.

Les deux combattants ôtèrent leur armure, se présentant le torse nu. Les marques rouges que les coups de fouet avaient laissées sur le dos de Raine étaient visibles aux yeux de tous. Sir Darren, qui était un homme solidement bâti, aux épaules larges, portait lui aussi plusieurs cicatrices.

Carice saisit le bras de son père en priant pour que Raine sorte vainqueur de ce duel à mort. Lorsque les deux hommes commencèrent à se tourner autour, elle eut la certitude que sir Darren s'attaquerait au dos blessé de Raine.

— Dois-je leur dire ce que vous avez fait avec la fiancée du haut-roi ? demanda ce dernier à voix haute et intelligible, avec l'évidente intention de narguer le soldat. Savent-ils que vous avez partagé sa couche et pris son innocence ?

Avec son épée, Raine visa la gorge de son commandant, mais sir Darren esquiva le coup et lui écrasa son poing dans le ventre. Raine suffoqua de douleur mais répliqua immédiatement.

— Gardez vos mensonges pour vous. Vous pouvez bien tenter de déshonorer lady Carice ; personne ici ne vous croira.

Mais Carice sentit son sang se glacer dans ses veines à l'idée que le haut-roi puisse ajouter foi aux paroles du chevalier. Evitant de croiser le regard du souverain, elle continua à assister au duel des deux hommes, terrorisée à l'idée que Raine pût être blessé.

Le guerrier évoluait avec agilité, brandissant son épée de la main droite et frappant son adversaire de son poing gauche. Sir Darren tenta à maintes reprises d'atteindre son dos meurtri ainsi que Carice l'avait prévu, mais Raine veillait à se protéger.

Brusquement, le commandant normand se baissa pour ramasser une poignée de terre avant de la jeter dans les yeux de Raine. Carice se mordit la langue pour ne pas lui crier de prendre garde. L'indifférence qu'elle devait feindre la mettait au supplice.

Le roi ne doit rien savoir de tes sentiments. Comporte-toi comme si Darren avait menti sur Raine et toi. Mais, au fond d'elle, elle était anéantie par ce spectacle.

Raine roula à terre et Carice, horrifiée, vit l'épée du commandant normand lui fendre l'épaule. Un flot de sang jaillit de la blessure tandis que les deux hommes luttaient corps à corps sur le sol.

Carice ferma les yeux comme si, par la seule force de sa volonté, elle pouvait garder Raine en vie. Ce n'est que lorsqu'elle sentit la main d'Aoife presser la sienne qu'elle les ouvrit de nouveau.

Alors, elle vit l'homme qu'elle aimait cloué à terre sous le poids de sir Darren, tandis que celui-ci approchait petit à petit son épée de sa gorge. *Non!* Des larmes montèrent aux yeux de Carice tandis que sa poitrine retenait un cri déchirant. L'arme de Raine gisait à quelques pouces seulement de sa main.

Au dernier moment, il assena un violent coup de tête à son commandant et, tendant le bras, il saisit son épée pour l'enfoncer aussitôt dans la gorge de sir Darren.

Le chevalier cracha du sang pendant quelques instants avant de s'immobiliser complètement.

Le cœur battant à se rompre, Carice couvrit sa bouche de sa main. Lady Aoife lui jeta un regard qui en disait long. Pourvu qu'elle respecte son secret et se taise !

Raine se leva et nettoya lentement son épée. Puis il s'éloigna du corps inerte de son commandant pour se présenter devant le trône du haut-roi. Là, il mit un genou à terre, attendant son jugement.

Rory Ó Connor l'observa un long moment avant de déclarer :

— Le combat judiciaire est terminé. Pars avec lady Aoife, quitte Tara. Je te rends ta liberté comme promis, mais ne reviens jamais.

Sa voix était lourde de menaces. Carice avait désespérément envie de rejoindre Raine pour lui adresser un dernier adieu, mais elle ne pouvait pas risquer d'éveiller les soupçons du haut-roi. Malgré son immense soulagement de voir le guerrier libre de partir, elle ne devait pas oublier qu'elle-même était encore prisonnière de Rory Ó Connor. Prudente, elle garda donc la tête basse en s'efforçant de contenir ses émotions.

L'homme qu'elle aimait allait disparaître de sa vie, et elle ne le reverrait jamais. Et, même si elle désirait éperdument rester à ses côtés, même si elle avait déjà le cœur brisé par cette séparation, elle était prête à payer n'importe quel prix pour qu'il ait la vie sauve.

Raine allait reconduire lady Aoife jusqu'à son mari, dont l'autorité était respectée parmi les Normands. Si un homme était capable de le délivrer des forces de Henri II, c'était Strongbow.

Carice entendit le guerrier murmurer des remerciements au roi suprême. Le spectacle était terminé et la foule se dissipa peu à peu tandis qu'elle restait là, incapable de bouger. Son père s'approcha d'elle et lui dit :

— Je vais te ramener à tes appartements.

Alors elle leva les yeux vers le haut-roi, qui lui accorda sa permission d'un signe de tête. Son père la souleva dans ses bras et elle le laissa l'emmener. Le visage contre sa tunique, elle avait l'impression que le monde s'écroulait. Désormais, elle avait une dette envers le roi suprême. S'il voulait la prendre en mariage, elle ne pourrait pas refuser.

Sur le chemin, son père ralentit le pas et s'arrêta un instant. Intriguée, Carice leva la tête. Raine se tenait devant elle, ses yeux verts plantés dans les siens avec une intensité qui ne trompait pas. Cet homme était épris d'elle. A sa vue, elle oublia toutes les paroles qu'elle aurait voulu prononcer et, les yeux brillants de larmes, elle se contenta de lui adresser un message silencieux.

Je vous aime.

Fugacement, il porta ses doigts à ses lèvres avant de tourner les talons.

— Le chef de Carrickmeath demande à vous voir, Votre Majesté, annonça le serviteur.

Brian Faoilin s'inclina devant le haut-roi. Rory Ó Connor se tenait debout sur une terrasse de bois assez élevée pour lui permettre d'observer les terres alentour. L'air hivernal se faisait plus doux et le soleil dardait ses rayons sur les vertes collines de Tara. Brian attendit que le roi suprême l'autorise à monter. Alors, seulement, il escalada l'échelle pour le rejoindre. De là-haut, on pouvait distinguer les tertres sur lesquels, en fondant, la neige laissait entrevoir des parcelles herbeuses.

Il s'inquiétait pour Carice, qui, depuis le combat, n'avait pas prononcé un mot. Recroquevillée sur elle-même, la jeune femme gardait les yeux fixés sur le mur, comme si elle attendait la mort. Jamais son père n'avait vu un tel désespoir sur son visage.

Malgré sa promesse d'accepter le mariage, il était évident que sa fille ne voulait pas continuer à vivre sans le soldat normand.

— *Es-tu bien certaine que c'est ce que tu veux ? lui avait-il demandé.*

— *Je ferais n'importe quoi pour sauver la vie de Raine. Y compris renoncer à lui.*

Brian avait tenté de se convaincre qu'elle se remettrait de cet immense chagrin et qu'elle finirait par éprouver de l'affection pour le haut-roi. Mais, à la vérité, il ne savait que trop bien ce qu'elle ressentait. Lorsque sa femme était morte en couches, il avait éprouvé la même sensation vertigineuse de vide. Et il aurait donné sa vie pour ramener Saoirse dans ce bas monde.

Brian avait commencé à réfléchir à ses choix passés. Carice était tout ce qu'il avait au monde. En outre, elle était malade et il ignorait combien de temps il lui restait à vivre. S'il la forçait à contracter cette union, elle dépérirait et mourrait de chagrin. Et, après avoir vu partir sa femme, il ne voulait pas perdre sa fille.

Pour cette raison, il avait décidé de prendre l'affaire en main.

— Je suis venu vous proposer une compensation pour ma fille, commença-t-il. Je vous enverrai un troupeau de cent têtes ainsi que cinquante chevaux.

Rory Ó Connor se retourna pour lui faire face. Son regard d'acier transperça Brian, mais il ne daigna pas lui répondre. Brian s'approcha de lui.

— Je veux par là vous présenter mes excuses pour le comportement de ma fille… mais aussi pour la façon dont j'ai traité votre fils, Killian.

— Dans ce cas, c'est à lui que vous devez donner le troupeau et les chevaux, répondit le haut-roi. En admettant que vos regrets soient sincères.

Le roi suprême n'avait pas l'intention de lui faciliter la tâche. Mais, si Brian savait qu'il avait commis de nombreuses erreurs durant sa vie, il était aussi convaincu de pouvoir se racheter.

— Si c'est ce que vous souhaitez.

— Vous voulez que je laisse partir votre fille, si je comprends bien ? dit enfin Rory Ó Connor.

Brian s'approcha de la balustrade et y posa les mains.

— Il fut un temps où j'aurais tout donné pour arranger un mariage entre vous deux. Quel père ne souhaiterait pas voir sa fille devenir reine d'Irlande ?

Plongeant son regard dans le lointain, il ajouta :

— Mais ce n'est pas ce qu'elle veut.

— Elle veut le soldat normand, n'est-ce pas ? demanda le haut-roi d'une voix glaciale qui fit comprendre à Brian qu'il lui fallait manœuvrer prudemment.

— Je veux réparer mes torts, Votre Majesté. Tous mes torts.

Pendant quelque temps, le haut-roi resta silencieux. Brian fut tenté de le supplier ou de lui offrir davantage, mais il s'efforça de se taire, lui aussi. C'était pour le bonheur de sa fille qu'il menait ces négociations, et il devait se montrer habile.

— Elle n'aurait pas fait une bonne épouse pour moi, admit enfin Rory. Je vais annuler les fiançailles, et vous la ramènerez chez vous. Mais, dit-il en braquant son regard sur Brian, vous lui direz que c'est l'intervention de Killian qui m'a décidé. Faisons en sorte qu'elle croie que c'est *lui* qui m'a fait changer d'avis.

Le haut-roi le considérait avec une telle suffisance

que Brian préféra concentrer son attention sur la plate-forme de bois.

— Il en sera fait selon votre volonté.

Lorsque Raine pénétra en silence dans la chambre de Carice, il la trouva assise dans un fauteuil, face au mur. Le dos tourné à la porte, elle ne semblait aucunement se soucier de savoir qui était entré.

L'une des manches de la robe émeraude qu'elle portait avait glissé sur son épaule, et Raine eut immédiatement envie de poser sa bouche sur sa peau dénudée. Il osait à peine bouger de peur que cette vision ne s'évanouisse, comme lorsque l'on se réveille après un doux rêve.

— Suis-je convoquée ? demanda-t-elle sans un mouvement. Le haut-roi m'ordonne-t-il de l'épouser ?

— Il vous rend votre liberté.

Dès que Raine ouvrit la bouche, Carice se retourna. Son visage exprimait une telle joie, un tel étonnement ravi qu'il ne put s'empêcher de s'agenouiller à ses pieds.

— Vous n'avez pas à l'épouser.

Carice se jeta dans ses bras, riant de soulagement et pleurant à la fois.

— Mais que faites-vous ici, Raine ? Je croyais qu'il vous avait donné l'ordre de quitter Tara.

— Je suis venu vous chercher.

Sans lui demander sa permission, il la souleva dans ses bras.

— Si vous voulez partir d'ici, bien sûr.

— Oui. Oui, je le veux.

Carice passa ses bras autour de son cou et lui offrit ses lèvres. Ce fut un baiser merveilleux, porteur de tous les espoirs d'un nouveau commencement. A son tour, il l'embrassa fougueusement, bénissant ce jour où il pouvait, enfin, affirmer qu'elle était sienne.

— Je vous aime, souffla Carice tout contre sa bouche.

Ces mots réchauffèrent le cœur de Raine, qui ne put s'empêcher de lui voler un nouveau baiser. Cette frêle jeune femme était devenue sa raison de vivre, et il ne pouvait plus imaginer être un seul jour sans elle.

— Je vous aime, Carice, dit-il en repoussant délicatement une mèche de cheveux sur son front, tenté de se pincer pour vérifier qu'il ne rêvait pas.

Carice et lui étaient réunis et, même s'il n'oubliait pas l'ombre menaçante de sa maladie, il voulait passer avec elle chaque instant qu'il lui restait.

S'écartant de lui, elle lui demanda soudain, le visage inquiet :

— Et mon père ? Il ne nous laissera jamais partir.

Mais Raine la rassura aussitôt.

— Brian nous attend. Tout a été arrangé ce matin, et c'est lui-même qui m'a envoyé vous chercher.

— Je ne comprends pas, répondit-elle. Avez-vous parlé au haut-roi ? Est-ce vous qui avez obtenu ma liberté ?

Quelque peu embarrassé, Raine hésita : il n'avait jamais eu l'intention de négocier avec qui que ce fût. Il désirait tout simplement enlever Carice et s'enfuir de Tara avec elle.

— J'avais prévu de revenir vous chercher en cachette, avoua-t-il. J'ai parlé à lady Aoife et je lui ai demandé de m'aider à vous secourir.

Le visage grave, il poursuivit :

— J'étais prêt à abattre quiconque se serait mis en travers de mon chemin. Lady Aoife n'a pas été surprise d'apprendre que je ne vous abandonnerais jamais et que j'avais l'intention de revenir. Mais c'est votre père qui m'en a empêché, il y a tout juste une heure.

Jamais Raine n'aurait imaginé trouver un allié en la personne de Brian Faoilin. L'homme l'avait pris par surprise avant qu'il n'ait le temps de verser la moindre goutte de sang.

« Si vous essayez de l'enlever de force, ils vous tueront tous les deux. Est-ce là ce que vous voulez ? Ne voyez-vous pas les risques que j'ai pris pour vous sauver ? »

Raine n'avait pas compris alors de quoi parlait le chef irlandais. Mais on lui donnait le choix entre livrer un combat sans doute perdu d'avance et accepter le sacrifice d'un père, et il avait immédiatement su quelle était la solution la plus sage.

— Brian m'a dit que votre frère, Killian, avait usé de son influence pour mettre fin à vos fiançailles, expliqua Raine à la jeune femme.

— Mais Killian n'est pas ici, songea Carice à voix haute.

Avec une étincelle dans le regard, elle ajouta :

— C'est l'œuvre de mon père.

Son visage s'adoucit tandis qu'elle poursuivait :

— Il a parlé à Rory Ó Connor et il a réussi à le convaincre d'annuler le mariage. J'en mettrais ma main au feu.

— Je le crois aussi. Mais il refuse de l'admettre.

Tout en la tenant enlacée, Raine effleura sa bouche de la sienne.

— J'aurais démoli ces murs plutôt que de vous laisser épouser le haut-roi. Rien ni personne ne m'aurait arrêté.

— Je le sais, murmura-t-elle. Mais, grâce à mon père, vous n'avez pas eu à le faire. J'en suis bien aise.

Avoir une dette envers cet homme ne le réjouissait guère. Pourtant, il ne pouvait que partager la joie de Carice. Du reste, il y avait plus important : le geste de Brian amorçait un pardon entre le père et la fille, et Raine ne voulait pas faire obstacle à leur réconciliation.

Carice dans ses bras, il sortit de la chambre après avoir ordonné aux servantes d'emballer ses effets personnels. Ce n'est que lorsqu'ils franchirent les portes du château qu'il la déposa à terre et la laissa marcher.

— Avez-vous assez de forces pour monter à cheval ?

— Oui, répondit Carice tandis qu'un sourire illuminait son visage.

Soucieux d'éviter toute démonstration d'affection entre eux dans l'enceinte de Tara, il jugea plus avisé de la laisser passer devant tandis qu'il la suivait de quelques pas.

Le père de Carice les attendait près des remparts avec des chevaux pour eux. Et, bien que la présence de Raine ne semblât pas à son goût, il se laissa amadouer par le sourire radieux de sa fille.

Tous les trois franchirent les portes de la forteresse et descendirent la colline, leurs montures pataugeant dans la neige qui fondait peu à peu. Ce n'est que lorsqu'ils furent à un mile des hommes du haut-roi que Raine commença à mieux respirer. A présent, ils étaient hors de danger. Eperonnant son cheval, il rattrapa Carice et avança à ses côtés. Dès qu'elle le vit, elle lui tendit la main.

— J'imagine que lady Aoife sera soulagée que vous n'ayez pas eu à prendre Tara d'assaut pour me secourir, elle qui s'est donné tant de peine pour vous sauver la vie.

— Sachant que je ne renoncerais pas à vous, elle m'a même invité à lui rendre visite dans sa forteresse du Leinster, confia-t-il à Carice.

Tout en serrant sa main dans la sienne, il lui posa la question qui lui brûlait les lèvres.

— Si le haut-roi l'avait exigé, l'auriez-vous vraiment épousé ?

— J'aurais épousé le diable en personne pour que vous retrouviez votre liberté, répondit-elle en le regardant droit dans les yeux.

Avec un sourire penaud, elle ajouta :

— Mais je suis bien contente de ne pas avoir eu à le faire.

— Et moi ? demanda Raine en scrutant ses yeux azur sans lâcher sa main. M'épouserez-vous, à présent ?

Carice lui jeta un regard en coin.

— Peut-être, si vous arrivez à me convaincre de dire oui.

A cette pensée, un frisson de désir le parcourut.

— Votre père nous observe.

Pourtant, cela ne l'empêcha pas de la saisir par la taille pour l'installer devant lui sur son cheval.

— Raine, que faites-vous ? demanda Carice avec stupéfaction tandis qu'il attachait sa monture à la sienne, laissant les deux animaux trotter côte à côte.

— Je m'efforce de vous convaincre.

Tout en entourant d'un bras la taille de Carice, Raine ajusta les plis de sa cape de manière à dérober sa robe aux regards. Très vite, sa main trouva la gorge soyeuse de la jeune femme. A peine l'eut-il touchée qu'il sentit l'excitation monter en lui.

— Vous n'y pensez pas ! se récria-t-elle.

Pour toute réponse, il caressa la pointe durcie de son sein, puis il la pinça entre son pouce et son index jusqu'à ce que Carice commence à onduler des hanches. Quand il sentit ses fesses se presser contre lui, il n'eut qu'une envie : relever ses jupes, tout de suite.

— Dites oui, lui ordonna-t-il.

Carice haletait tandis qu'il continuait à la caresser.

— A moins que vous ne vouliez que je m'arrête…

Lorsqu'il l'entendit gémir, hors d'haleine, il rit doucement, le visage dans ses cheveux. Mais elle inclina la tête en arrière pour le regarder.

— Raine, je vous aime.

— Vous acceptez donc de m'épouser ?

— Oui, murmura-t-elle. Mais vous devriez me déposer de nouveau sur mon cheval, ou mon père vous fera écorcher vif.

Brian pouvait bien les regarder, Raine s'en moquait éperdument. Il prit la bouche de Carice et l'embrassa longuement. La jeune femme caressa son visage de sa main et s'appuya contre lui tandis qu'il l'attirait dans ses bras. La chaleur de ses lèvres alluma en lui un feu qu'elle seule était capable d'apaiser. Alors, il enfouit sa langue dans sa bouche et laissa le désir l'envahir. Dans ce baiser, il lui promettait tout.

— Je vous aime, Carice. Et je jure de veiller sur vous. Aussi longtemps que nous vivrons.

Lorsqu'elle leva les yeux vers lui, il devina dans son regard ce que devait être le paradis.

— Pour toujours.

Le camp était plongé dans le silence lorsque Carice repoussa les fourrures sous lesquelles elle était allongée. Etendue sur sa couche, elle s'était tournée et retournée jusqu'au moment où, n'y tenant plus, elle avait décidé d'aller retrouver Raine. L'attente était insoutenable ; son corps ne trouverait la paix que dans les bras de cet homme. Même s'ils ne faisaient rien d'autre que dormir ensemble, elle voulait être tout contre lui.

Ses servantes se réveillèrent immédiatement, mais elle posa son index sur ses lèvres pour leur intimer de garder le silence et de ne pas la suivre. Serrant sa lourde cape de laine sur sa poitrine, elle se glissa hors de la tente.

Malgré sa fragilité et sa fatigue, elle tenait à passer sa première nuit de liberté avec Raine. Sur la pointe des pieds, elle longea la rangée de tentes en se dissimulant dans l'ombre jusqu'à ce qu'elle parvienne à celle du guerrier.

Jetant un œil par l'ouverture, elle vit Raine allongé à la lueur d'une lampe à huile. Il ne dormait pas, mais il avait ôté son armure et ne portait que ses braies et ses chausses. Dès qu'il la vit, son regard s'enflamma.

— Avez-vous besoin de quelque chose, Carice ? murmura-t-il en se levant d'un bond.

— Oui.

Carice dénoua le ruban de sa cape et la laissa tomber à ses pieds. Puis elle s'approcha de lui et posa une main sur sa joue.

— J'ai besoin de vous voir.

La pâle lumière de la lampe illuminait ses cheveux blonds et elle imagina la bouche de Raine parcourir sa peau. Cette pensée éveilla scandaleusement ses sens.

— J'ai besoin de savoir que tout cela n'est pas un rêve, continua-t-elle, et que je ne vais pas me réveiller prisonnière d'une vie dont je ne veux pas.

Pendant un instant, Raine la contempla, un léger sourire aux lèvres.

— Ce n'est pas un rêve, Carice. Et je suis bien réel.

Elle prit les mains puissantes du guerrier et les posa sur ses frêles épaules. Comme elle avait envie de ce moment avec lui !

— Comment vous sentez-vous ? demanda-t-il doucement tandis que ses mains glissaient dans son dos.

Sous ses doigts, la peau de Carice était d'une sensibilité exacerbée et elle frémissait de désir.

— De mieux en mieux, avoua-t-elle.

Même si elle avait dû lutter pour survivre, elle n'avait pas le moindre regret.

— Vous ne devriez pas rester debout, dans votre état. Allongez-vous, je vous en prie.

Obéissante, elle se coucha sur les fourrures et s'y trouva en effet fort à son aise.

— Je ne voulais pas être seule cette nuit. Il fallait absolument que je sois avec vous.

Raine s'étendit à ses côtés et l'attira dans ses bras. Enroulant ses jambes autour des siennes, Carice posa sa tête sur sa poitrine.

— Quand vous m'avez trouvée errant dans l'abbaye, vous imaginiez-vous que les choses finiraient ainsi entre nous ?

— Non, répondit-il en lui caressant les cheveux tout en la tenant serrée contre lui. Jamais je n'avais pensé avoir droit au bonheur.

Carice se pencha pour l'embrasser.

— Vous y avez droit. Nous y avons droit.

Mais elle savait qu'il était toujours rongé d'inquiétude au sujet de ses sœurs. Elle ne voulait pas le tourmenter en évoquant les jeunes filles, mais, si elles étaient toujours en vie, où que ce soit, elle avait la ferme intention de les retrouver.

— Embrassez-moi, chuchota-t-elle. Soyez avec moi cette nuit.

Raine effleura sa bouche comme s'il s'efforçait de la traiter avec la plus grande douceur. Puis Carice passa sa langue sur les lèvres du guerrier, et elle sentit contre elle, en haut de ses cuisses, la fièvre qui montait en lui.

Sous son torse nu, le cœur de Raine battait au même rythme endiablé que le sien. Et, lorsqu'elle le caressa du bout des doigts, il poussa un long soupir, le regard brûlant.

— Savez-vous ce que j'ai ressenti lorsque je vous ai cru mourante ? demanda-t-il en saisissant sa main.

Carice secoua la tête. Raine se redressa et la prit sur ses genoux.

— Quand j'ai vu que vous aviez tant de peine à respirer, j'en ai eu moi-même le souffle coupé. Je me moquais bien qu'ils me fassent prisonnier. Tout ce qui m'importait, c'était que vous surviviez.

— Je vais vivre, Raine.

Carice en était désormais convaincue. Chaque jour, elle se sentait plus robuste, et son ventre ne la faisait plus souffrir. Etait-ce la joie de commencer une nouvelle vie avec lui, ou le pain qu'elle s'était interdit de manger ? Elle l'ignorait, mais elle comptait bien passer de longues années auprès de cet homme.

— Je n'ai pas le choix : je dois vivre pour vous, à présent.

Raine l'embrassa comme si elle-même était sa seule raison de vivre. Dans ses bras, elle se sentait aimée et elle avait l'impression qu'aucune maladie ne pourrait plus l'atteindre. Raine la coucha sur les fourrures et l'aida à ôter ses vêtements. Lorsqu'elle fut complètement nue devant lui, il se dévêtit à son tour et se mit à explorer son corps de ses mains.

— Que vous êtes belle, Carice.

Avec un sourire étincelant, elle l'attira à elle, heureuse de sentir sa chaleur et ses muscles fermes. Pendant un moment, il resta sur elle sans bouger, sa peau contre la sienne. Puis il se fit plus léger, suivant de ses doigts les contours du corps de Carice, caressant ses formes. Ses mains viriles et calleuses accentuaient les sensations qu'il provoquait dans tout son être et, bien qu'elle l'imaginât déjà entrer en elle, Carice comprit qu'il souhaitait prendre son temps et savourer l'instant.

Lorsqu'il mordilla le lobe de son oreille, elle éprouva un délicieux tressaillement. Mais, lorsque la bouche de Raine descendit le long de son cou, elle sursauta et se mordit les lèvres pour retenir un cri.

— Ce n'est pas la réaction que j'espérais, ma chère, observa-t-il d'une voix amusée.

Carice ne put s'empêcher d'éclater de rire.

— Vous m'avez chatouillée, Raine. Vos lèvres sur mon cou, c'était plus que je n'en pouvais supporter !

Quand il fit mine de se rapprocher, elle posa ses deux mains sur sa gorge.

— Si vous osez recommencer, je crierai si fort que mon père et ses hommes nous donneront l'assaut.

Mais, au lieu de l'embrasser à cet endroit, Raine prit ses seins dans le creux de ses mains.

— Vous pouvez crier aussi fort que vous le voulez, Carice. Tant que je vous donne du plaisir, cela ne me dérange aucunement.

Son rire s'évanouit dans un soupir tandis qu'il effleurait la pointe de ses seins. Il se pencha pour en prendre un dans sa bouche, la plaquant contre les fourrures. Les doigts plongés dans ses cheveux, Carice se cambra sous lui. Tandis qu'il continuait à la caresser de sa bouche, il posa ses deux mains sur ses hanches, écartant ses cuisses. Alors, Carice s'abandonna complètement, et Raine s'agenouilla devant l'autel de son corps avant de la toucher intimement.

Elle avait déjà le souffle court lorsqu'il glissa ses doigts en elle.

— Raine.

Son nom était comme une prière sur ses lèvres. Tout en la caressant, il continuait à titiller de sa langue la pointe de son sein. Mais, lorsqu'elle sentit son pouce l'effleurer avec insistance, elle lui griffa le dos.

— Venez en moi, le supplia-t-elle. Je vous veux.

Pour toute réponse, il la frôla de son sexe mais, lorsqu'elle voulut l'accueillir, il la retint.

— Pas encore.

Alors, il se tourna vers son autre sein et, brûlante de fièvre, elle attendit avec délectation d'être unie à l'homme qu'elle aimait.

Raine trouva le rythme qui lui faisait perdre la tête, la caressant de ses doigts et de sa langue jusqu'à ce que, tremblante, elle agrippe ses épaules. Comme elle avait faim de lui ! Son corps tout entier était tendu dans l'attente du sien, quand, sans prévenir, elle fut prise d'un exquis sursaut. Une vague de volupté traversa son corps et, lorsque Raine se glissa profondément en elle, elle retint un cri de délivrance.

Mais ses mouvements étaient doux et lents, et Carice voulut le presser d'aller plus vite. Son corps souple et soyeux épousait parfaitement celui du guerrier et, lorsque enfin il se fit plus fougueux, elle tendit ses muscles tout en l'accueillant.

— Recommencez, lui dit-il tandis qu'il allait et venait en elle.

Enroulant ses jambes autour de sa taille, elle alla à sa rencontre tandis qu'il s'enfouissait en elle.

Pendant qu'il l'étreignait, elle l'entendit murmurer des mots d'amour en normand, des mots qui louaient sa beauté.

Et, lorsqu'il accéléra ses assauts pour atteindre lui aussi l'ultime frisson, elle se contracta de nouveau et se cabra, stupéfaite, sous une nouvelle onde de plaisir.

— Je vous aime, Raine, soupira-t-elle tandis que dans un violent effort il se perdait encore une fois en elle, jusqu'à l'extase.

Lorsqu'il se pencha pour l'embrasser, ses lèvres

étaient douces et enflées tant il l'avait caressée. Alors qu'il était encore en elle, il la serra fort dans ses bras.

— Sachez que je vous aimerai toujours, Carice.

Ainsi s'endormit-elle, tout contre lui, émerveillée devant tant de bonheur.

Ensemble, ils retournèrent à Carrickmeath, et Carice fit promettre à Raine d'attendre l'été pour l'épouser. Si cela n'avait tenu qu'à lui, le mariage aurait été célébré dès leur arrivée au domaine de son père. Mais Carice avait insisté pour retarder les noces de quelques mois, le temps qu'ils tentent de découvrir ce qu'il était advenu de ses sœurs.

Raine avait envoyé une douzaine d'hommes en Angleterre pour mener des recherches, mais il restait sans nouvelles d'elles. Trop inquiet au sujet de Carice pour la quitter, il avait dû renoncer à s'y rendre lui-même. En effet, même si la santé de sa promise continuait à s'améliorer chaque jour, il continuait à craindre une rechute.

Lady Aoife et Strongbow avaient accepté d'intercéder en sa faveur auprès de Henri II. Grâce à eux, Raine avait pu quitter l'armée et venir vivre à Carrickmeath avec Carice. Le temps passant, le roi semblait avoir perdu tout intérêt pour lui. La mer d'Irlande les séparait, et le souverain ne souhaitait pas attiser les tensions entre les chefs irlandais, son but étant de régner sur l'ensemble du pays.

Même si Raine se réjouissait d'être enfin délivré de sa condition de soldat, ce furent les trois plus longs mois de son existence. Car Carice avait également exigé qu'ils restent chastes jusqu'à leur nuit de noces.

Raine avait beau comprendre qu'elle souhaitait être en pleine santé afin de profiter pleinement des festivités, cela ne lui rendait pas la situation plus facile. Sa seule consolation était de constater qu'elle se portait un peu mieux chaque jour. Sa taille s'était épanouie et son corps avait pris des formes voluptueuses qui le rendaient fou de désir.

Le grand jour était enfin arrivé. Le soleil brillait haut dans le ciel d'été, et Raine attendait dehors tandis que la maisonnée s'affairait aux derniers préparatifs. Tout à sa hâte de voir le mariage terminé pour se retrouver seul avec sa femme, il devait se retenir pour ne pas faire les cent pas.

Killian, le frère de Carice, vint lui tenir compagnie.

— Vous avez compris, j'espère, que si jamais vous faites du mal à ma sœur je vous écorcherai vif.

— Carice n'est pas vraiment votre sœur, répliqua Raine en souriant à celui qui était devenu un ami cher au cours des derniers mois.

Désormais reconnu comme le fils du haut-roi, Killian avait pris possession de la province d'Ossoria avec sa jeune épouse, lady Taryn.

— Nous ne sommes pas unis par les liens du sang, certes, mais par tous ceux qui comptent.

Killian palpa le poignard qu'il portait à la taille.

— Vous avez intérêt à la rendre heureuse, ou je vous ferai regretter d'être né.

— Cela, je vous le promets. J'aimerais tout de même savoir pourquoi elle a insisté pour que nous attendions si longtemps avant de nous unir.

— Sans doute voulait-elle que le mariage ait lieu en été. Carice a l'hiver en horreur, répondit Killian avec un haussement d'épaules.

Les deux hommes descendirent les escaliers de pierre. Dans la cour du château, plusieurs chariots chargés de présents de la part des clans MacEgan et Connelly étaient arrivés.

— Carice a également fait venir pour vous un cadeau de mariage très spécial. Elle s'est donné beaucoup de mal pour l'obtenir.

Sur ces mots, Killian tira un bandeau de sa ceinture.

— Je vais mettre cela sur vos yeux et, quand Carice arrivera, elle vous remettra ce présent.

Bien qu'intrigué par ces mystères, Raine ne vit aucune raison de protester. Lorsqu'il eut les yeux bandés, Killian le prit par le bras pour le conduire vers la chapelle de pierre.

— A présent, faites six pas en avant, lui ordonna-t-il.

Raine s'exécuta, comptant chacun de ses pas. Lorsqu'il cessa de sentir sur sa peau la chaleur du soleil, il sut qu'il se trouvait dans l'ombre de l'édifice et qu'il approchait de la porte. Alors, il entendit la voix de lady Taryn.

Des mains de femme touchèrent son visage et, lorsqu'on lui ôta le bandeau, il se trouva face à face avec sa fiancée. Carice se tenait devant la chapelle, les yeux brillants d'amour et d'excitation à la perspective de la surprise qu'elle lui avait réservée. Les rayons du soleil formaient un halo au-dessus de sa chevelure, dont les longues boucles brunes flottaient jusqu'à sa taille.

— Etes-vous prêt, Raine ?

— Voilà trois mois que je suis prêt à vous épouser, lui rappela-t-il.

— Je ne parlais pas de notre mariage, dit-elle en souriant, mais d'autre chose. Je sais que je devrais attendre que notre union soit célébrée pour vous donner votre cadeau. Mais je me vois incapable d'attendre plus longtemps.

Les mains jointes, Carice trépignait d'impatience

et son sourire était si rayonnant qu'il réjouit le cœur de Raine.

— Allons, venez.

Sa fiancée le prit par la main et ils pénétrèrent ensemble dans la chapelle. Il faisait sombre à l'intérieur et, quand ses yeux se furent habitués à l'obscurité, Raine resta muet de surprise. Ses sœurs se trouvaient là, devant lui. Malgré leurs deux longues années de séparation, il les avait reconnues instantanément. Elise et Nicole se précipitèrent aussitôt à sa rencontre et il leur ouvrit grand ses bras, ébahi de les voir vivantes.

— Raine, vous m'avez tant manqué...

— C'est bien vous, devant moi... Je n'arrive pas à le croire...

— Comme je suis heureuse de vous voir !

Leurs voix se mêlaient dans une joyeuse confusion, et Raine ne pouvait s'empêcher de les serrer à les étouffer tant était grand son bonheur.

— Vous les avez retrouvées.

— Avec l'aide de la reine Isabel, précisa Carice. Son père est normand, et il vit près de la frontière du Pays de Galles. C'est lui qui a découvert où se trouvaient vos sœurs et a pris toutes les dispositions nécessaires pour qu'elles puissent se rendre à Carrickmeath. Voilà pourquoi j'ai retardé notre mariage.

A présent, le visage de la jeune femme exprimait une joie sereine.

— Je voulais absolument qu'elles soient avec vous pour ce grand jour. Vous l'avez tant mérité, après tout ce que vous avez enduré. Rassurez-vous, Henri II ne leur a fait aucun mal ; il s'est contenté de les exiler.

Raine abandonna brièvement ses sœurs pour soulever Carice dans ses bras et l'embrasser avec fougue avant de la reposer délicatement sur le sol.

— Je vous aime, Carice. C'est le plus beau cadeau que vous pouviez m'offrir.

Avec un sourire d'une grande douceur, elle caressa son visage en répondant :

— Peut-être que dans l'année à venir c'est vous qui pourrez m'offrir un cadeau plus beau encore : un enfant.

— Rien ne me ferait plus plaisir.

Raine se pencha pour l'embrasser dans le cou, ce qui provoqua chez elle un cri perçant : il avait de nouveau touché son point sensible.

— Arrêtez, Raine ! C'est insupportable !

Mais elle riait tout en protestant.

Alors il la prit par la main et tous, amis et parents, se réunirent autour d'eux. Devant le prêtre, ils se jurèrent fidélité pour toute la vie.

Mais même une éternité ne suffirait pas à Raine pour combler Carice de son amour.

Epilogue

Deux ans après

Ils franchirent les portes à cheval. Guy, leur fils, était installé devant Carice, bien calé sur sa selle. Raine, qui n'avait pas foulé les terres de son père depuis de nombreuses années, restait silencieux.

Après sa confiscation par le roi Henri II, la propriété avait été octroyée à Richard de Clare et à son épouse, lady Aoife. Mais Richard était mort désormais. C'était sa veuve qui avait proposé à Raine de faire ce voyage pour revoir le domaine de sa famille. Lady Aoife lui avait même laissé entendre que Carice et lui pourraient, un jour, le diriger pour elle.

Bien sûr, Carice connaissait les projets que nourrissait son père pour l'avenir de Guy : il le souhaitait voir devenir chef du clan Faoilin. Pourtant, elle tenait à ce que son fils connaisse également ses origines normandes.

Cette nouvelle aurait donc dû les combler de joie. Mais Raine n'était guère enthousiaste à l'idée de retourner en Angleterre. Trop de fantômes l'attendaient en ces lieux, et la petite propriété avait un aspect tristement négligé. Toutefois, à l'autre bout du domaine, quelques fragiles roses parvenaient tant bien que mal à grimper le long du mur de pierre.

Lorsqu'ils arrivèrent devant la tour, plusieurs serviteurs vinrent les accueillir. Certains ouvrirent des yeux ronds en reconnaissant Raine.

— Voulez-vous être seul pour faire le tour du domaine ? demanda Carice. Je peux vous attendre ici avec Guy.

— Je préfère que vous restiez tous deux avec moi, répondit Raine.

Lorsqu'il l'eut aidée à descendre de cheval, elle le suivit en portant Guy sur la hanche.

— Maître.

Un vieil homme s'approcha à pas pressés et s'inclina devant eux. Malgré sa barbe grise et son crâne dégarni, il montrait l'enthousiasme d'un jeune homme.

— Il y a si longtemps que nous attendions votre retour !

— Je suis heureux de vous revoir, moi aussi, Bertrand, répondit Raine.

L'homme les précéda dans l'escalier pour les conduire dans la pièce commune. Mais, dès qu'ils arrivèrent dans l'entrée, Carice ne put s'empêcher de remarquer un profond changement chez son époux. Soudainement plongé dans ses pensées, il ne disait mot. Devinant ce qui le préoccupait, elle lui prit tout naturellement la main.

— Ma mère est morte ici, dit-il enfin à voix basse. Elle s'est ôté la vie à cet endroit, lorsque les hommes de Henri II ont assassiné mon père.

Carice appuya son front sur l'épaule de Raine pour lui offrir son réconfort, puis elle l'écouta avec attention tandis qu'il racontait dans le détail la mort de ses parents. Et, lorsque Guy commença à s'agiter, elle tendit l'enfant à son mari. Le petit garçon s'accrocha au cou de son père et se calma aussitôt. Quant à Raine, il sembla apaisé par la présence de son fils.

— Ils s'aimaient, n'est-ce pas ? demanda Carice en frictionnant le dos de son fils sans s'éloigner de Raine. Tout comme je vous aime.

Son mari se tourna vers elle.

— J'étais incapable de comprendre, à l'époque, pourquoi elle s'était donné la mort. Pourquoi elle n'avait pas voulu vivre pour ses enfants.

Raine caressa les boucles enfantines de Guy et déposa un baiser sur sa tête.

— Ils ont enseveli son corps en terre non consacrée.

— Pouvez-vous me montrer cet endroit ?

Raine acquiesça d'un signe de tête, et ils sortirent de la tour. Mais, avant qu'ils ne franchissent les portes du domaine, Carice s'arrêta devant les rosiers grimpants. A l'aide d'un petit couteau, elle coupa une tige et déterra quelques racines. Sa bouture de rose à la main, elle suivit Raine en direction de la forêt. Là, à la lisière du bois, se trouvait un carré de terre nue. Rien ne marquait l'emplacement de la tombe, si ce n'était un jeune chêne.

Carice s'agenouilla et pria en silence pour celle qui avait donné naissance à Raine. Après s'être recueillie, elle mit la bouture de rose en terre. Cette plante qui allait prendre racine et croître était une promesse de beauté et de vie adressée à une femme qu'elle n'avait pas connue et ne connaîtrait jamais.

Pendant ce temps, Raine emmena son fils au bord d'un ruisseau qui traversait la forêt de part en part. Recueillant de l'eau dans le creux de sa main, il montra à Guy comment en faire autant, après quoi ils retournèrent près de la tombe et répandirent les gouttelettes d'eau sur le rosier.

— Ma mère vous aurait beaucoup aimée, Carice, dit Raine alors qu'ils se tenaient debout à côté de la tombe. Elle n'était tout simplement pas assez forte pour vivre sans mon père.

— Moi non plus, je ne veux pas vivre sans vous, répondit-elle. Mais, lorsque nous ne serons plus, une partie de nous se perpétuera dans notre fils. Et dans les autres enfants que nous aurons peut-être, poursuivit-elle en posant une main sur son ventre.

Même s'il était encore tôt, elle avait la certitude qu'un autre petit être était en train de grandir en elle.

Ses paroles produisirent l'effet escompté. Toute trace de tristesse disparut du visage de Raine, qui la regarda avec émerveillement.

— Quand ?

— C'est pour cet hiver, je crois, répondit-elle. Mais il vous faudra décider si vous voulez rester ici ou retourner en Irlande. Le choix vous appartient.

Pendant un long moment, Raine réfléchit, les yeux fixés sur la tombe.

— Ces terres ont connu trop de malheurs. Avant de rentrer à Carrickmeath, nous devons restaurer la propriété et offrir à ces lieux des souvenirs heureux. Plus tard, peut-être notre fils épousera-t-il la fille de lady Aoife. Alors, cette propriété reviendra à notre famille.

— Vous avez raison.

Carice prit sa main dans la sienne et l'entraîna vers la tour.

— En attendant, nous devrions mettre Guy au lit ; cet enfant a bien besoin d'une sieste. Et, pendant qu'il dormira, nous n'aurons qu'à fabriquer de bons souvenirs, suggéra-t-elle en effleurant le torse de Raine, un sourire sensuel aux lèvres. Si vous voulez bien me montrer le chemin.

A ces mots, les yeux verts de Raine s'enflammèrent et il embrassa le bout de ses doigts.

— Vous êtes d'une grande sagesse, ma chère épouse.

— Oui, n'est-ce pas ? répondit-elle avec un regard taquin.

Pour toute réponse, son époux se pencha vers elle pour poser ses lèvres sur son cou. Ses petits cris mêlés de rires chassèrent aussitôt les sombres images du passé pour laisser place à de nouveaux souvenirs.

Et, lorsque Raine conduisit Carice dans leur chambre, elle ne se fit pas prier pour le suivre.

Vous avez aimé ce roman ?
Retrouvez le premier tome de la série
« Guerriers d'Irlande » :

1 / *Le prince oublié*

Disponible dès à présent sur www.harlequin.fr

LES HISTORIQUES

HARLEQUIN

Retrouvez en décembre, dans votre collection
LES HISTORIQUES

Sous le ciel de Venise, de Bronwyn Scott - N°730

QUATRE ANGLAIS SUR LE CONTINENT - TOME 3

Venise, 1836

« Deux cents lires et la virginité de ma fille ! »

Nolan reste sans voix. Cet Italien lui propose-t-il sérieusement de parier sa fille aux cartes, ou cherche-t-il simplement à se moquer d'un lord anglais ? A sa grande stupeur, les autres joueurs ne réagissent pas, et la demoiselle en question prend une mine terrorisée en apprenant quel sort l'attend peut-être. Nolan est révolté par le procédé, mais, en voyant cette sublime créature, si pure et si fragile, vendue comme une vulgaire marchandise en plein carnaval de Venise, il se demande s'il ne lui rendrait pas service en l'arrachant à tutelle de cet odieux comte. Résolu, il abat ses cartes : un carré d'as.

La fiancée du Highlander, de Terri Brisbin - N°731

AMANTS ET ENNEMIS - TOME 2

Ecosse, XIVe siècle

Lorsque le chef des Mackinstosh lui annonce qu'il doit épouser une Mackay pour assurer l'alliance de leurs deux clans, Rob ne peut retenir un mouvement d'humeur. Bien sûr, il sait que son devoir est de suivre les ordres de son cousin, mais il avait espéré plus qu'un mariage arrangé... Et apparemment sa fiancée aussi. Car, lorsqu'il vient la réclamer chez son père, il découvre que la jeune femme s'est enfuie ! Rob part à sa poursuite, indigné par cet affront qui risque de déclencher une guerre des clans. Mais, quand il retrouve sa fiancée à bout de forces, et transie de peur, dans un village voisin, il sent naître en lui un nouveau devoir : celui de la protéger.

La rebelle de Tawstott, d'Elisabeth Hobbes - N°732

Angleterre, Moyen Age

« Ma fille, laisse-moi te présenter maître William Rudhale, mon nouvel intendant. »

Eleanor est désemparée lorsqu'elle se retrouve nez à nez avec le voyageur qui a osé lui réclamer un baiser, sur la route du château familial. Et qui, loin de se décomposer, affiche un sourire insolent ! Depuis quand les domestiques ont-ils de telles manières ? Eleanor savait déjà que ses parents lui imposeraient la visite de nombreux partis fortunés dans l'espoir qu'elle se trouve un nouveau mari, bien qu'elle n'aspire qu'à conserver son indépendance. Mais elle n'imaginait pas devoir en plus supporter les impertinences de ce séducteur qui est chargé de préparer les festivités...

L'Anglaise et le prince, de Marguerite Kaye - N°733

NUITS D'ARABIE - TOME 1

Arabie, 1815

Seule, au bord d'une oasis, Julia tremble de rage. Dire que son guide et ses porteurs ont osé l'abandonner en plein désert, sans argent, sans papiers et sans vivres ! Depuis la mort de son mari, botaniste comme elle, ses voyages de recherches sont décidément plus périlleux. Comment va-t-elle retrouver son chemin jusqu'à Pétrisa ? Heureusement, elle croise la route d'Azhar, un négociant qui offre de l'escorter. Il lui garantit même qu'il réglera ses problèmes de papiers, ce qui lui semble bien présomptueux. Mais son assurance tranquille la rassure. Ce n'est qu'en arrivant en ville que Julia découvre avec stupeur sa véritable identité…

La prisonnière du Viking, de Harper St. George - N°734

LES GUERRIERS DU NORD - TOME 1

Angleterre, IXe siècle

Prenez-la… Ces mots hantent les pensées de Merewyn. Comment sa belle-sœur a-t-elle pu la livrer aux guerriers vikings qui attaquaient leur manoir, simplement pour protéger la récolte ? Depuis ce jour funeste, Merewyn mène une vie de captive et a dû faire une croix sur sa noble ascendance pour servir le fils du seigneur viking. Heureusement, malgré la réputation sanguinaire et la carrure impressionnante de son nouveau maître, Eirik ne la traite pas comme une esclave. Au contraire, il lui assure qu'il ne lui fera aucun mal, et se montre… protecteur. Mais peut-elle faire confiance à un homme qui l'a brutalement arrachée aux siens ?

Le cadeau de la reine, de Deborah Simmons - N°735

Angleterre, Régence

Glory Sutton ne connaît plus de repos. Quel secret plane donc sur son héritage pour que des vandales s'y attaquent la nuit et que les villageois la vilipendent le jour ? Elle ne fait pourtant que rénover les Eaux de la Reine, ces thermes qui ont fait la fortune de ses ancêtres... Résolue à retrouver le sommeil et la paix, Glory mise tous ses espoirs sur l'arrivée d'un procureur qui doit l'aider à démasquer les coupables. Mais elle déchante quand elle apprend son nom : le duc de Westfield ! Celui-là même qui l'exaspère - et la trouble, hélas - avec son charme envoûtant et son insupportable arrogance ! Se rangera-t-il de son côté, ou va-t-il s'amuser des tourments dont elle est victime ?

COUP DE CŒUR

HARLEQUIN

Vous n'avez pas le temps de lire tous les romans Harlequin ce mois-ci ?

Découvrez les 4 meilleurs avec notre sélection :

[COUP DE CŒUR]

Composé et édité par HarperCollins France.

Achevé d'imprimer en septembre 2016.

BLACK PRINT

Barcelone

Dépôt légal : octobre 2016.

Pour limiter l'empreinte environnementale de ses livres, HarperCollins France s'engage à n'utiliser que du papier fabriqué à partir de bois provenant de forêts gérées durablement et de manière responsable.

Imprimé en Espagne.